GLAS

HAZEL
CHARLES
EVANS

Argraffiad cyntaf: Mawrth 2006

Rhif Llyfr Safonol Rhyngwladol:
1-84527-030-4

Dymuna'r Wasg gydnabod cymorth
Adran Olygyddol Cyngor Llyfrau Cymru

Clawr: Adran Ddylunio, Cyngor Llyfrau Cymru

Argraffwyd a chyhoeddwyd gan Wasg Carreg Gwalch,
12 Iard yr Orsaf, Llanrwst, Dyffryn Conwy, LL26 0EH.
☎ 01492 642031   🖷 01492 641502
🖅 llyfrau@carreg-gwalch.co.uk
Lle ar y we: www.carreg-gwalch.co.uk

Hoffwn gydnabod
Englyn Osian Hughes, Trelew: 'Siesta'
Cerdd Arel Hughes de Sarda, Trelew: 'Yr Indio'.

Casglwyd gwybodaeth am arferion Cymry Patagonia trwy gribo ysgrifau yn y gyfrol *Agor y Ffenestri*, golygydd Cathrin Williams. Cyhoeddwyd gan Gymdeithas Cymru Ariannin, Gwasg Pantycelyn.

Diolchiadau

Diolch i Rini Griffiths, Esquel, am ffenest yn wynebu'r Iwerydd yn Playa Unión lle cychwynnodd y gwaith.

Gwerthfawrogaf y seiadu fu rhyngof a Mirta Brunt, Playa Unión, a'i pharodrwydd i drafod y cyfnod tywyll yn hanes Ariannin.

I Irma a Lewis Thomas mae'r diolch am y cyfle i encilio am gyfnod i El Faldeo.

Mawr yw fy nyled i Elen Davies, Drefach, am fy ngwneud yn gyfrifiadur-gyfeillgar ac am drafod y nofel gyda mi yn y lle cyntaf. Diolch i Sheila Evans, Pontyberem, am ei chyfraniad technegol anhepgorol. Oni bai amdanynt hwy byddwn wedi hen hyrddio'r gluniadur drwy'r ffenest!

Diolch i Wasg Carreg Gwalch am weld gwerth yn y gwaith ac i'r golygydd, Angharad Dafis, am lawer awgrym gwerthfawr ac am fynd ati mor amyneddgar i gymoni'r gyfrol. *Muchas gracias* i Eiry Jones am wirio'r Sbaeneg.

Mae'r gyfrol hon i gadw'n wyrdd y cof am
BERNARDO,
un o feibion Cwm Hyfryd.

Pennod 1

Yn ddiarwybod iddi teimlodd olwynion yr awyren yn
crafangu wyneb garw'r maes awyr. I lawr. Roedden nhw i
lawr. Daliai'r injan i rasio ac fe ddaliodd y brêcs i sgrechen
yn ddiddiwedd fel y gwnâi hen fochyn wrth gael y gyllell.
Arafodd. Ara deg . . . ara deg. Ac yna aros. Petai hi'n Babydd
mi fyddai wedi ymgroesi. Yn hytrach daeth y gair 'diolch' yn
fwrlwm dros ei gwefusau. Yn gwbl annisgwyl dechreuodd
ei chyd-deithwyr guro dwylo fel un. Cymeradwyaeth
fyddarol i'r Capten a'i griw. Roedd y Lladinwyr wedi
cyrraedd pen eu taith. Ar ryw ystyr dyma ddechrau'r daith
iddi hi.

Cofiodd fod ganddi fag llwythog a gynhwysai ei hoffer
gwaith: y system recordio fwyaf soffistigedig. Cododd o'i
sedd yn simsan braidd ac estyn am ei phethau o'r silff
uwchben. '¿Necesita ayuda, señorita?' daeth llais melfedaidd
o rywle.

Trodd hithau i edrych ar y sawl a safai ysgwydd yn
ysgwydd â hi. Un o hil wreiddiol Ariannin ydoedd yn ddi-os
â'i groen tywyll, ei wallt du, du a'i aeliau trymion. Serennai
ei lygaid gloywddu a gwenodd yn gynnes arni. Pe gwisgai
bluen yn ei wallt, hawdd fyddai iddi ei ddychmygu â gwisg
o groen anifail, yn marchogaeth ei geffyl brith rhwng pant
a bryn. Ond denim oedd amdano heddiw a'r gobaith o gael
ailgydio yn ei orffennol gwych wedi hen bylu o'i lygaid.

'*¿Se puede, señorita?*' holodd yn daer.

'*Sí ... sí, sí,*' gwenodd Paula yn ôl arno. '*Muchas gracias.*' Ymatebodd yntau â'i lygaid.

'*Por nada.*'

Cydiodd yn ei bag llwythog a'i roi'n ofalus ar ei sedd cyn ymuno â'i wraig a'i deulu bach.

Ar ôl disgyn o'r awyren a dechrau cerdded y tri chan metr i dderbynfa'r maes awyr bychan, sylwodd Paula ar ryw ferch mewn jîns yn chwifio baner Cymru yn uchel yn yr awyr. Aeth ias i lawr ei chefn wrth weld y ddraig yn cyhwfan yn gartrefol braf mor bell o'i mamwlad. Roedd y ferch yn cyfateb i'r disgrifiad a dderbyniodd o Mirta, a fu draw yng ngholeg Harlech rai blynyddoedd yn ôl. Brysiodd Paula i estyn ei llaw i'r bengoch, ond dewis anwybyddu'r llaw yn llwyr a wnaeth honno a'i chofleidio a'i chusanu.

'Mirta Manolos, ife?' holodd Paula ar ôl cael ei gwynt yn ôl.

'Ia, siŵr. Mirta Williams de Manolos. Ond Mirta i ti. Croeso i ti, *eh.*'

Yn llawn brychni haul, a gwynt Patagonia wedi hen adael ei ôl arni. Ond doedd y gwynt hwnnw heb oeri dim ar y cynhesrwydd a oedd yn ei chalon, chwaith. Dilyn confensiwn fyddai orau, meddyliodd Paula, gan ei chyfarch yn yr un modd, er mor chwithig y teimlai. Wedi'r cyfan, newydd gwrdd yr oedden nhw.

'Diolch. Diolch yn fawr i ti.'

'*¡Chicas!*' galwodd Mirta ac ar amrantiad roedd dwy arall wedi ymuno â hwy. 'Dyma ... y ...' dechreuodd gloffi. 'Sut wyt ti'n sillafu dy enw rŵan?'

'P-A-U-L-A.'

'Pawla, felly. Mae gin ti enw Sbanis fel ninna,' meddai

Mirta gan gyflwyno'r lleill yn eu tro. 'Irma 'dy hi, Irma Jenkins, a dyma Gabriela Lloyd de Lizurume. Dan ni'n ffrindia.'

'Wel, mae'n neis cwrdd â chi i gyd. Wy wedi bod yn dishgwl mla'n at heddi,' gwenodd Paula. Doedd y ffaith iddi estyn ei llaw unwaith eto yn golygu dim byd gan iddynt ei thynnu atynt a'i chusanu y tro hwn ar bob boch.

'O'r Sowth dach chi, ia?' holodd Gabriela. 'Mi ydach chi'n siarad yr un fath â'r athrawes Gymraeg sy efo ni rŵan. Hogan glên 'dy hi Lynwen. Dan ni'n ei deall hi'n reit dda erbyn hyn, welwch chi.'

'Mae'n debyg ei bod hi'n dod o'r cwm nesa ond un ata i,' ymatebodd Paula'n frwd. 'Lynwen Tomos, ie? Alla i ddim gweud 'mod i'n ei nabod hi, chwaith, ond gobitho y ca i gyfle i gwrdd â hi yn ystod y dyddie nesa 'ma.'

'Mi gewch gyfla y pnawn 'ma,' meddai Irma.

'Gida llaw, beth ydy'ch *apellido* chitha?'

'Cyfenw mae hi'n 'feddwl,' eglurodd Mirta.

'Snâm byddai hitha Nain yn ei ddeud bob amsar,' ychwanegodd Gabriela, yn falch o gael ei phig i mewn o'r diwedd.

'Carter yw'r enw,' atebodd Paula'n araf a chlir.

'Ia?' synnodd Irma. 'Mi roedd 'na bobol o'r enw Carter yn arfer byw yn Llety Gwyn. Dach chi'n perthyn tybad?'

'A beth am hwnnw oedd yn byw yn y Tŷ Gwyn yn yr *Estados Unidos?*' chwarddodd Mirta. 'Mi fyddwn ni'n deud yn y munud dy fod ti'n perthyn i hwnnw!'

Ymunodd Paula yn y chwerthin. Cymry oedd y rhain. Pwy ond Cymry fyddai'n rhoi'r fath bwys ar y gair *perthyn?* Wnaeth yr un o'r tair ofyn pryd y bwriadai fynd adref, chwaith! Ond dyma lais Gabriela fel cloch yn ei chlust:

'Am faint dach chi'n bwriadu aros, Pawla?'

Brathodd Paula ei gwefus isaf rhag iddi bwffian chwerthin.

'Am faint? Wel, tan i fi orffen 'y ngwaith.' Ond cyn cael cyfle i ymhelaethu, sylwodd ar ryw ddyn canol oed ifanc yn brasgamu tuag atynt. Tynnodd ei het fawr oddi am ei ben hanner moel a phlygu i gusanu ei boch.

'Croeso!' meddai, braidd yn ansicr ohono'i hun. 'Benito fy mrawd mawr i ydy hwn,' esboniodd Mirta. 'Y fo ydy'r *chófer* am heddiw.'

'O, helô 'na. Shw mae?' gwenodd Paula arno gan sylwi ar y mwstás Mecsicanaidd oedd wedi cyffwrdd mor bryfoclyd â chroen ei hwyneb.

'Sut dach chi? Eh ... bara menyn ... pwdin reis ... *eh* ... angladd neis. *Nada más,*' rhaffodd gan hanner chwerthin.

''Dy o ddim yn gallu rhyw lawar a chydig mae o'n ddeall,' esboniodd Mirta. 'Mae o wedi byw allan ar y Camp, neu'r ffarm fel dach chi'n ddeud, ers tipyn rŵan felly 'dy o ddim yn cael cyfla i ymarfar ei Gymraeg. Does genno fo ddim amsar chwaith. Yna, mae o wedi priodi ag Indianas, felly Sbanis ydy iaith y cartref, wel'di. Piti garw ac ynta wedi magu llond tŷ o blant! Ond felly mae hi, *lamentablemente*, fel dan ni'n 'ddeud. Ond be wnawn ni, Pawlita? Sbanis ydy iaith y wlad wedi'r cyfan,' ochneidiodd y gochen fel petai'n dyheu am droi'r cloc yn ôl.

'Digon tebyg yw hi yng Nghymru,' oedd sylw Paula. 'Er gwaetha'r ymdrechion i gyd 'yn ni'n gorfod byw mewn môr o Saesneg, a hynny yn ein gwlad ein hunen.'

'Ylwch, mae'r bagia'n dod!' cyhoeddodd Gabriela, yn falch o'r cyfle i gael ychwanegu rhywbeth at y sgwrs.

'Hwnna yw'n un i,' dywedodd Paula, yn gyffro i gyd. 'Yr un mawr, glas.'

12

Ar hynny gafaelodd Benito ynddo a'i godi'n ddidrafferth a'i hysgafnhau o'r bag arall oedd ganddi ar yr un pryd. Yna, allan â hwy i'r awyr iach lle'r oedd Mitsubishi lled newydd yr olwg yn disgwyl amdanynt yng nghysgod y coed helyg.

'Cerbyd neis,' meddai Paula.

'Mi fydd o wedi gorffan talu amdano 'mhen pum mlynadd!' dywedodd Mirta. 'Does 'na ddim ffordd arall amdani ond talu mewn *cuotas*. Be ddaw o'r wlad 'ma, wn i ddim, a phres yn mynd yn fwy prin bob dydd,' ychwanegodd wrth weld yr olwg chwilfrydig oedd ar wyneb y ferch oedd yn perthyn i'r byd cyntaf.

Heb oedi dim, chwiliodd Paula am ei sbectol haul. Roedd popeth mor llachar ac er bod haul y gwanwyn yn gynnes braf, mynnodd awel bryfoclyd godi godre'r sgert oedd amdani gan arddangos ei phais. Sylwodd Mirta arni'n brwydro yn erbyn y gwynt a cholli'r dydd.

'Mae gin ti drowsusa, gobeithio,' gwenodd.

'Oes, mwy nag un pâr. Ond o'dd y sgert 'ma'n well o safbwynt teithio, rywsut.'

Dywedodd Benito rywbeth yn Sbaeneg a chwarddodd y merched, ond ni chafwyd esboniad ganddynt chwaith.

'Trowsusa dan ni'n eu gwisgo drwy'r flwyddyn bron. Cymint o lwch a gwynt, weli di. Ac yn y gwanwyn fel hyn mae o ar ei waetha ym Mhatagonia. Awel fach 'dy hon, serch hynny, nid gwynt! Wyt ti'n cofio, Irma, beth fyddai Modryb Stela yn arfar ei alw fo?'

'*Sí*,' chwarddodd. '*Awelita!* Hannar a hannar. Dach chi, Pawla, yn gallu tipyn o Sbanis?'

'Wel, *poquito!* Wy'n gallu gofyn am goffi bach a...'

'Ac am y tŷ bach, wrth gwrs,' chwarddodd Gabriela.

'*Los baños* yw'ch gair chi yn Archentina, ontefe?'

'Ia, dyna fo. Mi dach chi'n siŵr o ddysgu tipyn o'r iaith tra bo chi yma.'

'Tasat ti'n cael cariad mi ddysgai hwnnw Sbanis i ti 'mhen fawr o dro, *eh.*'

'Gad i Pawla gael ei gwynt ati, Mirta,' dywedodd Irma. 'Digon tebyg bod ganddi gariad 'nôl yn yr Hen Wlad, beth bynnag!'

Gwenodd Paula. Ffordd fach gyfrwys o holi, meddyliodd. Os oedden nhw o dan yr argraff ei bod hi'n mynd i arllwys ei chwd jest fel'na, o'n nhw'n neud yffach o gamgymeriad. Doedd dim i'w ddweud wedi'r cwbl.

Ar ôl llwytho'r cerbyd a gofalu bod Paula yn cael y sedd flaen, cydiodd Benito mewn casét a'i fwydo i'w le priodol. Eiliadau ar ôl cychwyn ar eu taith cawsant eu gwefreiddio gan leisiau côr o Gymru yn canu 'Y Dref Wen'.

'Ie, bendigedig,' cytunodd Paula gan ymgolli yn y gân, a rhyfeddu ar yr un pryd at yr olygfa newydd oedd yn ymestyn o'i blaen. Roedd y ffordd a ddilynent yn garegog a garw un funud ac yna'n llinyn llyfn. Ymddangosai'r mynyddoedd bellach fel cewri yn hytrach na brenhinoedd. Un rhes ar ôl y llall yn herio'r sawl a fynnai edrych arnynt. Roedd y lliwiau mor drawiadol. Yn rhuddgoch neu'n borffor un funud ac yna'n llwydwyrdd, a'r eira gwyn yn goron ar bob copa. A'r awyr uwchben yn lasach hyd yn oed na'r faner a'u saliwtiai o do'r maes awyr a'r faner a welent, erbyn hyn, wrth iddynt ddynesu at yr hyn a ymdebygai i orsaf fysiau. Un arall eto yn cyhwfan yn y gwynt ar draws y ffordd.

'Mae'r faner las yn cael lle amlwg gyda chi 'ma,' dywedodd Paula gan dorri ar draws y distawrwydd.

'Ydy siŵr iawn. Mi fydd hi'n cael ei chodi yn yr ysgol

bob bora wrth i'r *himno nacional* gael ei ganu,' manylodd Mirta.

'Rhaid i bawb ddysgu'r geiria ar eu cof, *eh*, gan gynnwys y plant bach, bob un,' ychwanegodd Irma a balchder yn ei llais.

Aeth Paula'n fud am funud. Mor wahanol oedd pethe adre, yn y Gymru gyfoes. Ffugio canu fel yr enwog Redwood gynt. Na, wydden nhw mo'r geiriau.

'Dyma nhw'r geiria!' meddai Mirta gan estyn carden fach iddi, 'rhag ofn y gwnei di fynd i rwbath swyddogol fel ...'

'Fel yr Eisteddfod,' mynnodd Gabriela. 'Mi fydd un yn y Cwm cyn hir ac wrth gwrs, yn dilyn honno mi fydd Eisteddfod y Wladfa.'

'Mae honno'n cael ei chynnal yn Nhrelew fel wy'n deall.'

'Dyna fo. Chwe chant o *kilometros* o'r Andes 'ma.'

'Waw! Ma hynny'n bedwar can milltir. Fel teithio o dde Cymru i'r Alban! Ac 'ych chi'ch tair yn bwriadu mynd?'

'Yndan. Dan ni'n aeloda o'r côr a dan ni wedi arfar cystadlu bob blwyddyn ers blynyddoedd rŵan.'

'Ac wedi arfer ennill 'fyd?'

'Weithia dan ni'n lwcus. Weithia dan ni ddim. Dibynnu pwy ydy'r *jurado!*'

'Beirniad ydy'r gair, Gabriela,' cywirodd Irma. 'Neson ni ganu 'Yr Arglwydd yw fy Mugail' y tro dwedda, ond doedd y ddynas ddim yn licio fel roeddan ni'n yngganu "gida" ... Mi oedd hi isio i ni ddeud "gyda". Be dach chi'n 'feddwl, Pawla?'

'Wel, nid athrawes iaith ydw i. Mater o chwaeth yw e yn y pen draw, er bod 'na reol ynglŷn ag ynganu ...'

'Be 'dy chwaeth?'

'*Gusto*, dyna mae o'n feddwl,' atebodd Mirta fel ergyd o ddryll.

'¡*Muy complicado!*' meddai Irma'n ddiamynedd.

'Yn gywir fel iwsio "rŵan" neu "nawr",' chwarddodd Mirta. 'Dan ni'n hapus efo'r ddau, a deud y gwir.'

'Rwanta!' meddai Benito ar uchaf ei lais. 'Dan … dan ni … *eh* …'

'Wedi cyrraedd,' gorffennodd ei chwaer. 'Mae'r geiria yn ei enaid o, wel'di.'

'Dan ni wedi dysgu lot o eiria newydd heddiw 'ma,' llonnodd Irma.

'A beth amdana inne?' gofynnodd Paula. 'Mae un peth yn siŵr, wy wedi dysgu tipyn o Sbaeneg 'fyd, neu o Sbanis fel 'ych chi'n ei ddweud.'

Safodd y Mitsubishi lliw arian o flaen y tŷ bychan unllawr.

''Na fo 'ta, Pawlita. Dyma'r *departamento*. Fel y deudist ti drwy'r teleffon doeddat ti ddim awydd aros mewn gwesty.'

'Bydd hwn yn llawer gwell. Mi fydda i'n gallu mynd a dod fel y mynna i wedyn.'

'Pob lwc, ia!' daeth y lleisiau o'r cerbyd. '¡*Suerte!*'

'Ta ta!' dywedodd Benito gan osod y bagiau y tu mewn i'r drws. Geiriau annisgwyl gan glamp o ddyn fel yntau, meddyliodd Paula. Geiriau a gofiai ers dyddiau ei blentyndod yn ôl pob tebyg.

'Yr agoriad, cymer o,' meddai Mirta, 'a gna dy hun yn gartrefol nawr. Rhaid i mi bicio allan am ddwy funud ac yna mi wnawn ni fynd am de bach efo'n gilydd, ia?'

'Iawn. Bydda i'n dy ddishgwl di.'

*   *   *

Munud neu ddwy. Beth olygent wrth hynny, tybed? Archentwyr oedden nhw, wedi'r cyfan, ac amser neu gadw amser, yn ôl pob sôn, yn golygu dim yw dim iddynt. Hyd y gwelai, wydden nhw ddim beth oedd ystyr y gair prydlondeb. Gwenodd Paula. Mi fyddai'n rhaid iddi ddysgu bod yn amyneddgar, dyna i gyd. Fyddai hynny ddim yn hawdd, a hithau'n un a gredai fod prydlondeb yn rhinwedd. Edrychodd ar ei horiawr am y pumed tro y prynhawn hwnnw. Cofiodd am ei Wncwl David John a'r modd yr enillodd y llysenw 'Dai-dwy-funed'. Roedd e wastad ar ei hôl hi ym mhob ystyr, druan! Dwy funud. Roedd hi mwy fel dwy awr erbyn hyn. Ychydig iawn a gafodd i'w fwyta ar yr awyren a gallai wneud y tro â brechdan neu ddwy yn awr. Gallai fod wedi cael cawod braf a newid. Yn lle hynny disgwyl a disgwyl.

Roedd rhyw dda ym mhob drwg, serch hynny. O leiaf fe gafodd gyfle i fod ar ei phen ei hun am dipyn. Cyfle i dreulio dwy awr gyda'i meddyliau a'i hargraffiadau. Roedd bron wyth mil o filltiroedd rhyngddi hi a'i mamwlad. Eto, teimlai ar ryw ystyr nad oedd hi wedi gadael Cymru o gwbl. Mynnai ei chlustiau ei pherswadio mai yng nghyffiniau'r Bala ydoedd. Un o'r ardal honno oedd Bethan, hen ffrind coleg iddi a hawdd y gallai dyngu iddi fod yng nghwmni Bethan a'i theulu yn ystod y prynhawn – y prynhawn a oedd ar fin troi yn nos! Oedd, roedd hi'n hen gyfarwydd â'r dafodiaith. 'Hogan glên' … 'isio' a 'licio' … 'pres' … ac 'andros' o hyn ac arall. Heb anghofio am y llond ceg o 'Ta-ta, ŵan'. Ond roedd acen y criw yma'n wahanol. Yn feddal ac yn felys. Canu'r Gymraeg a wnaent. Sôn am gael ei swyno! Ac roedd hi'n saff o ddeunydd recordio oherwydd os oedd y merched canol oed yma yn gallu cyfathrebu cystal â hyn, beth, tybed, am eu mamau a'u modrybedd? A'r neiniau? Gorchwyl yr athrawes a ddaeth i'w plith fyddai rhwydo'r to ifanc a mynd ati i'w hargyhoeddi o werth yr iaith Gymraeg. Yma i dargedu'r to hŷn yr oedd hithau i sicrhau nad âi atgofion y gorffennol ar goll yn llwch y paith diderfyn. Yma yn enw addysg yr oedd Lynwen Tomos a'i bath. Lwc dda iddyn nhw. Ond gweithio i'r cyfryngau a wnâi Paula ac roedd hi yma, mewn gwirionedd, er ei mwyn ei hunan.

Tair wythnos yn unig oedd hyd y cytundeb, felly am dair wythnos o waith y câi ei thalu, ond roedd hi wedi penderfynu rhag blaen bod hynny o amser yn annigonol. Wrth fod yma am gyfnod hwy, mi allai wneud cyfiawnder nid yn unig â'r gwaith ond hefyd â hi ei hun. Ac roedd hynny'n bwysig. Casglu digon o ddeunydd ar gyfer cyfres gofiadwy o raglenni oedd y nod. Beth arall allai hi ddisgwyl ond dyrchafiad?

Roedd pawb am gael croesi'r Iwerydd y dyddiau hyn i gael profi rhamant Patagonia drostynt eu hunain. Rhai am ffilmio'r gwartheg wyneb gwyn neu'r hyrddod hynod. Eraill am gynnal sesiynau o ganu gwlad. Pobol yn ffereta am ddeunydd addas ar gyfer rhaglenni teledu, a'r cwmnïau annibynnol am waed ei gilydd. Pwy fyddai'r nesaf i groesi'r moroedd, yn ddewr fel Madog gynt? Neb llai na'r Archdderwydd ei hun a'i gyd-orseddogion.

Y gwir yn erbyn y byd oddi ar y maen llog o flwyddyn i flwyddyn ond, yn y dirgel, y glas yn erbyn y gwyrdd a'r gwyrdd yn erbyn y gwyn oedd hi. Gwisg wen, wir! Doedd dim rhaid iddi hi fynd dim pellach na'i thad o ran hynny. Roedd yntau'n hen law ar droi'r dŵr i'w felin ei hun. Gan iddo sicrhau bod cyfraniad sylweddol yn mynd i goffrau'r sefydliad a hynny bob blwyddyn yn ddi-ffael, ac am ei fod yn ddyn busnes mwy llewyrchus na'r cyffredin fe gafodd, o'r diwedd, ei anrhydeddu â choban wen. Â'i lygaid tywyll, treiddgar a'i farf ddu, ac yntau yn benwisg i gyd, doedd e ddim yn annhebyg i Osama Bin Laden. Ei dad, a oedd wedi bod mor ddi-hid o'r iaith ac a wrthododd fabwysiadu polisi dwyieithog yn y swyddfeydd di-ri oedd o dan ei ofal, yn cael ei orseddu. Yn fab i Sais a'i fam yn hanner Eidales. Roedd llythrennau cyntaf ei enw, Luciano William Carter, wedi mynd yn air Cymraeg ar blât rhif y Porsche a yrrai. Anrhydeddu dyn a alwai'r Eisteddfod yn Jamborî o fewn cylch y teulu ac ymysg ffrindiau dethol. Doedd ei agwedd negyddol at ddwyieithrwydd ddim wedi mennu llawer ar Paula, serch hynny. Rhyngddo fe a'i bethau. Peth arall oedd iddo geisio melan yn ei bywyd hi.

Dechreuodd syllu o'i chwmpas. Ystafell fyw â chegin yn rhan ohoni. Bwrdd trwsgl a phedair cadair o bren tywyll. Ystafell ymolchi heb fod ynddi le i grogi cath. Ystafell wely ddiddodrefn, ar wahân i'r gwely ei hun a chwpwrdd dillad yn y wal. Ffôn. Un mawr, du, trwm yr olwg oedd yn perthyn i gyfnod y ffilmiau du a gwyn. Ond diolch amdano. Sut yn y byd y diflannodd ei ffôn symudol newydd mor ddisymwth? Y cyfan a wnaeth hi oedd ei dynnu o'i bag ysgwydd am ennyd i chwilio am ei brws gwallt yn nhŷ bach y maes awyr yn B.A. Roedd e wrth y basn ymolchi o dan ei thrwyn. A'r eiliad nesaf ... roedd e wedi mynd. A gwaeth fyth, merch oedd yn gyfrifol am y weithred. Damo hi, pwy bynnag ydoedd. Dylai fod wedi cymryd mwy o sylw o Cliff a'i rybuddion wrth iddo estyn y teclyn iddi y noson cyn iddi adael. Ei anrheg ffarwél iddi. Eisiau cadw mewn cysylltiad ydoedd. Eisiau gwybod am bob symudiad o'i heiddo. Ond roedd y cyfrwng cyswllt wedi cael ei ddwyn. Sut y byddai sêr ddewin yn dehongli peth fel'na? A oedd hwn yn gyfle iddi dorri'r berthynas? Ai dyna oedd hi am 'wneud mewn gwirionedd?

Crwydrodd ei llygaid o gwmpas yr ystafell fyw. Dim sôn am unrhyw fwgan unllygeidiog, fel y cyfeiriodd rhyw golofnydd at y teledu. Dim ffasiwn beth â meicrodon. Dim ond hen ffwrn nwy oedd wedi gweld ei hamser gorau. A dim peiriant golchi dillad, chwaith. Ond roedd yno glamp o sinc a honno'n rhygnau i gyd o'i mewn. Erbyn meddwl doedd hi erioed wedi golchi â llaw heb sôn am sgrwbio! Aeth ei meddwl ar wib i'r tŷ newydd y llwyddodd i'w brynu y llynedd, gyda help L.W.C. wrth gwrs. Yn drwch o garpedi ac yn ddyfeisiadau modern drwyddo. Ochneidiodd wrth feddwl am y baddon-awyr hirgrwn â'i ddŵr cynnes, braf yn lapio'n hudol amdani. Dewin o beth yn gwneud i bob arwydd o dyndra ddiflannu yn dilyn diwrnod caled o waith. A'r soffa fawr lle treuliodd ambell noson ddifyr yn gwylio fideo ym mreichiau Cliff ac yn yfed Cinzano. Roedd ynte wedi rhyw gyfrwys awgrymu y carai symud i mewn ati, ond ni fynnai hithau hynny. Ac yna fe geisiodd ei darbwyllo i fynd i Seland Newydd gydag ef. Gwrthod a wnaeth. Gallai ei glywed yn dannod iddi hi yn ei ffordd siŵr-o'i-hunan 'Why all this bloody fuss about going to Patagonia? Especially that hole you'll be stuck in! What a write-up the press gave it – A TOWN OF GRAFFITI AND BARKING DOGS! Your father's absolutely right. You do need your head examined!'

Roedd hi'n barod â'i hatebion, serch hynny. Mi fyddai mynd i'r Andes yn her. Roedd angen sialens arni. Fe gâi gwrdd â phobol wahanol, pobol unigryw. Byddai profiad o weithio yn America Ladin yn gryn hwb i'w gyrfa yn y cyfryngau. Roedd e'n lle rhamantus yn ôl pob sôn. Dim hebddo ef, yr oedd wedi ateb. Typical! Roedd hi wedi syrffedu arno fe a'i deulu ers tro, y Simmonds hwythau, a'u sŵn. Saeson! Blydi, blydi Saeson! Roedd hi wedi diodde digon. Nid ei fod e wedi'i cham-drin. Ond yn y bôn roedd e'n ddirmygus ohoni hi a'i Chymreictod. Pe bai hi'n ddigon gonest â hi ei hun mi wnâi gyfaddef bod y gwahanu dros dro yn mynd i arwain yn naturiol at dorri'r berthynas am byth. Fe'i cafodd ei hun ymhlith pobol a siaradai yr un iaith â hi ac a barchai ei gwlad a'i thraddodiadau. Digon gwir nad oedd gan y cwlffyn Benito yna fawr o grap ar y Gymraeg, ond fe wnâi ei orau. Hwyrach y deuai ar draws rhywun … rhyw ddyn ifanc, golygus oedd yn gallu mynegi ei hun yn y Gymraeg. Roedd hi'n ddigon parod i ddilyn ei chalon. 'Have fun!' Dyna gyngor Gaynor wrth iddynt adael y stiwdio gyda'i gilydd y dydd o'r blaen. Mi wnâi hi hynny. A pham lai, a hithau'n rhydd? Doedd hi ddim isie dim byd mwy na ffling fach. Dim mwy na sbort … Aeth ati i ddadbacio. Yno yn y cês, yn ddiogel ym mhlyg ei blows sidan borffor yr oedd llun ohono ef, Cliff, yn wên o glust i glust ac yn gwisgo'r crys a'r tei a brynodd hithau iddo ar ei ben-blwydd. Ond y tu ôl i'r wên yr oedd yno ddyn uchelgeisiol, a chrafwr. Cyfalafwr i'r carn, fel ei thad. Beth gafodd hi i ddod â'i lun gyda hi? Trodd ef wyneb i waered a'i roi i gadw yng ngwaelod y cwpwrdd dillad.

Yr unig un a'i deallai, mewn gwirionedd, oedd ei mam-gu, ar ochr ei mam. Ymfalchïai honno yn y ffaith ei bod hi wedi cael y cytundeb ac aeth ati â'i holl egni i gyhoeddi i'r byd a'r betws bod ei hunig wyres yn mynd i Batagonia. Y gweinidog oedd y cyntaf i gael clywed y newydd ac aelodau Siloam yn ail. Wedyn y gangen leol o fudiad Merched y Wawr. Heb anghofio tîm merched y Clwb Bowls. Er gwaetha'i hoedran, roedd ei mam-gu yn gyfoes iawn ei hagwedd ac yn cymryd diddordeb byw yn hynt a helynt pawb yn y gymdogaeth. Doedd dim modd osgoi llysenwau yn ardal Pontyfelin a doedd dim rhyfedd yn y byd bod Lisi Bowen wedi mynd yn Bisi Lisi! Oedd, roedd y pentre i gyd yn gwybod bod wyres Bisi Lisi yn mynd dros y môr.

'Cer di bach, os taw 'na beth ti'n mo'yn. Pob lwc i ti, 'weda i. A chofia di bydd Mam-gu yn meddwl amdanot ti trw'r amser.'

Doedd hi ddim yn hollol siŵr a wyddai ei mam-gu lle'r oedd Patagonia, serch hynny. Cyn belled ag yr oedd hi yn y cwestiwn, pentre mawr oedd Patagonia a hwnnw'n dipyn o ffordd o Bontyfelin.

Cnoc ysgafn ar y drws ac i mewn â Mirta heb aros am wahoddiad a heb unrhyw fath o eglurhad pam yr oedd dau funud wedi mynd yn ddwy awr. Fel heddiw a ddoe, yn ddarlun perffaith o wlad y *mañana*.

'Barod, Pawlita? Ffwr' â ni 'ta. Dan ni'n mynd i'r Casa de Te newydd. Tŷ Te Bara Menyn – dyna'i enw fo. Enw da 'te?'

'Ie, wir,' atebodd Paula gan gofio'n sydyn nad oedd wedi cael briwsionyn i'w fwyta ers canol bore a'i bod hi erbyn hyn yn tynnu am chwech o'r gloch. 'Wy wedi darllen am y Casas de Te 'ma. Nodweddiadol o'r Wladfa, ife?'

'Ia, debyg iawn. Mae gwledd yn dy ddisgwyl di. Mi wnest ti helpu dy hun i'r petha yn yr oergell on'do? Mae 'na ddigon o fwyd yno i dy gadw di am wythnos o leia. Gida chyfarchion y Gymdeithas Gymraeg.'

'Chwarae teg iddyn nhw,' adweithiodd Paula. Hel meddyliau am ddwyawr a heb feddwl am roi'i phen yn yr oergell a'i hwynebai.

Mirta oedd wrth y llyw y tro hwn ac yn gyrru ei char ei hun, sef Citroën bach melyn a fynnai blwcio a thagu am yn ail. Roedd golwg ryfedd arno – twll yn y llawr a chrac yn y ffenest flaen. Ond gwelodd geir digon tebyg eu cyflwr wrth fynd drwy'r dref. Tref lle'r oedd ffordd yn croesi ffordd yn barhaus. O'r awyr byddai'n siŵr o ymdebygu i gwilt gwely â'i sgwariau wedi'u rhannu'n gyfartal.

'Sgwaria dan ni'n galw'r rhain,' esboniodd Mirta fel pe bai wedi darllen meddwl y Gymraes a eisteddai wrth ei hochr. 'Maen nhw'n ddiddiwadd, wel'di.'

'Sdim sôn am oleuade traffig yn unman,' meddai Paula gan afael yn y gwregys diogelwch a oedd yn llwch o'r naill ben i'r llall.

'Dim ffasiwn beth,' gwenodd Mirta gan droi ei phen fel pendil cloc. 'Does dim angen i ti roi honna amdanat. Dan ni bron â chyrraedd rŵan. Beth bynnag, dan ni byth yn eu gwisgo nhw yn fan'ma.'

'Grym arferiad, 'na i gyd!'

'Dyma fo. Tŷ Te Bara Menyn!'

Wrth i Paula ddisgyn yn welw, os nad yn simsan, o'r caets caneri o gar, sylwodd yn sydyn nad oedd y brêc llaw wedi cael ei dynnu.

'Hei!' gwaeddodd ar ôl Mirta. 'Beth am y brêc?'

'Fydda i byth yn gneud, wyddost ti,' gwenodd yn ddireidus. 'Be wnest ti alw peth fel'na ... grym arferiad, ia?'

I mewn â hwy i'r Casa de Te i sŵn canu Cymraeg. Llais adnabyddus yn morio 'Un Dydd ar y Tro'. Cyngor yn ei bryd, meddyliodd Paula. Wedi'r cyfan yn y Wladfa roedd pawb yn ddiwahân yn byw i'r diwrnod. Ac wir, roedd e'n deimlad braf wedi'r holl gwrso y bu'n rhaid iddi'i wneud yn ddiweddar, a'r straen a ddaeth yn ei sgil.

Draw â hwy at y bwrdd wrth y ffenest fwa lle yr eisteddai Irma a Gabriela yn wên i gyd. Heb oedi dim aethant ati i'w chofleidio a'i chusanu yn union fel pe baen nhw heb ei gweld hi ers hydoedd. Ar ben y bwrdd eisteddai merch arall tua'r un oed â hithau … Ychydig yn hŷn o drwch blewyn, efallai, meddyliodd Paula. Wedi troi tri deg a graen da arni.

'Lynwen, yr athrawas Gymraeg.'

Dim coflaid na chusan gan hon, dim ond llond ceg o 'Hai-a!' a hynny, mewn acen ddeheuol.

'Pawla 'dy hi … sy'n gweithio i'r Radio draw yn yr Hen Wlad. O lle wyt ti'n dod ddeudist ti?' trodd Mirta ati. 'Pant-y-rhwbath?'

'Lle o'r enw Pontyfelin.'

'Ucha neu Isa?' cellweiriodd Lynwen, gan chwarae â'r cyrls golau a fynnai sboncio ar ei thalcen.

'Rhynt y ddou,' gwenodd Paula, gan eistedd gyferbyn â hi. ''Dyn ni ddim wedi cwrdd o'r bla'n, ond wy wedi darllen rhyw erthygl amdanot ti yn y papur bro.'

'Wir? Pryd o'dd 'ny 'te?'

'Whap ar ôl i ti ddod 'ma. O's rhyw chwe mish ers 'ny?'

'Saith mish erbyn hyn. Hm … 'se pobol gatre yn 'y ngweld i nawr, bydden nhw'n meddwl 'mod inne'n saith mish 'fyd gyda'r holl bwyse wy wedi'i ennill!'

'Dan ni'n cael tipyn o hwyl efo Lynwen ynglŷn â'i phwysa,' chwarddodd Mirta.

'Yndan,' ymunodd Gabriela. 'Dan ni'n deud wrthi ei bod hi wedi pesgi 'chydig, ond mae hitha'n mynnu mai moch sy'n pesgi! Mae'n debyg ei bod hi'n well gan bobol Cymru ddeud bod golwg dda ar rywun.'

Ar hyn daeth perchennog y Tŷ Te i'r golwg yn cario tebotaid mawr o de.

'Te o Gymru ydy hwn,' ymffrostiodd. 'Ei gael o gan gyfnithar i mi sy'n byw yn Nolwyddelan. Dach chi'n nabod y lle, wn i?' trodd at y merched, dim ond i weld y ddwy yn ysgwyd eu pennau.

'O'r De mae'r ddwy yn dod,' eglurodd Irma.

'O, ia … o'r Sowth, felly.'

'Mae'r enw sy gyda chi ar y Tŷ Te yn wreiddiol iawn,' meddai Paula wrth iddi synhwyro'r siom yn ei llais.

'Mae 'na hanas y tu ôl i'r enw. Mi gewch glywad gan rywun, siŵr. Rŵan, gobeithio bydd popeth yn plesio gymint â'r enw.' Ac yn ôl â hi i'r gegin.

'Jiw! Beth sy gyda ni fan hyn?' gofynnodd Paula gan lygadu'r bwrdd o'r naill ben i'r llall.

'Dechreua 'da'r bara menyn,' awgrymodd Lynwen gan stwffio hanner tafell i'w cheg.

'Mm … Mae e'n fendigedig.'

'Teisen blât dan ni'n galw hon,' eglurodd Gabriela gan fynd yn ei blaen i enwi pob dim oedd ar y bwrdd.

Dechreuodd Paula gyfrif. Deg o wahanol fathau o deisennod gan gynnwys y deisen ddu a'r deisen hufen yr oedd merched y Wladfa mor enwog amdanynt.

'Sdim byd fel hyn i'w gael yng Nghymru,' gresynodd Lynwen.

'Nag o's,' cytunodd Paula.

'Ychydig o bobol fydd yn cael te o gwbwl.' Tynnodd Paula ei llawes i fyny i edrych ar ei horiawr. 'Bobol bach! Mi fydden ni wedi hen fyta swper yng Nghymru erbyn hyn.'

'Dim swpar i ninna cyn naw beth bynnag,' meddai Mirta gan gymryd cip sydyn ar y wats aur a oedd yn rhyfeddod iddi. 'Gofala am honna ac am dy fodrwy, yn enwedig yn y brifddinas ar dy ffordd yn ôl.'

'Ond sdim isie i ti fecso am rownd ffor hyn.'

'Wn i ddim am hynny, chwaith, Lynwen. Mae petha fel'na'n siŵr o dynnu sylw, *eb*.'

'Mae Mirta'n iawn,' cytunodd Gabriela. 'Yndydy, Irma?'

'*Sí*, neu mi fydd Pawla'n rhoi'r argraff ei bod hi'n werth ei ffortiwn!'

'Ydy pobol yn dwyn 'ma 'te?' holodd gan gofio am dynged ei ffôn symudol.

'Gofala am y petha bach duon 'na weli di'n begian ar y stryd. Paid â dechra rhoi pres iddyn nhw neu chei di ddim llonydd o gwbwl.'

Petha bach duon! Ai cyfeirio at yr Indiaid oedd Mirta, meddyliodd Paula.

'Mae 'na dipyn o dlodi 'ma, on'd o's e?'

Daeth yr ateb mewn un gair a hwnnw yn yr iaith Sbaeneg. '*Sí*.'

A dyma newid y sgwrs.

'Mae 'na *asado* yr wythnos hon – a dan ni i gyd i fod i fynd – chitha'ch dwy hefyd,' meddai Gabriela.

'Wrth gwrs,' bywhaodd Lynwen. 'Bydd hi wedi troi deg o'r gloch arna i'n cyrraedd sbo. Fydd y dosbarth ddim wedi cwpla tan hynny.'

''Yt ti'n gwitho'n hwyr!' synnodd Paula. 'Nid naw tan bump yw hi fan hyn 'te.'

'Dim o gwbwl. Rownd y cloc yw hi bob dydd, bron. Bore fory am naw ma'r plant lleia'n cael sylw a wedyn am ddeg mae'r dosbarth gloywi. Dere i hwnnw os licet ti. Cyfle i ti gwrdd â'r hufen!'

'Mi ydan ni'n gwbod be mae'r athrawas yn ei feddwl ohonon ni rŵan!' ymffrostiodd Irma gan droi at Mirta a gwenu fel merch fach ysgol yn derbyn seren am ei gwaith.

'I'r dosbarth arall y bydda i'n mynd,' anesmwythodd Gabriela. 'Mi dw i'n bell ar ei hôl hi …'

'Nag 'ych ddim,' mynnodd ei hathrawes. ''Ych chi'n dod yn eich blaen yn ardderchog, Gabriela.'

'Wy wedi ca'l sioc 'y mywyd, 'ta beth,' ychwanegodd Paula. 'Mae'r tair ohonoch chi'n siarad Cymraeg yn well na miloedd sy wedi ca'l eu geni a'u magu yng Nghymru. Gobitho y ca i gyfle i'ch recordio chi.'

'Meira, mam Irma, ydy'r un,' awgrymodd Gabriela fel bollt. 'Mi gewch chi hanas diddorol ganddi hitha.'

'Oes 'na ddynion y gallwn i eu cyf-weld?' holodd Paula a thinc gobeithiol yn ei llais.

'Sí,' daeth yr ateb. 'Mae 'na amball un …'

'Fel pwy, Irma?' gofynnodd Mirta.

'Be am Elder Hopkins?' awgrymodd, gan wenu'n ddireidus. 'Mae o'n adnabyddus …'

'Reit siŵr ei fod o,' chwarddodd Mirta, 'ond yn adnabyddus am be? Dyna'r cwestiwn!'

'Licio merchaid mae o!' dywedodd Gabriela.

'Ond mae'r hen Eli wedi cael ei ddydd, serch hynny,' meddai Mirta. 'Sí, mae o mor hen â baco. Ond mi alla i feddwl am amball ŵr ifanc, golygus fydda'n reit barod i helpu rhywun fel ti, Pawla! Beth wyt ti'n 'feddwl, Lynwen?'

'Wel, digon posib bod … bod ambell un,' cloffodd yr athrawes.

Ateb cwta, meddyliodd Paula. Braidd yn rhy gwta. Allai hi ddim peidio â sylwi, chwaith, bod ychydig o wrid wedi codi i wyneb y ferch benfelen a eisteddai gyferbyn â hi. Oedd hi'n ofni cystadleuaeth? Neu yn cuddio rhyw hync gojys yn rhywle!

'¡Dios mío!' Mae'n chwartar wedi naw!' synnodd

Gabriela gan hanner codi oddi wrth y bwrdd. 'Amsar swpar!'

'Dim rhagor i fyta i fi tan 'fory!' meddai Paula gan roi ei llaw ar ei bola. ''Na beth o'dd gwledd!'

'Cystal rhoi diwedd ar hwn!' meddai Lynwen gan estyn am yr un darn o fara menyn oedd ar ôl ar y plât. 'Wela i di bore fory?'

'Os na fydda i wedi blino gormod!' gwenodd Paula.

Wedi ffarwelio â'r lleill wrth fynedfa'r Tŷ Te, neidiodd Paula i mewn i'r modur melyn a dychryn wrth weld dolen y drws yn disgyn i'w harffed. Chwerthin yn braf wnaeth Mirta.

'Paid â phoeni, Pawlita, dim ond i ti gyrraedd 'nôl yn un darn!'

Gwenodd Paula yn wannaidd. Roedd y car yn debyg iawn i'r bympers hynny y bu hi a'i ffrindiau'n eu gyrru am hwyl yn y ffair. Beth petai ei thad a Cliff yn ei gweld y funud honno?

Dyma gyrraedd y *departamento* yn Stryd Molinari yn ddiogel ac wedi i Mirta sicrhau bod pob dim yn iawn, caeodd Paula ddrws ei chartref newydd a'i gloi. Aeth draw i eistedd ar un o'r cadeiriau clogyrnog, caled a'i chael yn llawer mwy cyffforddus na'r tro o'r blaen. Roedd hi wedi blino cymaint. Dechreuodd chwilmantan yn y ffeil a adawodd ar y bwrdd a syllu'n hir ar ei chytundeb gwaith. Bu'n ddechrau da i'w diwrnod cyntaf. Yn ddechrau addawol. Cawod amdani, a gwely cynnar.

Pennod 2

'Jiw! Jiw! 'Yt ti'n brydlon,' synnodd Lynwen wrth iddi weld Paula'n cerdded i mewn i'r dosbarth yn ysgafndroed.

'Prydlondeb yw un o'n rhinwedde i, t'weld. Nid bod 'da fi lot fowr o'r rheiny, chwaith!' gwenodd yn gellweirus. 'Do'dd dim isie lot fowr i fyta y bore 'ma ar ôl y wledd geson ni nithwr.'

'Nithwr wedest ti. Ond ro'dd hi'n dal yn brynhawn iddyn nhw, fan hyn. Mae clywed rhywun yn sôn am gynnal cwrdd am saith y prynhawn yn swno mor rhyfedd! O ie, o'n i isie dy rybuddio di, 'fyd. Paid â mentro crybwyll enw Eva Perón iddyn nhw, da ti. Mae'r enw'n gadel blas cas yn y geg.'

'Wir? O'n i'n meddwl eu bod nhw'n dwlu arni yn Archentina. Wy'n credu'i bod hi wedi dod drosodd fel person poblogaidd iawn yn y ffilm *Evita*, fyddet ti ddim yn cytuno?'

'Byddwn, sbo. Ond yn y Wladfa 'yt ti nawr, cofia. Os rhwbeth, diodde wna'th y Cymry o dan Perón. Mae'n debyg iddyn nhw golli tipyn o'u heiddo o'i achos e a'i annwyl briod, a cholli'u rhyddid 'fyd, i ryw raddau.'

'Jawch, lwcus i ti weud. Gallwn i fod wedi rhoi 'nhro'd ynddi heb sylweddoli.'

'Mae'n braf cael dy gwmni di, ti'n gwbod. Yn un peth, mae'n gyfle i gael clonc yn ein hiaith ein hunen! Wy'n gorfod gofalu 'mod i'n siarad yn ffurfiol ac osgoi cyment fyth o dafodieth ag sy'n bosib. Ond *mae* eu Cymra'g nhw'n dda, cofia. Fe gei di weld dy hunan yn y man.'

'Sdim sôn am enaid byw 'to.'

'Mi ddôn. Maen nhw mor jacôs. Dim amgyffred o amser!'

'Gwbod 'ny'n barod,' gwenodd Paula. 'Pwy 'yt ti'n 'ddishgwl y bore 'ma 'te? O's rhyw *guapo* yn arfer dod i dy ddosbarth di, dwed?'

'Dim ond merched fydd yn dod i'r dosbarth 'ma.'

Cyndyn eto, meddyliodd Paula. Pam yr oedd Lynwen mor anghyfforddus bob tro y cyfeiriai at ddynion? Ond roedd hi'n benderfynol o fynd â'r maen i'r wal.

'Y bois golygus wedi cael eu bachu'n barod, odyn nhw?'

Ni allai Paula lai na sylwi ar y rhyddhad ar wyneb Lynwen pan glywyd siffrwd traed wrth y drws.

Ymhen hir a hwyr yr oedd deg o ferched yn eistedd yn eu llefydd arferol, yn barod i bwyso a mesur bob gair a lifai dros wefusau'r athrawes.

'Mae gyda ni ymwelydd y bore 'ma, fel 'ych chi'n gallu gweld. O Gymru mae Paula'n dod …' Ond cyn iddi orffen ei chyflwyno i'w chynulleidfa, agorodd y llifddorau.

'Does dim golwg Cymraes arnoch chi efo'r gwallt tywyll a'r llygid brown yna!'

'Nag oes. Dach chi'n debycach i Eidales, ddwedwn i, achos mae'ch croen chi'n reit dywyll hefyd, 'dy o ddim?'

Heb gyfaddef bod ychydig o waed Eidalaidd yn llifo trwy'i gwythiennau, gwenodd Paula ar y ddwy yn y seddi blaen, 'Lliw haul Sbaen yw hwn. Mi es i yno am wyliau bach dro yn ôl.'

'Gwyliwch chi haul Patagonia. Mae o'n beryg bywyd,' daeth llais o'r cefn.

'Ydy, mae o. Ac yn gneud i ninna'r Cymry edrych yn lled debyg i wyau twrci!'

Cododd Paula ei haeliau yn y gobaith y deuai esboniad o rywle.

'Maen nhw'n llawn brychni haul. Wli 'mreichia i, Eva.'

¡Dios mío! Maen nhw wedi crychu fel resins. A nid dim ond croen dy freicha di, chwaith, Sara!' ychwanegodd gan rythu arni.

Munud hir anesmwyth cyn i wraig fach eiddil yr olwg dorri ar y distawrwydd.

'Hufen croen, dyna sydd isio ar bob un ohonon ni.' Roedd yr elfennau wedi hen adael eu hôl arni hi. 'Ond taswn inna'n dlws fel chitha'ch dwy faswn i'n poeni dim byd am gymryd haul. Y dynion, nhwtha sy'n beryg!'

'Wir?' chwarddodd Paula.

'Ond dyna fo, mae'n siŵr bod gennoch chi gariad 'nôl yn yr Hen Wlad, a hwnnw'n medru'r Gymraeg yn berffaith!'

'Ferched! Ferched!' curodd Lynwen ei dwylo. 'Dych chi ddim yn bwriadu gneud tipyn o waith y bore 'ma?'

'Yndan.' Cydadrodd perffaith.

Aeth Paula i eistedd yn ymyl Mirta a oedd yn wên o glust i glust. Tynnodd ei llyfr nodiadau o'i phoced a rhyfeddu fwyfwy at ymateb y dosbarth wrth i'w hathrawes draethu ar gampweithiau Daniel Owen. Y fath feistrolaeth oedd ganddynt ar y Gymraeg. Dim arlliw o fratiaith. Iaith y capel a'r llyfr emynau. Iaith yr Ysgol Sul a'r aelwydydd diwylliedig. Roeddent yn ymfalchïo yn hanes gwlad eu tadau gynt ac yn barod i dreulio oriau bob wythnos yn darllen ac yn ysgrifennu. Chwaraeodd â thudalennau ei llyfryn a chywilyddio, braidd.

Roedd arni gywilydd ohoni ei hun ac o'i theulu. Heb sôn

am y teuluoedd hynny na fynnent arddel y Gymraeg o gwbl
… 'Siŵr bod gennoch chi gariad … a hwnnw'n medru'r
Gymraeg yn berffaith.'

'Does 'na ddim byd i guro gweithia Daniel Owan,'
meddai gwraig ganol oed, a ymddangosai, yn ôl y ffordd y
gwisgai ei sbectol ar flaen ei thrwyn, yn wraig wybodus
iawn. Trodd yn sydyn i gyfeiriad Paula. 'Dan ni ddim yn licio
llawar ar y llyfra modern sydd wedi'n cyrraedd ni o'r Hen
Wlad y blynyddoedd dwedda. Wrth reswm dan ni'n falch o
dderbyn llyfra, ond dan ni ddim yn hoff o ddarllan am betha
fel trais a llofruddiaeth.'

'Tad annwyl, nac ydan. Nac am wrwgydiaeth a chyffuria
a phetha felly.'

'Heb sôn am yr holl lwon a'r iaith fudr.'

'Yr holl eiria Saesneg y byddan nhw'n eu defnyddio,
dyna sy'n codi 'ngwrychyn inna. Dan ni ddim yn deall yr
iaith, welwch chi, a dan ni'n colli blas, a deud y gwir.'

Daeth y wers i ben a dechreuwyd sgwrsio a holi
drwyddi draw.

'Mae wedi bod yn bleser ca'l bod gyda chi y bore 'ma,'
meddai Paula. Mae'ch Cymraeg chi'n wych.'

'Go lew 'ma,' gwenodd Irma. 'Ond rhaid i chi gofio,
Pawla, bod rhai ohonon ni wedi siarad Cymraeg o'r crud.
Dyna oedd iaith yr aelwyd. Ar ôl mynd i'r ysgol neson ni
ddysgu Sbanis a feiddien ni ddim siarad gair o honno adra
neu …'

'Ffwr' â ni i'r gwely heb ddim swpar.'

'Roedd yr hen bobol yn ofnadwy, wyddoch chi.' Llais o'r
cefn y tro hwn. 'Pan fydden ni'r plant yn siarad Ysbaenaeg
byddai Nain, bob amsar, yn cymryd arni fod yn drwm ei
chlyw!'

'Roedd yn rhaid cadw'r iaith a'r arferion yn fyw, costied a gostio. Ond y gwir amdani, byw breuddwyd oeddan nhw. Meddwl eu bod nhw'n dal yn yr Hen Wlad o hyd. Dyna beth ydoedd bywyd calad. I ferchaid y Wladfa mae'r diolch, mewn gwirionedd, achos oni bai am eu penderfyniad nhwtha mi fasa'r dynion wedi rhoi'r ffidil yn y to.'

Gwrandawodd Paula arnynt yn rhestru'r gorchwylion gan resynu na fyddai wedi dod â'r offer recordio gyda hi i'r dosbarth. Sôn am stôr o wybodaeth! Am y tro byddai'n rhaid iddi fodloni ar gymryd nodiadau brysiog.

Pobi bara ddwywaith yr wythnos ... Godro ... Gwneud menyn a chaws ... Cwiltio ... Hel cwrens i wneud jam ... Casglu bloda hops ... Paratoi'r plu ar gyfar gneud gobenyddion ... Glanhau'r tŷ ... Ie, heb sôn am olchi a smwddio a gneud eu gorau glas i gadw'r dynion mewn hwyliau da!

'Roedd y dynion yn gweithio hefyd, o'n nhw?' holodd Paula.

'Wel, oeddan, siŵr iawn. Nhwtha oedd yn codi gwenith ac yn plannu tatws. Yn hela sgwarnogod, yn gofalu am y gwarthag a'r defaid ac yn marcio'r lloea.'

Ymlaen i sôn am yr hyn yr arferent ei wneud gyda'r nos. Gwneud penillion ... canu sol-ffa ... dysgu adnoda ar gyfar y Sul ... cael yr hwyl ryfedda wrth lunio brawddega yn dechra efo'r un llythrenna ar gyfar y Cwrdd Cystadleuol.

'Pwy sy'n cofio hon?' gofynnodd Sara â'i llaw yn yr awyr. 'Mynd mae Meri Margaid, merch Myfanwy, mewn modur melyn ... mm ... Mercedes Mr Morris.'

'Twt! Mae pawb yn cofio honna!' meddai Eva'n llawn gwatwar. 'Dw i'n cofio fel y byddai Dada'n ein difyrru efo'i storïa. Dyna i chi actor. Dyn o flaen ei oes oedd Dada. Mi fydda fo wedi curo Richard Burton i'r pellter! Mae 'na berthnasa iddo fo yma welwch chi. Mab Ricardo, yn un, wyddost ti,' meddai gan roi pwt i fraich ei chymdoges. 'Mae o'r un llygid â Richard Burton.'

'*Si,* mae o hefyd, erbyn meddwl. Rwyt ti yn llygad dy le, Eva ... Ond maen nhw'n perthyn wedi'r cyfan.' Yna trodd at Paula a mentro arni, 'Dod o deulu yr hen Aaron Jenkins, wyddoch chi – y Cymro cyntaf yn y Wladfa i gael ei lofruddio. Y creadur! Mi wnaeth criw o ddynion ddal i fyny â'r llofrudd yn y diwadd ac mi neson nhw ei saethu o yn y man a'r lle!'

'Fe ddes i ar draws yr hanes,' meddai Paula. 'Mae'n stori drist iawn. Y... i fynd yn ôl eto at y dyddiau cynnar yn eich hanes chi i gyd, doedd fawr o amser i feddwl am gymdeithasu, yn ôl rwy'n 'ddeall, nac oedd?'

'Dim ond ar y Sul yn y capel. Roedd pawb yn byw mor bell oddi wrth ei gilydd. Ar y gwragadd oedd hi waetha achos pan fyddai'r tywydd yn ddrwg doedd dim gobaith gweld neb am wythnosa.'

'Ond fuon nhwtha'r dynion ddim ar ei hôl hi, chwaith. Neson nhw ofalu bod eu gwragedd yn cael llond tŷ o blant i gadw cwmni iddynt!'

'Rhaid i chi gofio doedd 'na ddim radio na theledu yr adeg honno,' awgrymodd Mirta'n gellweirus.

Ac yna, mwy o gyfraniadau, un ar ôl y llall.

'Dan ni'n naw o blant i gyd.'

'Dw inna'n un o ddeg.'

'Oni bai i Mam golli dau faban yn y groth ac i 'mrawd bach farw o'r *tifoidea* mi fasan ni'n bymthag o blant.'

'Ond dyna'r ffasiwn yr adag honno yntê. Teuluoedd mawr ym mhob man. Un neu ddau blentyn ydy hi rŵan.'

Agorodd y llifddorau eto …

'Does 'na ddim safona heddiw … Fawr o barch i'r Saboth … Slawar dydd, roedd rhaid cymryd bath ar nos Sadwrn a glanhau sgidia. Codi'n fore a pharatoi'r cerbyd a'r ceffyl i fynd i'r capal. A'r capal, wrth gwrs, yn llawn. Cinio yn y festri a phob teulu wedi dod â basgedaid o fwyd. Cwrdd gweddi yn dilyn … '

'Dim gair arall!' protestiodd Paula. 'Wy isie rhoi'r pethe 'ma i gyd ar dâp, os caf i.'

Wedi deall ei bod yn gweithio i'r cyfryngau, cododd pawb eu clustiau fel cwningod. Roedd croeso iddi alw yn eu cartrefi unrhyw bryd ar yr amod ei bod yn parchu yr awr sanctaidd honno, sef awr y *siesta*.

'Dan ni i gyd yn licio siarad, ond peidiwch â gofyn i bob yr un ohonon ni sgwennu, yntê Sara? Mae Sara yn bustachu ers misoedd i sgwennu pwt o lythyr at ryw berthynas sy ganddi tua'r Rhyl acw!'

'Mi dw i'n gneud fy ngora, Eva!'

'Diolch i Lynwen, mae'n sgwennu ni i gyd wedi gwella'n rhyfeddol y misoedd dwedda 'ma,' meddai Mirta.

'Mae hynny'n wir,' ymatebodd Eva, 'er mai un o'r Sowth ydy hi! Mi fydd Lynwen yn mynnu iwsio'r gair "mas" yn hytrach nag "allan", wyddoch chi. Ond dydy o ddim yn y Beibl, ydy o?'

Am sguthan o fenyw, meddyliodd Paula. A nawr roedd hi mor haerllug ag amau cymhwyster Lynwen Tomos, M.A.

'Hwyrach nad yw e yn y Beibl,' addefodd yr athrawes, ond mae e yn y geiriadur ac yn y llyfr emynau. Roedd y gair "mas" yn cael ei arfer gan Williams Pantycelyn, gynt.'

'Mae gen i enghraifft,' ymfalchïodd rhywun yn dwyn enw Beiblaidd.

'Beth, Esther?' gofynnodd Lynwen yn falch.

'Dal fi, fy Nuw nes mynd i mas
O'r byd sy'n llawn o bechod cas.'

'Gwych, Esther. Fel mater o ddiddordeb, mae'r gair "maes" yn perthyn i'r Canol Oesoedd ac yn cyfeirio at y tir oedd o amgylch y cestyll. Ond 'ta waeth am hynny, mae'n bwysig eich bod chi'n gyfarwydd â'r ddau, oherwydd os digwyddwch chi fynd i Gymru am dro, 'ych chi'n siŵr o ddod ar draws rhywbeth fel "Dere mas" yn ogystal â "Tyd allan"!'

'Neu "Come out" fel y clywish i draw yn yr Hen Wlad,' mingamodd Eva.

'Mae Saesneg da gin ti,' meddai Sara gan weld ei chyfle o'r diwedd. 'Mae'n rhaid bod gin ti o leia ddwsin o eiria Saesneg, on'd oes?'

Chwarddodd pawb yn braf, pawb ac eithrio Eva.

'Gyda llaw,' meddai Lynwen gan chwifio rhyw raglen yn yr awyr, 'oes rhywun wedi anfon rhywbeth i'r Eisteddfod?'

'Dw inna ddim,' addefodd llais o'r cefn. 'Doeddwn i ddim yn licio'r testun eleni.'

'Hy! Dwyt ti byth yn licio'r testun, Coni!' meddai Eva, yn benderfynol o saethu un fwled arall.

'¡Bueno! ¡Bueno!' gwenodd Lynwen wrth geisio llywio'r sgwrs i gyfeiriad arall. 'Mae'r Cymro wedi cyrraedd y bore 'ma ...'

'Mi gymera i o i ddechra,' hawliodd Esther. 'A mi wna i 'i basio fo i ti Sara ...'

'Yn reit handi, *eh*?' meddai Eva yn siarp fel rasel, 'achos mi dw i isio'i ddarllan o cyn diwadd yr wsnos. Mae o ddim yn iawn bod ...'

'*Dydy* o ddim yn iawn, rwyt ti'n 'feddwl, Eva,' cywirodd

Mirta hi, gan roi pwt awgrymog i fraich Paula, wrth i'r gweddill ddechrau amenio, a chodi i edrych ar y llyfrau yn y cornel pella.

Safodd Paula yn ei hôl gan lygadrythu arnynt yn ymosod fel fulturiaid ar y llyfrau a'r cylchgronau.

'Wli hwn.'

'Mae nacw'n ddiddorol.'

'Wedi'i ddarllan o deirgwaith.'

'Ches i ddim blas ar y nofel yna.'

'Na finna chwaith. Dim ond sôn am gam-drin plant bach. Fel yna mae petha yn yr Hen Wlad erbyn hyn?'

Ond cyn i Paula gael cyfle i adweithio y naill ffordd neu'r llall, croesodd Irma yr ystafell a chydio yn ei braich.

'Yn lle dach chi'n byta heddiw 'ma, Pawla?' holodd. 'Beth am ddod draw acw i gael pryd bach o *sorrentinos* efo ni ...'

'*Sorrentinos* ddwedoch chi? Alla i ddim dweud 'mod i'n nabod rheina.'

'Rheswm da dros ddod 'ta, i chi gael eu nabod nhw, a nabod Arturo'r gŵr yr un pryd, ia?'

'Wel, diolch yn fawr, os nad yw e'n ormod o drafferth.'

'Traffarth? Dim o gwbwl. Rŵan, y cyfeiriad. Chacabuco, rhif tri chant a phymthag. Peidiwch â chymryd sylw o'r ci – mae o wedi'i glymu. *Bueno*, fydd hannar wedi deuddag yn iawn?'

'Bydd, bydd hynny'n taro i'r dim, diolch.'

'Mi ofynna i i Mam bicio draw i chi gael ei nabod hitha hefyd, ia?'

'Iawn! Y... beth oedd rhif y tŷ, eto?'

'Tri ... un ... pump,' atebodd Irma'n araf a chlir rhag ofn nad oedd y ferch o Gymru wedi deall. 'Mi ro'n i'n sylwi mai yn Saesneg y bydd pawb yn cyfri draw yn yr Hen Wlad!'

Sut yn y byd oedd dechrau esbonio system addysg y wlad i Archentwraig a rifai mor berffaith yn y Gymraeg? Roedd Irma â'i bys ar byls pethau! Ni allai ond gwenu arni a diolch am y gwahoddiad.

'Rhaid i chi ddim,' oedd ei hateb.

Wrth i Paula ffarwelio â Lynwen ac anelu am y drws clywodd Mirta'n galw ar ei hôl. 'Cofia am yr *asado*, Pawlita. Mi wna i alw amdanat ti tua hannar wedi wyth. Mi fyddi di'n saim o un glust i'r llall, felly paid â gwisgo dim byd ffansi.'

'Wnaiff pâr o jîns y tro?'

'*¡Perfecto!*'

Prin ei bod hi wedi mynd trwy'r drws pan glywodd fôr o Sbaeneg yn ei dilyn yn dynn a'r iaith felys honno dros wefusau'n fwrlwm o ryddhad. Ai iaith y dosbarth a iaith i'w defnyddio yng ngŵydd pobol a ddeuai am dro o Gymru yn unig oedd y Gymraeg iddynt?

Allan â hi i'r awyr iach, a tharo'i sbectol dywyll ar ei thrwyn. Roedd yr haul yn ei dallu a phob dim o'i hamgylch yn llachar. Ei chyfle cyntaf i grwydro'r dref. Gwelodd ar unwaith beth oedd cyflwr y palmentydd a phenderfynodd gerdded yn ofalus gan osgoi pob twll a ddeuai ar ei draws. Rhes ar ôl rhes o siopau nwyddau, dillad ac esgidiau. Esgidiau cryfion a sandalau sodlau uchel ochr yn ochr. Pwy fentrai wisgo sodlau mor fain ar balmentydd mor anwastad? *Farmacia* … yn debyg i unrhyw fferyllfa yng Nghymru, ond bod bron pob dim yn y ffenest, gan gynnwys pentyrrau o becynnau o gondoms.

Yna, wrth fynd gam yn bellach, yn ddiarwybod iddi daeth wyneb yn wyneb â swyddfa fawr lle y gallai

ddefnyddio'r ffôn. *Locutorio* oedd yr enw arni. Ystafell lle'r
oedd cynifer â deg o gabanau unigol. Digon o ddewis a
digon o le, heb orfod diodde drafft a drewdod cioscs
Cymru! Byddai'n defnyddio tipyn ar y lle hwn yn ystod yr
wythnosau nesaf. Doedd hi ddim am brynu ffôn symudol
arall, beth bynnag.

'*Cabina cinco, señorita,*' dywedodd y dyn a gadwai lygad
ar y lle.

'*Gracias,*' atebodd ac i mewn â hi i gaban pump. Fe
gysylltai â'i rhieni yn gyntaf. Neb adre. Doedd hynny ddim
yn syndod. Ffonio'i mam-gu fyddai orau. Os oedd hi'n
chwarter i hanner dydd yn ôl ei horiawr hithau, byddai'n
chwarter i bedwar yng Nghymru. Amser te. Gallai glywed y
ffôn yn canu yn rhif 10, Railway Teras, a dychmygai ei mam-
gu yn tynnu'r cwpan Country Roses o'i le arferol, ei roi ar y
bwrdd ac yna mynd ati i'w lenwi â the berwedig. Defod yr
oedd hithau, Paula, yn hen gyfarwydd â hi. Yn ôl ei harfer,
mi fyddai wedi bod yn chwythsychu ei gwallt yn siop Babs
yn y bore, ac ar wahân i roi twtsh o liw glas yn ei gwallt lliw
arian, byddai'n siŵr o fod wedi gweld ei chyfle i frolio
ychydig am ei hunig wyres. Daliodd y ffôn i ganu. Dim ateb.
Cym on … Cym on … Cym on. Ble ar y ddaear oedd hi?
Clec! Cysylltiad o'r diwedd!

'Eit … ffôr … tŵ … '

'Mam-gu … Mam-gu, ŵ … Paula sy 'ma …'

'Paula! Shwd 'yt ti 'nghariad gwyn i?' Ac ymlaen â hi heb
ddisgwyl ateb. 'Ma Wncwl Dai miwn yn yr ysbyty 'to.
Peswch gwa'd, druan bach … Doris drws nesa wedi cwmpo.
Torri'i braich. Wedi gorfod mynd i'r hôms … Shwd ma'r
tywydd fan'na, gwed? Bwrw glaw fan hyn. Ych a fi … 'Yt ti'n
byta'n iawn? Rho ddigon yn y crombil 'na. Cofia galedu'r

dillad yn iawn. So ti isie gwynegon. A charca dy arian. Ma
arian yn brin draw fan'na, 'na beth ma'n nhw'n gweud, 'ta
beth. Ac o'dd hi Babs yn gweud yn y siop y bore 'ma am i
ti watsio'r Latins 'na. Dynon yw dynon! Ti'n clywed, groten?
'Yt ti 'na, gwed?'

'*Chau, chau,* Mam-gu.'

'Beth wedest ti?'

Diwedd y gân …

'*Diez pesos, por favor.*'

Estynnodd Paula bapur deg iddo. Dolar, mwy neu lai, am
bob cwestiwn a fu'n byrlymu dros wefusau ei mam-gu.

'¿*Habla castellano, señorita?*'

'*Sí, poquito, pero entiendo bastante.*'

Gwenodd y dyn fel giât cyn mynd yn ei flaen fel trên ac
fe ddaeth hithau i'r casgliad y byddai'n rhatach iddi ffonio
Gran Bretaña rhwng naw a deg y bore.

'*Gracias, señor,*' gwenodd Paula'n ddiolchgar.

'*No, por nada,*' gwenodd yn ôl arni eto. Am ennyd fe'i
hatgoffodd o Cliff. Y llygaid lliw cyll, hwyrach. Dylai roi
galwad i hwnnw. Dylai ddweud wrtho'n blwmp ac yn blaen
fod eu perthynas ar ben. Erbyn hyn doedd hi ddim awydd
clywed ei lais … Byddai'n siwgr candi i gyd. Yn sibrwd y
fath bethau melys yn ei chlust nes iddi gyffroi i gyd o'i
mewn. Na, châi e mo'r cyfle. Roedd hi wedi penderfynu. Fe
felltithiodd y sawl a gipiodd ei ffôn bach, ond erbyn hyn
dyna'r peth gorau a allai fod wedi digwydd. Mi fyddai'n
amhosib iddo gysylltu â hi os na ddewisai ddefnyddio'r we,
wrth gwrs, ac o'i nabod e, byddai'n siŵr o wneud. Byddai'n
ofynnol iddi agor ei he-bost, ond doedd dim unrhyw
orfodiaeth arni i gydnabod yr un neges a dderbyniai gan
Cliff, na heddiw nac yfory. Câi bob dim ddisgwyl tan yfory.

Wedi'r cwbl, roedd hi yng ngwlad y *mañana* nawr.

Wrth gerdded yn ei blaen allai hi ddim peidio â dyrchafu ei llygaid i'r gadwyn ddi-dor o fynyddoedd a amgylchynai'r dref. Fe gâi'r teimlad rhyfedd ei bod hi'n symud mewn powlen. Beth am y rhai hynny oedd wedi cael eu geni a'u magu yn y lle? A oedd yna adegau pan deimlent eu bod yn cael eu mygu i farwolaeth? Ac eto roedd yr awyr o'i chwmpas mor bur ac mor dderbyniol i'w ffroenau.

Hen adeiladau ym mhob man. Ond roedd gwahaniaeth rhwng hen a hen mewn gogoniant. Ychydig dros ganrif yn ôl dim ond Indiaid oedd yma. Tybed beth oedd hanes y brodorion gwreiddiol erbyn hyn? Rhai wedi mynd i ebargofiant ac eraill wedi cael eu sugno i mewn i gymdeithas gwbl gosmopolitaidd.

Wrth iddi groesi'r stryd un-ffordd digwyddodd Paula sylwi ar griw o ddynion ifanc oedd wedi ymgasglu ger y *plaza*. I wylio'r merched hwythau yn mynd heibio, debyg iawn. Efallai fod y trowsus gwyn oedd amdani yn tynnu gormod o sylw at ei phen-ôl. A hithau'n dal ac yn siapus, mi allai gario pilyn o ddillad gystal ag unrhyw un. Fe'i dewiswyd i fod yn fodel dro yn ôl ac ni allai lai nag ymfalchïo yn hynny. Dim byd proffesiynol, dim ond sioe ffasiynau i godi arian i elusen: digon, serch hynny, i sylweddoli bod ganddi edmygwyr.

Gwelodd fod ganddi edmygwyr yma, hefyd. Gallai deimlo eu llygaid arni. Cilwenodd arnynt. Dynion gweddol dywyll eu croen heb fod o dras Gymreig mae'n sicr. Yr oedd yna un, serch hynny, o bryd a gwedd mwy golau na'r lleill, wedi llwyr ymgolli yng nghynnwys ei bapur newydd. Trueni na allai ddal sylw un mor olygus. Ai hwn oedd yn perthyn i Burton, tybed? Oedd 'na ryw debygrwydd … ?

Synhwyrodd fod dau o'r dynion ifanc yn ei dilyn. Teimlai eu llygaid yn syllu ar ei phen-ôl. Trodd ar ei sawdl a darganfod eu bod wedi cilio. Gwenodd wrth gofio am y profiad a gafodd rai blynyddoedd yn ôl pan oedd ar wyliau bach yn yr Eidal. Yng nghanol torf o bobol yn dringo grisiau Eglwys Gadeiriol San Pedr, teimlodd law gadarn yn anwesu ei ffolen. Heb feddwl ddwywaith a heb yngan yr un gair, taflodd gipolwg am yn ôl, a tharo'i gormeswr yn ei gerrig â'i phen-lin nes iddo weiddi *'Mama Mia!'* dros yr holl le, cyn ffoi yn ei ddyblau, er mawr ddifyrrwch iddi hi ac i'w chyd-bererinion.

Roedd hi wedi sylwi ers yn blentyn fod ei thad, yntau, yn dipyn o Romeo lle'r oedd ei mam yn y cwestiwn. Y cyffyrddiadau bach tyner yna. Yr Eidalwr ynddo, efallai. Doedd ond gobeithio mai ei mam, a'i mam yn unig, a brofai wefr ei gyffyrddiad ac nid y merched penchwiban a weithiai yn ei swyddfeydd ar hyd a lled y wlad. Ar ôl cerdded rhai camau trodd i edrych dros ei hysgwydd. Roedd rhai o'r dynion ifanc yn dal i fod yno, yn siarad a chwerthin, ond roedd yr un a dynnodd ei sylw wedi diflannu.

Wrth wneud ei ffordd i gyfeiriad Stryd Chacabuco fe wireddwyd geiriau Cliff. O'i hamgylch ym mhob man dyna lle'r oedd sblash o eiriau wedi eu chwistrellu ar bob mur:

Ar dalcen tŷ … *ANA CLARA Y LUCAS*

Ar draws y tŷ drws nesaf iddo … *LUCAS Y ROSITA*

Yn nes ymlaen … *VANESA Y ALEXIS*

Ac yna … *VICENTE SOS MI VIDA*

Deallai'r neges yn iawn. Yn ei harddegau roedd hi wedi ysgrifennu rhywbeth tebyg … Paula loves Gari un wythnos a'r wythnos ddilynol … Paula xxx Steve. Byddai'n arfer newid ei chariadon mor rheolaidd ag y cyfnewidiai lyfr am lyfr yn llyfrgell y dref. Ond ar gledr ei llaw neu y tu mewn i glawr llyfr nodiadau yr ysgrifennai Paula gyfrinachau ei chalon, ac nid ar draws eiddo pobol eraill.

Ar y wal lliw hufen gyferbyn â'r man lle safai, mewn llythrennau bras yr oedd neges i'r holl fyd:

TAMI TE AMO ... TAMI TE AMO ...

Ai cynnyrch y dosbarthiadau Cymraeg a welai o'i blaen? Ac a oedd y gynghanedd, hithau, wedi sleifio i mewn i'r Sbaeneg hyd yn oed? Wrth iddi droi am y chwith daeth wyneb yn wyneb â mwy fyth o feiddgarwch:

VIEJAS LOCAS

Menywod oedd o dan y lach y tro hwn. Hen ferched wedi drysu! Pwy oedd y rheiny, tybed? Ac yna mwy o eiriau cryfion...

¡MENTIRAS! ¡MALDICIÓN! ¡MIERDA!

A phwy oedd yn ei chael hi nawr, tybed? Unigolion cyffredin? Cariadon? Y Cyngor? Plaid wleidyddol y Peronistiaid? Y llywodraeth lwgr oedd ohoni? Ai Archentina? Ai'r byd? Neu ynte Duw yn Ei nefoedd? Digon tebyg ei fod yntau'n cael ei feio byth a hefyd am ffolineb dyn ym mhedwar ban. Beth well oedd hi o geisio dadansoddi? Edrychodd ar ei horiawr. Roedd ganddi lawn pum munud i gyrraedd pen ei thaith, os oedd hi am fod yno mewn pryd.

Pennod 3

Beth arall amdani, ond *siesta? Siesta* hir, hir. A'r drws ar glo, y llenni wedi'u cau a hithau wedi tynnu amdani, yr oedd Paula yn fwy na pharod i fynd rhwng y cynfasau cotwm. Ar aelwyd Irma a'i gŵr, Arturo, roedd Meira, mam Irma, wedi ymuno â hwy am ginio. Mae'n rhaid ei bod yn tynnu am ei phedwar ugain, ond yn wahanol i'w mam-gu ym Mhontyfelin a fodlonai ar dwtsh bach o arian yn ei gwallt gwyn, yr oedd gan Meira das o wallt melyn. Â'i chnawd golau a'i llygaid gwyrddlas, sgleiniog, rhaid ei bod yn rhyfeddol o dlws pan oedd yn ferch ifanc.

Erbyn meddwl, nid oedd gwallt neb yn y dosbarth y bore hwnnw yn llwyd, er bod ôl bysedd y blynyddoedd ar wynebau y rhan fwyaf ohonynt. Roedden nhw'n hynod o sionc, serch hynny, a'u hagwedd at fywyd yn gwbl iach. Peth digon naturiol oedd ceisio rhwystro'r cloc, ac erbyn hyn roedd yna ddigon o bethau cosmetig i helpu merched i dwyllo eu hunain yn ogystal â thwyllo'u hedmygwyr. Ond ofer fyddai ymdrechion dynion i guddio'u moelni. Chwerthinllyd o beth oedd gweld ambell un yn llusgo cudyn soeglyd o wallt o'r naill glust i'r llall. Roedd dynion moel yn secsi yn ôl y sôn. Os felly, pam mynd i'r fath drafferth?

Doedd Arturo ddim yn dioddef o ddiffyg gwallt, ond yn ddiarwybod iddo fe godai ei law at ei gorun bob hyn a hyn.

Eisteddai union gyferbyn â hi wrth y bwrdd cinio. Dillad gwaith oedd amdano ac ôl llifio coed a thrafod styllod ar ei ddwylo. Fe gâi dipyn o anhawster ar adegau i gyfathrebu yn y Gymraeg, ond deallai'r cwbl ac roedd yn amlwg yn falch o'r cyfle i groesawu Cymraes i'r aelwyd.

Roedd cael rhannu'r bwrdd â'r tri ohonynt wedi bod yn bleser pur. Cael profi o *sorrentinos* Irma a chael blas ar y sgwrs yr un pryd. Roedden nhw ill dau wedi bod yng Nghymru tua dwy flynedd yn ôl, ond dalient i dalu'n fisol am y fraint o gael cerdded y llwybrau a gerddodd eu teidiau a'u neiniau gynt.

'Mae 'nheulu inna'n dod o ardal Porth-du a theulu Arturo yn dod o'r Sowth – lle o'r enw ... *eh* ... Beth oedd o, rŵan, Arturo?'

'Cwm Moel,' atebodd fel llycheden. Dach chi'n digwydd nabod y lle?'

Cyffrôdd drwyddo pan ddeallodd fod Paula'n gyfarwydd â'r ardal ac o'r funud y clywodd fod ganddi berthynas yn byw yno, fe ymlaciodd yn llwyr yn ei chwmni.

Poenai Irma fwy am y pwdin nag am leoliad Cwm Moel. Aeth ati â gofal mawr i lwytho'r ddysgl â fflan cartref a'i fendithio'n helaeth â dogn o'r enwog *dulce de leche*.

Swil, braidd, oedd yr hen wraig ar y cychwyn, ond wedi iddi ddechrau cael blas ar y sgwrs a dod i adnabod yr hogan o Gymru yn well, fe fu'n gwmni hynod o ddiddorol.

Yn ddeunaw oed roedd hithau, Meira, wedi mynd i weithio yn yr Ysbyty Prydeinig yn Buenos Aires, neu'r "British" fel y'i gelwid gan bawb ar y pryd. Cefnu ar y Wladfa Gymreig a mynd i ben draw'r byd, neu o leiaf, felly yr ymddangosai. Hiraethai gymaint am ei theulu a bywyd syml y ffarm.

Y dasg gyntaf oedd dysgu Saesneg gan mai honno oedd yr iaith a siaredid o fewn muriau'r ysbyty. Gwelodd yn fuan mai cwbl annigonol oedd yr ychydig frawddegau a ddysgwyd iddi gan gymdoges rai misoedd cyn iddi ymadael am y brifddinas. Roedd yn rhaid wrth yr iaith fain er mwyn medru ateb y ffôn, heb sôn am gyfathrebu â'r meddygon a'r cleifion. Doedd y Gymru gyfoes yn ddim gwahanol, meddyliodd Paula. Maes o law fe gâi wybodaeth am hyfforddiant Meira fel nyrs ac am y cleifion a fu o dan ei gofal. Sôn am sgŵp! Ac roedd gan Meira lais da yn ogystal â dawn dweud.

Os cafodd flas ar y cinio a'r cwmni roedd hi'n cael blas, hefyd, ar ei *siesta* cyntaf un. Wrth hel meddyliau rhwng y cynfasau gwynion, ceisiodd ddwyn i gof yr englyn hwnnw o eiddo Osian Hughes, Trelew, a ddyfynnwyd iddi gan rywun a fu yn y Wladfa beth amser yn ôl:

Awr a hanner i huno – rheol bert
    Ar ôl bwrdd y cinio,
   Yn ddi-feth, waeth beth y bo,
   Hunaf yr adeg honno.

Ond nid pawb a gâi wely a hwnnw'n wely glân a chlyd. Ac nid pawb, chwaith, a gâi wledd o fwyd fel yr un yr oedd hithau newydd ei fwynhau. Wrth gau ei hamrannau gwelai wyneb un o'r 'petha bach duon'. Wyneb un o blant y stryd a hwnnw'n mŵedd arni.

'*¡Moneda, señorita!*' yr oedd wedi ymbil gan estyn ei law – llaw nad oedd wedi gweld na dŵr na sebon ers tro byd.

'*No tengo,*' yr oedd hi wedi ateb gan gofio'r cyngor a gafodd. Ond pan welodd y ddwy lygad fawr ddu anghenus yn syllu i fyw ei llygaid hithau, ni allai beidio â mynd i'w phoced a chrafangu'r arian mân oedd yn ei gwaelod. Daeth o hyd i ryw *peso* neu ddau a'u hestyn iddo.

'*Gracias. Muchas gracias.*' Safodd yn ei unfan am ennyd i'w bendithio â'i lygaid. Yna croesodd i ochr arall y stryd, troi i wenu arni, a hercian i mewn i'r siop fara.

A'i phen yn esmwyth ar y gobennydd plu ymrôdd i gysgu, ond heb fod yn gwbl dawel ei meddwl, chwaith. Yr oedd wedi gweld â'i llygaid ei hun y diwrnod hwnnw rhyw ran fechan o'r hyn a elwid gan rai yn 'drydydd byd'.

* * *

'*¿Quincho?*' holodd Paula yn llawn diddordeb pan oeddent ar y ffordd i'r *asado*. 'Beth yn hollol yw hwnnw?'

'Ystafell sy'n ychwanegiad at y tŷ. Fel ail gegin, mewn ffordd,' eglurodd Mirta a eisteddai yn nhu blaen y car. Ei gŵr, Mauro, oedd wrth y llyw ac yn mynd fel Jehu. A'i chalon yn ei gwddf, erbyn hyn, penderfynodd Paula mai cau ei llygaid fyddai orau a chadw'n dawel a gobeithio am y gorau. Roedd Mirta, ar y llaw arall, mor hapus â'r gog ac yn barod i adael pob dim yn llaw rhagluniaeth.

'Mewn *quincho* dan ni'n arfar byta *asado* yr adag yma o'r flwyddyn, ond pan ddaw hi'n Nadolig, ac yn ha', allan y byddwn ni'n byta, bob amsar.'

'Wy'n gweld.' Mirta annwyl, meddyliodd Paula, os bydd y mwlsyn o ŵr sy gyda ti yn dal i yrru fel hyn, efallai weli di mo'r un Nadolig arall!

Ymhen tipyn dyma gyrraedd cartref Jorge a Dora yn gwbl ddiogel, er gwaetha'r gyrrwr gwyllt a ystyriai ei hun yn rhywun yn ei siaced ledr ddu a'i drowsus tynn, lliw hufen a'i wallt tonnog, tywyll, at ei ysgwyddau. Ond yn rhyfedd iawn, ar ôl gollwng gafael ar y llyw, fe newidiodd ei bersonoliaeth yn llwyr. Neidiodd allan o'r car a brasgamu i agor y drws i'w briod ac yna i Paula. Gwenodd yn gariadus ar Mirta a chyffwrdd â'i grudd yn chwareus. Cymerodd y fasged a gariai oddi arni a chydio yn ei llaw, y *macho* oedd ynddo wedi'i gloi yn y modur.

I mewn â hwy i'r *quincho* lle'r oedd dau fwrdd hir wedi eu harlwyo. Bowlenaid ar ôl bowlenaid o salad o bob math a photeli di-ri o win coch ac o win gwyn ynghyd â diodydd ysgafn a dŵr.

'Mae gin i gyllyll a ffyrc a llwya pwdin ar gyfar y tri ohonon ni,' meddai Mirta, 'a phlatia, wrth gwrs. Wli'r cyllyll 'ma!'

'Mi fentra i fod 'na awch ar rheina,' meddai Paula gan rythu arnynt yn gegagored.

'*¡Sí!* Maen nhw mor finiog â thafod Eva!' sibrydodd. 'Ond fydd dim angan llawar o gyllall gei di weld, achos mi fydd y cig siŵr o fod mor frau â baw mochyn!'

Tywysodd Mirta hi o gwmpas yr ystafell anferth gan ei chyflwyno i ambell bâr oedd wedi cyrraedd o'u blaen tra bod ei gŵr yn ymuno â chriw o ddynion ger y lle tân. Roedd hi'n hanner awr wedi naw a phobol yn dal i ddod. O flaen y simdde fawr yn gwylio'r cig yn rhostio ac yn cadw cwmni i Mauro yr oedd dau ddyn arall yn rhoi proc i'r tân yn eu tro.

'Dyna Jorge, yr un sy wrthi'n troi'r oen. Mae o'n chwys diferu, druan ... *¡Che! ¿Cómo te va*, Jorge?'

'*Bien*, Mirta, *bien*,' atebodd gan fynd draw atynt.

'Dyma Pawla, o Gymru.'

'*¡Dios mío!* Un arall eto?' meddai mewn llais direidus. 'Dach chi'r Cymry fel pla o gwmpas y lle 'ma. Pan fydd un yn mynd, bydd un arall yn dod,' chwarddodd. 'Dowch i chi gael cwrdd â Dora.'

'Sut ydach chi?' meddai llais o'r tu ôl iddynt. Trodd Paula a gweld gwraig hawddgar yr olwg yn codi ar flaenau'i thraed er mwyn plannu cusan ar ei boch.

'Diolch am y gwahoddiad.'

'Rhaid i chi ddim. Mae Jorge'n licio tynnu coes, wyddoch chi. Mae croeso i bobol o'r Hen Wlad bob amsar. Dach chi'n byta cig, gobeithio.'

'Wrth gwrs.'

'Mae 'na gig oen, fel y gwelwch chi, a chyw a chig buwch.'

'Eidion sy ar y groes haearn ar y dde, ife?'

'Ia,' atebodd Jorge. *Asador* dan ni'n galw'r darn haearn, dim ond i chi gael dysgu, yntê. A does dim angan i chi boeni ynglŷn â byta cig Archentina. Dach chi wedi diodda o *aftosa*, draw.'

'Clwy'r traed a'r genau, 'ych chi'n 'feddwl?'

'Dyna fo. O ffarm 'y mrawd mae'r cig sy efo ni heno yn dod. Andros o gig da.'

'Mae e'n gwynto'n ffein, 'ta beth.'

''Nes i ddim eich deall chi, nawr … '

'Deud mae Pawla bod ogla da arno fo,' eglurodd Mirta.

'O, ia?' chwarddodd Jorge. 'Digon o win coch i'w olchi o lawr, ia?'

'Os 'ych chi'n gweud,' gwenodd Paula gan droi i edrych pwy oedd wedi rhoi pwt i'w braich. Lynwen oedd yno â'i gwynt yn ei dwrn. 'Hai-a, Paula. Shwd wyt ti?' gofynnodd gan ei thynnu o'r neilltu.

'Grêt. A tithe?'

'Wedi blino'n lân. Diwrnod llawn heddi rhwng popeth. A fory ma chwech o blant newydd yn dod, bob un rhwng pedair a saith oed. Dim gair o Gymra'g rhyntyn nhw!'

'Ond dim ond y bore 'ma o't ti'n dysgu ambell un oedd yn saith deg oed! Ma isie dwy athrawes yn y lle 'ma, so ti'n meddwl?'

'Wel, ma rhwbeth yn galw byth a hefyd. Nid dim ond y dosbarthiade, ond ma pethe fel canu yn y côr, ysgrifennu sgetsys ar gyfer nosweithie llawen, beirniadu ambell gystadleuaeth yn y steddfod, a helpu yn y capel o dro i dro …'

'A dim ond un pâr o ddwylo sy 'da ti, wedi'r cwbwl!'

'Ma hynny'n wir!'

'Wn i fydde'n dad yn gallu ca'l gair 'da rhywun yn y Cynulliad … ?'

'Glywish i chi'n deud rhwbath am y Cynulliad rŵan?' daeth llais o'r tu ôl iddynt. Neb llai na'r hen ddraenen bigog, Eva, yna. 'Mi fyddwn ni'n cael clywad am y Cynulliad yn reit aml – perthynas i ni'n gweithio yno welwch chi.'

'O, helô,' meddai Paula'n ddi-ffrwt. 'Fe gwrddon ni yn y dosbarth y bore 'ma …'

'Naddo ddim, 'ta… Mi nesoch chi gwrdd, debyg iawn, ag Eva, fy chwaer. Dan ni'n efeilliaid! Elsa 'dw i.'

Roedden nhw'r un boerad â'i gilydd, meddyliodd Paula, yr un llygaid, yr un math o wallt a'r un llais, fel rasel …

'Pan welish i'r *horario* mi 'nes i ddewis mynd i'r dosbarth yn y p'nawn. 'Dw i ddim yn licio mynd allan mor gynnar yn y bora, wyddoch chi.'

'Elsa … dylwn i fod wedi'ch cyflwyno chi,' dywedodd Lynwen. 'A dyma Paula sy'n gweithio i Radio Cymru.'

'Mi wnes i glywad eich bod chi yma. Ydach chi'n talu'n dda, deudwch achos mae gin fy chwaer a minna ambell stori …'

'Wel, byddwn ni'n cydnabod pob cyfraniad …'

'Dyna'n union ddeudodd rhyw ddyn fuodd yn holi yma rai blynyddoedd yn ôl, ond cheson ni'r un sentan goch … !'

'Elsa'n pregethu eto!' meddai rhyw lais dwfn.

'Dwy hogan o'r Hen Wlad, Victor.'

'Mi o'n i'n ama,' gwenodd gan blygu i'w cusanu.

'Dyn y *campò* ydy Victor Edwyn, yn gwisgo *bombachas* fel y gwelwch chi.'

Edrychodd Paula ar y trowsus llydan, du oedd amdano a hwnnw'n culhau ac yn botymu o gwmpas ei figyrnau. Yna hoeliodd ei llygaid ar y gwregys llydan, lliwgar a oedd am ei ganol.

'*Faja* dan ni'n galw hon.'

'Ffacha!' chwarddodd Paula gan droi at Lynwen. 'Mae e'n swno fel 'se rhywun yn rhegi yn Gymra'g!'

''Na beth yw yffach o ffacha!' ysgydwodd honno ei phen. 'A drycha ar y lliwie – ma'n nhw'n hyfryd.'

'Gwaith llaw i gyd,' meddai Elsa. 'Mae'r "petha bach duon" 'ma'n reit handi efo'u dwylo.'

Edrychodd Paula i fyw llygaid Lynwen, dim ond i'w gweld yn codi'i haeliau. Gyda'i *Bueno! Bueno!* dechreuodd Jorge gymell pawb at y byrddau. Aeth Paula a Lynwen i eistedd ar yr un bwrdd â Mirta a'i gŵr, ac Irma ac Arturo. Ymosodwyd yn awchus ar y *chorizos* i ddechrau, cyn plymio i'r bowlenni salad. Yna, gwledd o gig, yn oen, eidion a chyw iâr.

'Rho 'chydig o *chimichurri* ar y cig,' meddai Mirta gan estyn y botel iddi.

'Wel, beth 'yt ti'n 'feddwl?' gofynnodd Lynwen gan gnoi ar un o'r asennau.

'Sdim isie i ti ofyn!' atebodd Paula. 'Ma'r cig eidion 'ma'n toddi yn dy geg di ac ma'r gwin yn well na Rioja a Cianti 'da'i gilydd, ŵ!'

'¿Más vino?'

'Bueno, un poquito, por favor, Mauro.'

Ar y bwrdd gyferbyn â hwy eisteddai nifer o ddynion ifanc. Llygadrythodd Paula arnynt yn ymosod yn ysglyfaethus ar y cigach oedd o'u blaenau. Heb drafferthu cymryd serfiets, dyma nhw'n sychu eu gweflau â chefn eu dwylo a swpian eu bysedd rhag colli dim o'r sudd a ddeuai o'r seigiau cig. Bwyta ac yfed am yn ail, a'r gwin yn prysur ryddhau eu tafodau. Yn Sbaeneg y siaradent. Yn Sbaeneg yr oeddent yn chwerthin ac yn dweud y drefn.

'Darn bach arall o gig, Pawla? Neu titha, Lynwen?' gofynnodd Mirta wrth weld Jorge yn dod tuag atynt, yn cario llond hambwrdd ohono.

'Gwell cadw lle i'r pwdin,' atebodd Lynwen ar ran y ddwy ohonynt. 'Hufen iâ yw e, fel arfer.'

'Rhwbeth ysgafn, diolch byth. O'n i'n dechre ofni bydde'n rhaid i ni daclo treiffl ne' gateaux,' chwythodd Paula.

'Paid â sôn am gateaux o bopeth, ne' mi fyddan nhw'n credu bo ti isie cath ŵ!' meddai Lynwen gan bwffian chwerthin.

'Wrth gwrs, *gato* yw cath, nagefe?'

'Mae 'na ddewis da yn fan'cw, hefyd, Pawlita!' cellweiriodd Mirta gan amneidio at y bwrdd arall. 'Dyna un i ti, rŵan ... yr un yn y crys glas gola ... O, esgusoda fi, maen nhw'n galw am help llaw yn y gegin.'

'Dw inna'n dod hefyd,' meddai Irma gan godi.

Cododd Paula ei gwydryn gwin at ei gwefusau ac fel iâr fach yr haf yn mynd o'r naill fresychen i'r llall, crwydrodd ei llygaid. Roedd dau mewn crys glas. Ond doedd dim amheuaeth at bwy y cyfeiriai Mirta. Neb llai na'r pishyn anhygoel y cafodd gip arno â'i ben yn ei bapur yn ystod y bore! Feddyliodd hi ddim y gwelai ef eto … ac mor fuan. Sylwodd ar ei lygaid … llygaid glas, dwfn. Oedd, roedd 'na dwtsh o Burton yn hwn, doedd dim dwywaith am hynny. Oedd e'n gallu siarad Cymraeg, tybed? Efallai y deuai cyfle i gwrdd ag e ar ôl clirio'r byrddau. Byddai'n hoffi hynny … yn hoffi hynny'n fawr.

'Hei! Lyns, 'yt ti'n digwydd nabod rhywun ar y ford tu ôl i ti?' Erbyn hyn roedd y gwin y mynnodd Mauro dywallt i'w gwydr wedi gwneud iddi ymlacio'n llwyr. 'Ma cwpwl o ddynon ifanc yng nghanol yr hen grocs 'na!'

Ond er cymaint ei brwdfrydedd, prin y trodd Lynwen ei phen a chanfu Paula, er mawr siom iddi, fod gan ei ffrind newydd lawer mwy o ddiddordeb yn yr hufen iâ trilliw yr oedd hi ar fin ei gladdu nag mewn dim arall.

'Bosib 'mod i,' atebodd yn ddidaro. 'Mae un ne' ddou ohonyn nhw'n dod i'r dosbarth.'

'Wir!'

Dechreuwyd clirio'r byrddau ac roedd gwledd arall ar ddechrau – gwledd o ganu. I gychwyn, rownd neu ddau o 'Ble mae Robin'. Yna morio canu 'Moliannwn' ac 'I bob un sydd ffyddlon'. A sut yn y byd roedd pobol draw fan hyn yn gwybod 'Sosban Fach'? Bydde ei Wncwl Dai mor browd ac ynte'n un o ffans mawr y Sgarlets! Ond doedd perchennog y crys glas gole â'r llyged glas dwfwn ddim yn canu gair … O'dd hi'n marw isie gwbod pwy o'dd e. O'dd Mirta'n gwbod. Fe ofynnai iddi hi pan ddeuai hi'n ôl o'r gegin.

Yn sydyn, fel pe bai rhywun wedi defnyddio ffon hud, diflannodd y Gymraeg a daeth Sbaeneg i gymryd ei lle. Mwy fyth o frwdfrydedd. Âi'n debycach i ganu tafarn bob munud. Oedd, roedd y gwin wedi gwneud ei waith. Methu ambell linell. Cynnig arall. Dechrau o'r dechrau. Chwerthin dros y lle. Pawb yn chwerthin ... ond un. I'r gwrthwyneb roedd golwg wedi difaru dod i'r byd arno. Gallai weld y boen yn ei wyneb. Bron na allai deimlo'r boen ...

Cododd Victor Edwyn, dyn y *bombachas*, ar ei draed. I ganol y llawr ag ef i ganu i gyfeiliant acordian bychan. Cliriodd ei lwnc yn seremonïol, gwenu'n garedig ar ryw fenyw mewn du a eisteddai yn ymyl Elsa, ac yna, dechrau ar y gân hiraethus honno – 'Bugeilio'r Gwenith Gwyn'. 'Myfi sydd fachgen ieuanc ffôl ...'

Anesmwythodd Paula yn ei sedd. Roedd hi am fynd i'r tŷ bach ac roedd hi'n marw eisiau edrych draw ... Pam lai, meddyliodd. Fe fynnai gael un olwg arall arno ... O'dd e ddim 'na. O'dd e wedi mynd! Gallai deimlo ei chalon yn suddo.

'Mae e wedi mynd!' sibrydodd wrth Lynwen.

'Pwy, nawr?' gofynnodd honno'n gysglyd.

'O, sdim ots.' Pam wnaeth hi agor ei phen? Man a man ei bod hi'n siarad â'r wal!

Tro'r tango oedd hi nesaf. Daeth y ddynes a wisgai ddu o'i chorun i'w sawdl, i ganol y llawr. Nisied wen yn ei llaw a blodyn melyn yn ei gwallt. A'r fath wallt. Fel mwng march! Un fechan ydoedd o ran corffolaeth, ond fel aml i gantores werth ei halen, roedd hi wedi'i bendithio â mynwes helaeth. Un gân hiraethus ar ôl y llall a'r brwdfrydeddigion yn bloeddio, '*¡Otra,* Olivia! *¡Otra!*'

Cais am gân arall. Cân fywiog o'r enw *'Jota Cordobesa'!* Dechreuodd pawb guro dwylo a churo'r byrddau. Archentinos oeddent i gyd, nawr, doedd dim amheuaeth.

Yng nghanol y miri i gyd ymddangosodd Mirta ac Irma o'r gegin ac arogl hylif golchi llestri ar eu dwylo.

'Tipyn go lew o lestri,' meddai Irma. 'Doedd hi ddim ond yn deg ein bod ni'n rhoi help llaw i Dora, druan.'

'Dan ni'n griw reit dda, *eh*. Ugian os nad mwy. *¡Che!* Mae golwg wedi blino arnat ti, Pawlita,' meddai Mirta. 'Ond dwyt ti ddim wedi cael fawr o gyfla i ddod dros y daith, eto.'

Blino am ei bod wedi colli cyfle oedd hi, pe baen nhw ddim ond yn gwybod ... colli cyfle i'w nabod e. Ond, erbyn hyn, roedd hi wedi colli pob awydd i holi Mirta ynghylch y dirgel ddyn! Fe gâi gyfle eto, maes o law, pan fyddai ei phen dipyn cliriach.

Gyrrai Mauro yn well, os rhywbeth, o dan ddylanwad y ddiod. Siawns nad oedd y gwin coch a yfodd wedi tawelu ei nerfau hithau. Roedd hi'n ddau y bore arni'n mynd i'r gwely. Ond hel meddyliau wnaeth hi ar ei phen ei hun mewn gwely dieithr. Roedd popeth fel y bedd. Roedd hyd yn oed y cŵn wedi cael gafael mewn cwsg. Tybed a oedd yntau'n cysgu? Mewn gwely mawr ar ei ben ei hun? Gwyddai un peth. Roedd hi isie'i nabod e ... Rhoi'r gore i bob dyfalu fyddai orau neu fe'i câi ei hun fel clwtyn llestri erbyn y deuai amser codi. Penderfynodd ddiffodd y golau a throi i wynebu'r wal.

Pennod 4

Yr oedd hi wedi trefnu i gwrdd â Lynwen y prynhawn hwnnw. Ond doedd dim brys yn y byd, diolch byth, ar ôl y fath noson neithiwr. Gan ei bod hi'n fore Sul doedd dim byd arbennig yn galw. Fe gâi gawod hamddenol a chwythsychu ei gwallt. Roedd angen sythu tipyn arno hefyd. Nid ei bod hi'n or-hoff o'r ffordd y gwisgai ambell un y steil, ond roedd yn ei tharo hi i'r dim. Digon ffynci, ond dim ffws. Bodlonai Lynwen ar gyrls bach tynn. Gwallt naturiol, falle, ond roedd modd ei sythu'r un fath. Dim diddordeb mewn ffasiwn, mwy nag mewn dynion. O leia, dyna'r argraff a roddai. A neithiwr? Wel, y pryd bwyd âi â'i holl fryd. Welai hi fyth faint deg eto, yn ôl fel yr oedd hi'n llimpro pob dim!

Darn o dost wnâi'r tro iddi hi y bore 'ma. Darn o dost a dishgled o de twym.

Aeth i edrych ar ei llun yn y drych bychan, crwn a grogai uwchben y basn ymolchi yn y bathrwm – yr unig ddrych yn y tŷ. Waw! Ffantastig! Dim cwde duon i'w gweld o dan ei llygaid. I mewn â'r lensys. Na, edrychai'n grêt. Roedd hi'n barod i wynebu'r byd. I'w wynebu e pe deuai'r cyfle ... Beth gath e i ddiflannu fel yna nithwr? Jest fel'na o dan ei thrwyn. Nid ei bod hi isie perthynas barhaol. Byddai hynny allan o'r cwestiwn, a hithe'n codi'i chwt mewn rhai wythnose. Ond mi fydde'n neis ca'l mynd mas gydag

Archentino bach tanbaid a cha'l tipyn o sbort!

Ar ôl dawnsio tango o gwmpas y gegin yn ei dillad isaf, penderfynodd roi sgert a blows amdani. Sgert 'run lliw â'r Cabernet Sauvignon y bu'n ei dywallt i lawr ei llwnc neithiwr. Modfedd neu ddwy uwchben ei phengliniau fe ffitiai'r sgert hi fel maneg. Fe'i prynodd ar y sêl ddiwedd yr haf ac roedd y flows wen yn y fargen hefyd. Mi wisgai gamisol oddi tani rhag tynnu sylw at ei bronglwm achos roedd gweld hwnnw, yn ei thyb hi, yn gwneud i bob dilledyn ymddangos yn tsiêp. Ych! Yr oedd yr un mor gas ganddi weld dyn yn gwisgo'i drwser mor isel nes tynnu sylw at y bêl fawr gron a ymchwyddai dros ei wregys. Ar y llaw arall fe wisgai rhai dynion eu trwseri yn rhy uchel fel y gwnâi ei Wncwl Dai yn y Sedd Fawr yn Siloam.

Fe hawliai Cliff ei chwmni bob dydd Sul ers sawl blwyddyn, bellach. Cinio yn y Manor – y gwesty gore a'r bwyd a'r gwasanaeth gore. Gydol yr wythnos byta i fyw a wnâi, ond ar y Sul yng nghwmni'r newyddiadurwr o Sais, neu 'Mr Simmonds, sir', fel y'i gelwid gan y gweinydd, fe gâi gyfle i fyw i fyta! Cinio pum cwrs a Chianti.

Heddiw rhannu bwrdd â Lynwen a wnâi, a hynny yn y pizzeria newydd ar gornel stryd 25, de mayo. Roedd sbel cyn hanner awr wedi deuddeg felly fe âi am dro bach i gael golwg arall ar y dref.

Synnodd mor dawel oedd bob man. Yr unig beth a gadwai sŵn oedd rhyw recsyn o gar yn chwyrnu y tu ôl iddi. Yna diflannodd i lawr y stryd gan adael cwmwl o fwg drewllyd yn yr awyr. Roedd y Sul, yn amlwg ddigon, yn ddiwrnod gorffwys, yn enwedig i'r glaslanciau a fu'n dawnsio ar hyd y nos.

Yr oedd yr archfarchnad ar agor a sylwodd ar ambell un

yn dod yn llwythog oddi yno. Un neu ddau unigolyn yn anelu am y *confitería* crand a oedd, yn ôl pob golwg, ben ac ysgwydd uwchlaw'r caffis eraill yn y dref. Yr oedd pawb yn mynd i rywle neu'i gilydd. I unrhyw le ond i'r capel a safai yn ei unfan fel ynys. Mor boenus o unig yr edrychai. Ei ddrysau ar gau a'i ffenestri yn drwm gan gaeadau pren, ei do sinc yn sychedu am baent.

Yn Ainon y curai calon y gymdeithas ar un adeg, ond erbyn heddiw edrychai'n amddifad o fywyd. Beth petai'r priddfeini cochion yn gallu siarad? Arhosodd am ennyd wrth y glwyd rydlyd a oedd dan glo. Gallai ddychmygu'r hen bobol yn cyrchu eu cartref ysbrydol, rhai ar geffylau ac eraill ar droed a'u helgwn ffyddlon yn eu dilyn at ddrws y cysegr. Roedd hi wedi darllen gweithiau Abraham Matthews a Lewis Jones a gwyddai am ffydd a gweledigaeth y gwladfawyr cyntaf ac am eu teyrngarwch i'r Duw a'u deallai wrth iddynt alw arno yn y Gymraeg. Acen Môn ac acen Mynwy; acen Aberdaron ac acen Aberdâr. Yn Gymry Cymraeg, bob un, mi fynnent fod iaith a gwerthoedd eu mamwlad yn daearu mewn gwinllan deg, y tu draw i'r Iwerydd.

Wedi mynd o olwg y capel, daeth rhywun ati a'i chymell yn daer i brynu tocyn loteri, ond llwyddodd i gael gwared arno drwy ysgwyd ei phen yr un mor benderfynol ag y gwnaeth yntau geisio ei chymell. Dim ond camu yn ei blaen a wnaeth a daeth un arall i gynnig papur newydd iddi. Wrth ei gweld yn gwrthod y papur dechreuodd y bachgen esgyrnog, pryd tywyll gymell y stryd gyfan, '*¡D-i-a-r-i-o! ¡D— i—a—r—i—o!*' nerth ei ben. Edrychodd Paula eilwaith ar y truan a galwodd ar ei ôl.

'*¡Hola! ¡Por favor, deme El Chubut!*'

Gwenodd arni ac estyn y papur iddi ar frys gwyllt rhag ofn y newidiai ei meddwl. Doedd dim gobaith iddi ddeall pob dim yn y papur, ond gallai ddirnad rhai o'r penawdau a gwerthfawrogi'r lluniau.

'*Gracias.*' Ac i ffwrdd ag ef yn fodlon ei fyd.

Roedd yna ddigon i gnoi cil arno ar y dudalen gyntaf:

ACCIDENTE GRAVE EN LA RUTA A MADRYN ...TRES MUERTOS

ROBOS EN TRELEW TODOS LOS DIAS

PADRE VIOLA A LA HIJA

Yn gywir fel darllen papur Sul yng Nghymru. Dyna hanes yr holl fyd, bellach. Trais a thorcyfraith ... damweiniau erchyll ... pobol yn dwyn ... tadau yn cam-drin eu merched eu hunain ... Doedd dim byd yn newydd dan yr haul. Ond pan ddaeth at yr ail dudalen, cododd ei haeliau.

¡ARGENTINA SOBRE EL ABISMO!

Roedd Ariannin ar y dibyn yn economaidd. Arweinwyr anonest. Gwleidyddion gwancus yn pluo'u nythod eu hunain. Dwylo llwgr wrth y llyw ...

Y fath groes oedd ganddynt i'w chario. Doedd dim rhyfedd bod elfen o dristwch yn llygaid pobol, ac ôl straen ar eu hwynebau. Roedd yr holl ansicrwydd ynglŷn â'r dyfodol yn eu cymell i amau ei gilydd. Er ei bod hi'n awyr las o'u hamgylch yn feunyddiol, roedd cymylau duon yn prysur grynhoi yn eu plith. Nid pres oedd popeth, meddent wrthi. Ond roedd yn rhaid i bawb wrth bres, 'run fath. Heb bres, heb wres. Heb na tho na gwely. Heb nac ymborth na modd i fyw. Dianc wnaeth eu cyndeidiau gynt rhag gormes y Sais a gorthrwm y meistri yn y chwareli a'r pyllau glo. Dioddef prinder ac anghyfiawnder. A oedd gwaeth i ddod i'w disgynyddion dan law llywodraethwyr llwgr Buenos Aires?

Caeodd y papur a'i roi'n dwt o dan ei chesail. Erbyn hyn roedd hi'n sefyll o flaen eglwys oedd â'i drysau'n agored led y pen. Yn ôl y groes ar ei thalcen, achos yn perthyn i'r Pabyddion ydoedd ... Edrychodd ar ei horiawr. Roedd ganddi hanner awr eto cyn cwrdd â Lynwen.

Wrth agor y drws a arweiniai o'r cyntedd i gorff yr eglwys, sylwodd fod rhes ar ôl rhes o bobol ar eu gliniau yn gweddïo. Welodd hi erioed gynulleidfa mor niferus. Y to hŷn oedd amlycaf, ond wrth graffu gwelodd fod yno amryw o deuluoedd ifanc, yn dadau, mamau a phlant. Ymlwybrodd yn ei blaen ac eistedd yn y drydedd res o'r cefn. Gallai efelychu'r gynulleidfa o'r fan hon trwy godi ac eistedd am yn ail. Cydiodd yn y daflen oedd ar y sedd. Roedd hi'n deall ambell air. *Maestro ... en mi nombre ... el tiempo está cerca ... Gloria a ti, Señor Jesús.*

Cododd y gynulleidfa yn un corff ac aeth merch ifanc ymlaen i gyflwyno'r emyn. Bellach, câi'r lleygwyr le amlwg yn yr addoliad, a merched yn eu plith. A lle bu'r Lladin yn llywodraethu, galw ar Dduw yn eu hiaith eu hunain a wnaent bellach. Dim "henffych Mair" na chusanu'r gleiniau.

Ymunodd yn y gyffes ar gân.

'Señor, qué día a día te traicionamos,
perdónanos, perdónanos
Perdona todos nuestros pecados
Y todas nuestras faltas de amor ...'

Wrth iddi ddotio ar sŵn y geiriau, trwy gil ei llygad, gwelodd gysgod yn cerdded yn un â'r wal. Sylwodd ar ei grys a'i drwser llwyd. Gwallt brown golau yn rhyw fritho gyda'r ochrau. Prin y gallai gredu ei llygaid ... Trodd yntau i wynebu'r ffenest a ddangosai'r Gwaredwr yng ngardd Gethsemane, mor bell, bell yn ôl.

Safodd wedyn am ennyd cyn rhoi rhosyn coch ar sil y ffenest. Yna daliodd ei ben yng nghwpan ei ddwylo a myfyrio am eiliad. Trodd i'w chyfeiriad, cyflymodd curiad ei chalon, ond ni sylwodd arni. Wrth iddo gerdded heibio iddi gwelodd fod y llygaid glas wedi pylu ac yn llawn dagrau. Yna allan ag ef i'r haul a'r awyr las.

Gafaelodd Paula yn ei phapur newydd a llwybreiddiodd ei ffordd at y drws. Roedd yr haul yn ei dallu'n llwyr. Chwiliodd am ei sbectol dywyll a chwilio hefyd i bob cyfeiriad. I fyny ac i lawr ac ar draws y ffordd. Ond doedd dim golwg ohono.

Ochneidiodd. Pam oedd e'n diflannu fel hyn o hyd? Wedi mynd i ble, ni wyddai. Neu at bwy? Yr oedi o flaen y ffenest liw, a'r rhosyn coch a'r dagrau? Hwyrach na ddeuai hi byth i wybod beth oedd wrth wraidd hynny.

Brysiodd i gyfeiriad y *pizzeria*, wedi llwyr anghofio am y selog rai a ymgroesai o flaen yr allor i ofyn bendith cyn ymadael. Croesodd hithau'r stryd ac aros yn stond o flaen storfa a werthai feiciau modur o bob math, rhai yn newydd sbon ac eraill yn ail-law. Tynnodd ei sbectol haul er mwyn gweld trwy'r gwydr. Ymhlith y rhai ail-law roedd un beic modur pwerus yr olwg ac yn ei gysgod, sgwter bychan. Teidi, meddyliodd. Gallai wneud y tro â rhywbeth fel yna mewn lle mor wasgaredig â hwn. Roedd hi wedi reidio rhywbeth tebyg acha ffarm perthnasau iddi. A barnu fel y gyrrai pobol yma, mi fyddai car yn beryg bywyd, ond ar gefn sgwter gallai fynd yn un â'r pafin. Mi allai peth o'r offer recordio fynd yn y tu blaen a byddai'n ddigon hawdd cario rhai pethau ar ei chefn. Byddai Lynwen yn siŵr o gytuno ei fod e'n syniad da.

Ailafaelodd yn y ffordd nes cyrraedd y *pizzeria* lle'r oedd Lynwen yn disgwyl yn amyneddgar amdani.

'Hai-a,' gwenodd arni. 'Hei! Beth yw hyn? Yr *Argie-Bargies* yn ca'l dylanwad arnot ti'n barod, odyn nhw?'

Chwarddodd Paula yn nerfus braidd ac edrych yn slei bach ar ei horiawr.

'Sori, Lyns. 'Yt ti wedi bod yn dishgwl yn hir?'

'Tynnu dy go's di o'n i, ŵ. A bod yn onest, newydd gyrraedd odw i, 'fyd. Dere i ni ga'l mynd miwn, ife?'

Er ei fod yn un o'r llefydd bwyta mwya poblogaidd yn y dre, ychydig o bobol oedd yno y prynhawn hwnnw. Doedd hynny ddim yn syndod ac ystyried y sefyllfa economaidd. Pwy mewn gwirionedd allai fforddio bwyta allan, a chymaint yn gorfod disgwyl cyhyd am gyflog neu bensiwn?

Noson ymhlith ffrindiau oedd hi neithiwr, a phobol fel Dora a Jorge wedi bod mor garedig ag agor drws eu cartref.

Ar ôl claddu ei dannedd mewn darn o'r pizza Palmitos a llyncu hanner gwydraid o Quilmes ar ei thalcen, edrychodd Paula i fyw llygaid bach llwydaidd Lynwen. Allai hi ddim dal rhagor. Roedd yn rhaid iddi gael dweud wrth rywun.

'Beth 'yt ti'n feddwl o hyn, 'te? Fe es i heibo'r Eglw's – yr un wrth y Plaza …'

'Jiw! Pabyddes 'yt ti 'te?' cododd Lynwen ei haeliau trwchus.

'Nage nage. Isie ca'l gweld beth o'dd yn mynd mla'n, 'na i gyd. Ond gredet ti byth pwy weles i … '

'Pwy?' gofynnodd Lynwen gan dywallt mwy o gwrw i'w gwydrau … 'Fe. O'dd e yn yr Eglw's. Ti'n gwbod – y pishyn … y *guapo* weles i yn yr *asado*.'

'Am bwy 'yt ti'n sôn, gwed?'

'So ti'n cofio? Ofynnes i i ti pwy o'dd yn ishte y tu ôl i ti.'

'Cofio rhwbeth, 'fyd,' atebodd gan gladdu darn arall o'r pizza.

'Paid â swno'n rhy gyffrous! Wir, nawr. Allet ti byth anghofio hwn. Y bachan mwya gojys wy wedi'i weld erio'd. Mm. Secs bom, wir i ti! Ne' falle dylwn i weud Duw Rhyw a finne'n siarad ag athrawes Gymra'g! Llyged glas y gallet ti foddi ynddyn nhw. Wy ffaelu deall na fyddet ti wedi'i ffansïo fe neu o leia wedi'i weld e … Mae'n anodd credu ond rwy wedi'i weld e dair gwaith nawr. Glywest ti? Dair gwaith …'

'Sa i'n ffansïo neb, ar hyn o bryd …' gwgodd Lynwen.

'A beth ma rhwbeth fel'na fod i olygu? Smo ti'n … ti'n gwbod …'

'Beth os wdw i? Dyw 'nhueddiade rhywiol i ddim busnes i neb.'

'Ma'n flin 'da fi,' straffaglodd Paula yn difaru agor ei cheg. Sylwodd fod Lynwen yn cochi.

Ddywedodd yr un o'r ddwy yr un gair am dipyn. Lynwen dorrodd ar y distawrwydd. Cododd y serfiet at ei cheg. 'Man a man i ti ga'l gwbod. Falle ga i lonydd wedyn!'

'Drycha, sdim rhaid i ti weud dim. Deall? Fel wedest ti, dyw e ddim o 'musnes i.'

'Wy'n mo'yn gweud. Wy'n credu y byddi di'n deall!' Gwasgodd y serfiet yn ei dwrn gan ysgyrnygu yr un pryd.

'Wel?'

'Newydd gyrraedd o'n i ac fe es i i un o'r disgos 'na o'dd yn mynd mla'n drwy'r nos. O'n i'n gweld y bachan 'ma'n edrych arna i. Ti'n gwbod beth rwy'n 'feddwl. Wel, fe ddaeth e mla'n ata i a gofyn am ddawns. Buon ni'n jeifo a cha'l tipyn o hwyl. Trw lwc, o'dd e'n gallu siarad tipyn bach o Saesneg a dechreuon ni fwynhau cwmni'n gilydd …'

'Mae'n swno fel'ny.'

'Fe aeth hyn ymla'n bob nos Sadwrn am … am sbel. O'n i'n 'i lico fe …'

'O, ie. Y dyn ne'r dawnsio?'

'Y ddou! Ond …'

'Ond beth?'

'Fe … fe ffindes i mas ei fod e'n briod!'

'Ma pethe fel'na'n digwydd. O'dd dim bai arnat ti.'

'Ond gwranda ar hyn, 'te. O'dd ei wraig e'n dod yn ffyddlon i un o 'nosbarthiade i.'

'Fflipin hec! Ti'n jocan.'

'Na'dw, ddim o gwbwl. Fe ges i sioc, cofia. O'n i'n meddwl popeth. Gallai pethe fod wedi mynd yn dân gole.'

'Galla i ddychmygu. Beth nest ti wedyn?'

'Es i ddim ar gyfyl yr un disgo ar ôl 'ny. A rwy heb edrych ar yr un dyn ers 'ny, chwaith. Gormod o ofon … ofon sgandal. Hei! 'Na ddigon o'n hanes i. Swno fel 'set ti wedi cwmpo am y boi 'na nithwr …

Sdim sboner 'da ti gatre, 'te?'

'O'dd un 'da fi. O'n ni fod i ddyweddïo. Ond fe weles i'r gole coch mewn pryd. Wy wedi dod mas fan hyn i ga'l ei anghofio fe. Nid bod e'n rhoi lot o gyfle i fi'i anghofio fe. Un e-bost ar ôl y llall. Wy jest yn lwcus 'mod i wedi colli'n ffôn bach neu …'

'Paid â gweud rhagor … B.A. ife?'

'Ie. Cliff brynodd ffôn newydd i fi cyn i fi adel … mynnu 'mod i'n cysylltu ag e bob dydd. A moyn cadw tabs arna i sbo …'

'O, fel'ny mae'i deall hi ife? Ma'r Cliff 'ma'n swno'n foi taer iawn. Ond beth bynnag wnei di, paid â mynd o'r ffrimpan i'r tân.'

'Wna i ddim 'ny, paid â becso.'

'Ma tipyn o *charm* yn perthyn i'r *Chubutenses*, cofia.'

'Beth?'

''Na'r enw am ddynion sy'n dod o dalaith Chubut – y Wladfa, mewn geirie erill.'

'O, ie? Wy braidd yn siŵr taw Cymro yw e, hynny yw, ei fod e o dras Gymreig 'ta beth,' meddai Paula'n llawn cynnwrf.

'Paid â bod mor siŵr o 'ny. Galle fe fod o dras Eidalaidd neu Almaenig. Ma nifer go dda o'r rheiny 'ma ac ma llyged glas 'da nhw 'fyd. A fe ddylwn i wbod … achos … achos Almaenwr o'dd y cythrel nath 'y nhwyllo inne,' meddai Lynwen yn chwerw.

'Sa i'n gwbod, ond ma rhwbeth yn gweud wrtho' i taw Cymro yw e. Mi feta i unrhyw beth i ti.'

'Wel, watch this space, 'te!'

Chwythodd Paula'n ysgafn ar yr ewyn ar ben y cwrw yn ei gwydryn. Falle mai Lynwen oedd yn iawn. Beth o'dd e'n neud mewn Offeren Sbaeneg os mai Cymro o'dd e? A nath e ddim canu gair o Gymra'g nithwr chwaith. Ond chanodd e ddim o gwbwl, o ran hynny. O'dd pob dirgelwch yn her, serch hynny. Tybed a o'dd hi wedi dweud gormod wrth Lynwen? O'dd hi ddim yn ei nabod hi'n dda iawn. O'dd hi 'r un oed â hi, fwy neu lai, ac yn sengl. Beth petai Lynwen yn cymryd ffansi ato? Yn ei ddwgyd e, reit o dan ei thrwyn? Beth wedyn?

'Hei? Ma golwg bell arnat ti.'

'Meddwl 'na i gyd. O'dd rheswm arall 'da fi dros fod yn hwyr gynne fach. Fe fues i'n ca'l cip ar ryw fotobeics.'

'Ma crugyn o'r rheiny o gwmpas y lle 'ma.'

'Mewn show-rŵm o'dd y rhai weles i. O'dd un yn arbennig. Sgwter. Jest y peth i fi. Ma whant arna i 'i brynu fe …'

'Ti'n gall?'

'Pam?'

''Yt ti'n bananas, os 'yt ti'n gofyn i fi! Chydig wthnose fyddi di 'ma, wedi'r cwbwl.'

'Ie, wel…'

'A be nei di ag e wedyn?'

'Ei werthu fe i ti, falle! Drycha'r holl drafaelu sy 'da fi i neud. Cwrso fan hyn a fan draw …'

'Cwrso, wedest ti! 'Na beth fydde cwrso, a chŵn y dre i gyd ar d'ôl di! Maen nhw'n ddiawledig. Fe ges i 'nghnoi 'da un cwpwl o wthnose 'nôl. Drycha!'

Cododd Paula ymyl y lliain bach tsiec ac edrych o dan y bwrdd.

'Mowredd! Fe gest ti gnoiad cas, on'd do fe?' synnodd, wrth weld ôl y pwythau yn nhalp ei choes chwith.

'Do. A fe ges i lond twll o ofon, 'fyd. Cerdded 'nôl o'r dosbarth o'n i a'r peth nesa o'n i'n 'wbod o'dd bod clamp o Alsatian yn gafel yno'i. Lwcus bod gŵr Mirta'n digwydd mynd heibio. Fe lwyddodd hwnnw rywsut-rywffordd i 'nghael i miwn i'w gar, a bant â ni i'r ysbyty!'

'Ma ofon cŵn arna i ar y gore, 'nenwedig rhai dierth. Ddylen nhw ddim ca'l bod yn rhydd fel'na. Ond 'nôl at y sgwter am funed. Fyddet ti'n folon dod 'da fi … jest i'w weld e? Pan fydd amser 'da ti i sbario, wrth gwrs.'

'Wyt ti'n benderfynol, wy'n gweld,' gwenodd Lynwen gan ysgwyd ei phen. 'Fe alla i ddod, tua un ar ddeg fory.'

'Ffantastig! Bore fory amdani 'te.'

'Gyda llaw, 'yt ti'n dod i Ainon erbyn saith heno?'

'I'r capel?' crychodd Paula ei thrwyn. 'O's pregeth 'te?'

'Nag o's. Dim byd fel'na. Ymarfer côr ac ma isie mynd dros y darn llefaru …'

'Erbyn y Steddfod, ife?'

'Ie, 'na ti,' amneidiodd Lynwen. 'Rhaid rhoi help llaw iddyn nhw.'

'Jiw! Ma rhwbeth ar y gweill 'da ti o hyd. Maen nhw'n gwerthfawrogi beth 'yt ti'n neud, cofia.'

'Odyn nhw? 'Sneb wedi gweud gair.'

'Maen nhw'n siarad yn dy gefen di, 'ta beth. A chanmol ma'n nhw.'

'Wel, dim ond dilyn yr athrawon fuodd 'ma o mla'n i. Wy yn mwynhau'r cyfan, mae'n rhaid i fi weud. Dylet ti fod wedi bod 'ma pan geson ni Sioe Ffasiynau. O'dd hyd yn oed Eva wedi ca'l ei phleso!'

'Ma hynny'n gweud rhwbeth. 'Na ti hen bitsh o fenyw!'

'O'dd hi yn ei hwylie gore ar y cat-walk ac yn gwisgo *mini falda* o bopeth. O'dd pawb yn glwchu eu hunen yn wherthin. A'r bachan welest ti nithwr ...'

'Pwy nawr?' Dim ond un welodd hi ...

'Victor Edwyn, ŵ. Dyn y *bombachas*. O'dd hwnnw'n sgrîm! Dyn ffarm wedi'i wisgo fel bancwr o Buenos Aires!'

'Y ... gwed wrtho' i, Lyns. Fydd dynon yn mynd i dy ddosbarthiade di o gwbwl?'

'Rhai. A dynon ifanc, 'fyd. Ond neb tebyg i'r bachan 'yt ti wedi'i ddisgrifio. Mae Gustavo fel ... fel postyn lein. Omar yn gwisgo sbectol drwchus ac mae e Eduardo yn farf i gyd!'

'Dyna ni – the process of ...'

'Elimination!'

'Wedyn, mae un arall o'r enw Alun. Alun Edwards. Mae e'n rhugl erbyn hyn. Buodd e ar gwrs WLPAN.'

'O?'

''Yt ti'n codi dy aelie ond paid â chodi dy obeithion. Dyw e ddim yn ugen eto. Os nad 'yt ti isie toi-boi, wrth

67

gwrs!' chwarddodd Lynwen, gan afael yn y botel gwrw. 'Diferyn bach 'to?'

'Sa i'n gwbod. Gorffenna di'r botel. 'Yn ni wedi mynd trwy lityr a hanner, cofia! Er mae'n rhaid i fi gyfadde 'mod i wedi cael mwy o flas ar y cwrw 'ma nag ar y siampên ges i ar yr awyren rhwng Madrid a B.A.'

'Siampên?'

'Ie. O'dd 'y mhen-blwydd i, t'weld. Un MAWR!'

'Tri deg?'

'Ie. Waw! O'n i'n cysgu ar 'y nhrwyn. Wel, o'dd hi wedi troi hanner nos pan ddaeth y stiwardes i roi pocrad i mi a gweud bod rhywun wedi gofalu 'mod i'n ca'l rhwbeth bach sbesial i ddathlu. Dadi o'dd hwnnw. Ma unrhyw beth yn bosib iddo fe, ti'n gwbod. Unig blentyn. Mae e'n sbwylo i'n rhacs! Wedi gneud, erio'd. Beth am dy dad dithe?'

Traflyncodd Lynwen gynnwys chwerw ei gwydryn.

'Buodd ... buodd Dad farw ddeuddeg mlynedd yn ôl pan ... pan o'n i'n bymtheg oed ...'

'O, sori, Lyns ... sori ...'

'O'dd hi'n galed ar Mam, achos o'dd 'da fi ddau frawd bach ...'

'O, wy mor flin,' hanner tagodd Paula. 'O'dd ... o'dd e'n sydyn ... marwolaeth dy dad?'

'Ar ryw ystyr. Yn annisgwyl yn y diwedd, 'ta beth. Ac eto, o'dd y chwech mis 'na buodd e'n diodde yn ... yn hunlle. Gorfod edrych arno'n marw tipyn bach bob dydd, ti'n gwbod. O'dd rhaid i ni'i gario fe at y ford yn y diwedd ...' ysgydwodd ei phen.

'Cancr?'

'Ie ... yn yr ysgyfaint. A wedyn fe a'th e i'r esgyrn ...'

''Yt ti wedi ca'l profiade digon anodd ... yn wahanol i fi ...'

'Odw ... ond wy'n dal 'ma, t'weld. Yn brwydro mla'n. Ma Mam wedi ailbriodi ...'

''Yt ti'n ifancach na fi,' meddai Paula gan newid y sgwrs.

'Rywfaint, ond ma'r un mawr i ddod!' atebodd Lynwen gan chwarae â sip ei phwrs lledr.

'Hei! Gad hyn i fi.'

''Yt ti'n siŵr?'

'Wrth gwrs 'mod i.'

'Diolch, 'te. Fel pawb arall yn y lle 'ma, sa i wedi cael 'y nhalu ers misoedd. Ar y bobol sy'n gweithredu'r cynllun yn B.A. ma'r bai.'

'Wel, dyna un fantes o 'ngwaith i, t'weld. All expenses paid!'

Ymhen rhai oriau cafodd Paula ei hun yn eistedd yn y blwch sgwâr o gapel a oedd yn batrwm perffaith o bensaernïaeth Ymneilltuol Cymru, heb fod iddo na chroes nac allor na'r un ffenest liw. Mewn gwirionedd ymdebygai Ainon i sgubor ar yr olwg gyntaf, ond sgubor lle bu cynhaeaf ysbrydol ar un adeg, yn ôl yr hyn a ddarllenodd. Ymddangosai rhai o gapeli Cymru fel eglwysi cadeiriol ochr yn ochr â hwn. Doedd dim sôn am bulpud, dim ond llwyfan moel, a bwrdd diaddurn a hen Feibl. Yn llenwi'r wal bellaf yr oedd cwpwrdd mawr, ei silffoedd yn plygu dan bwysau llyfrau emynau a chopïau o hen Feiblau ac esboniadau. Hwyrach ei fod wedi'i osod yno er mwyn cuddio'r tamprwydd.

Deallodd yn fuan, wrth i bobol ddechrau cyrraedd, fod rhyw frethyn cartref o gwrdd i gael ei gynnal yn gyntaf cyn mynd ynghyd â'r ymarfer. Dyrnaid o wragedd oedrannus a eisteddai yn y ddwy res flaen. Mor wahanol oedd hi gartre. Pawb yn rhyw wasgu at ei gilydd yn y ddwy res gefn fel ffowls ar sgimren, ond yn effro-gyffrous i godi'u hadenydd y funud y câi'r Amen ei ynganu. Roedd hi wedi cwrdd ag un neu ddwy ohonynt yn y dosbarth.

'Coni dw i,' meddai un gan droi i edrych arni. 'Peidiwch ag aros yn fan'na ar eich pen eich hun. Dowch i lawr aton ni, Pawla.'

Ufuddhaodd hithau ar unwaith. Cydiodd yn ei phethau ac ymuno â'r cwmni yn y tu blaen. Cyflwyno. Cofleidio. Cusanau cyfarch, un ar ôl y llall. Roedden nhw mor falch o'i gweld. Roedden nhw i gyd yn hoffi pregeth Gymraeg ac wastad yn cynnal cwrdd pan ddeuai rhywun ar ymweliad o'r Hen Wlad. Dyma ddechrau sôn am yr amser gynt pan eisteddent wrth draed y diweddar annwyl Mr Parry. Y Parchedig Ioan Parry a ddaeth atynt yn weinidog o Gymru ac a'u gwasanaethodd am flynyddoedd lawer. Dyddiau braf oedd y rheiny … Aeth Paula i'w bag. Dyna ffodus iddi ddod â'r peiriant bach gyda hi. Gwasgodd y botwm. Doedd dim angen iddi wneud dim arall. Dim ond gwrando arnynt yn canu clodydd yr oes aur …

Pregeth ac Ysgol Sul. Cwrdd gweddi a chwrdd plant. Y Band of Hôp! Paratoi ar gyfar y Gymanfa Ganu. Dysgu'r pedwar llais. Cwrdd Diolchgarwch bob Ebrill. Cwrdd Nadolig yn yr haf. Heddiw? Oedd, roedd mwy na digon o Gymry yn y dref i lenwi'r capel, ond yr oedd difaterwch yn blino'r ysbryd. Rhai wedi gwrthgilio. Eraill wedi ymbriodi â phobol o genedl arall ac wedi cofleidio ffordd arall o fyw. Megis Moses gynt fe fuont yn yr anialwch heb neb i'w harwain. Yn agos at ddeugain mlynedd heb na Chymun na Chwrdd Paratoad. A phan ddeuai angau heibio ac yn fater o gladdedigaeth, doedd dim amdani ond darllen pennod a chanu emyn, ac wedi gofyn ei fendith Ef ar y cyfan, rhoddi gweddillion yr ymadawedig i orwedd yn y fynwent ar gyrion y dref. Tybed a ddeuai rhywun o'r Hen Wlad, eto, i gynnau'r fflam ar yr hen allorau? Onide, troi'n *museo* a wnâi Ainon.

Troi yn glybiau nos ac yn neuaddau Bingo ac yn stordai o bob math a wnâi capeli Cymru, meddyliodd Paula. Beth fyddai tynged Siloam, tybed? Roedd ar ei wely angau yn barod ac, i goroni popeth, roedd yr awdurdodau wedi argymell rhestr hyd braich o welliannau iechyd a diogelwch. Ond gwelliannau ar gyfer pwy?

Mwy fyth o rannu profiadau cyn diffodd y peiriant. Eisteddodd yn ôl yn gyfforddus yn ei sedd a gwrando ar Sara, y Sara honno fu'n gymaint o gyff gwawd yn y dosbarth, yn darllen Salm. Y fath ddehongliad! Y fath lais! Gwraig ganol-oed ifanc yn arwain y gynulleidfa mewn gweddi, gan ddechrau yn Gymraeg a gorffen yn Sbaeneg. Dyn penwyn yn adrodd y Gwynfydau i gyd ar ei gof. Unawd gan rywun o'r enw Nansi. A rhagluniaeth fawr y nef, i gloi. Roedd gweddillion y Parchedig Ioan Parry wedi hen falurio mewn beddrod yn un o gymoedd Cymru, ond yr oedd ôl ei lafur yn aros. Hyd nes i'r genhedlaeth oedd ohoni nychu a marw.

Gyda'r *Amen* olaf, trodd Paula i edrych dros ei hysgwydd. Yr oedd Lynwen yno'n barod a dechreuodd rhai o aelodau'r côr gyrraedd. Wynebau cyfarwydd Mirta ac Irma a Gabriela. Yn y diwedd fe'i cafodd ei hun yn rhannu llwyfan gyda nhw. Sut allai hi wrthod? Derbyniodd eu gwahoddiad â gwên fawr, ond roedd ganddi reswm arall dros wenu.

Wrth fynd i'r capel â'i pheiriant recordio yn ei bag, roedd hi wedi bod ar ei hennill. Bwrw ei bara ar wyneb y dyfroedd – dyna yr oedd hi wedi'i wneud. Roedd hi'n sicr wedi cael sgŵp arall!

Pennod 5

O fewn ychydig amser roedd hi wedi gallu cyflawni cymaint o bethau a chwrdd â'r fath amrywiaeth o bobol. Roedd gwibio o fan i fan ar gefn ei sgwter yn gymaint o hwyl. Cafodd werth ei harian yn barod. Hyd yn hyn doedd yr un bleiddgi wedi achosi tafferth iddi wrth iddi fynd ar ei theithiau beunyddiol. Mor rhydd y teimlai heb orfodiaeth i wisgo helmed ac mor braf oedd teimlo awel fwyn y gwanwyn yn maldodi croen ei hwyneb ac yn byseddu ei gwallt.

Dechreuodd roi trefn ar ei phapurau. Cydiodd mewn pensil a mynd ati i ddileu ac i ychwanegu yn ôl y galw. Roedd y gyfres radio y gobeithiai ei chyflwyno yn siapo yn barod. Wnaeth hi erioed ddod ar draws pobol oedd mor barod i siarad am unrhyw beth. Ond roedd y cyfle lleia i sôn am y dyddiau gynt yn gywir fel agor tap a gadael i'r dŵr oedd ynddo lifo'n ddi-baid.

Eu gwreiddiau oedd popeth iddynt a modd i fyw oedd pob cyfle i ailgerdded yr hen lwybrau gynt.

Cydiodd mewn tâp neu ddau a'u labeli'n ofalus:

Tâp 1 Ochr A … Meira … atgofion nyrs yn yr Ysbyty Prydeinig yn B.A.

Ochr B … Atgofion am y cartref … Coni, Sara ac Esther.

Tâp 2 Ochr A … Bywyd a Gwaith … Clara Griffiths de Gonzalez. (Gwobr gyntaf am draethawd yn yr wythdegau.)

Ac i ddod ... Hanes Eisteddfodau'r Wladfa, Menna Morgan. Hanes y Cymanfaoedd Canu, Elder Hopkins. Bywyd ar y ffarm, Eduardo Lloyd. Cyfraniad gan Ernesto Evans – dim testun eto. Hanes y Sychder Mawr, gan un o'r Dyffryn. Byw fel Cymraes yn y Wladfa, gan rywun y cyfeiriai pawb ati fel *Señora* Elena o Nantlwyd. Heb anghofio'r crwt y soniodd Lynwen amdano, sef Alun Edwards a fu'n dilyn cwrs WLPAN yng Nghymru. Swniai hynny'n ddiddorol, oherwydd edrych ymlaen a wnâi ef, wrth reswm.

Gobeithiai am ddyrchafiad gan y gorfforaeth ar ôl hyn. Byddai ei thad yn bles. A fe Cliff. Ysgyrnygodd wrth feddwl pa mor benderfynol yr oedd hwnnw. Ei he-bostio hi eto er iddi ddweud wrtho am beidio â mentro â chysylltu â hi. Diolch byth am y pâr o ddwylo blewog a gipiodd ei ffôn bach oddi arni neu fe fyddai wedi gorfod dioddef ei lais hefyd. Ac roedd ganddo'r wyneb i feiddio awgrymu y gallai ymuno â hi cyn diwedd y mis! Allai fynd i ganu! Na, doedd hi ddim awydd gweld ei gysgod eto. Fe anwybyddai ei e-byst o hyn allan. Ysgrifennu llythyr ato fyddai orau, i roi terfyn ar eu perthynas unwaith ac am byth. Fel yr addefodd wrth Lynwen, roedd hi wedi gweld y golau coch mewn pryd. *Adios,* Cliff!

Cododd at y ffenest a thaflu golwg frysiog ar y sgwter a bwysai yn erbyn y wal. Diolch i Lynwen a'i gwybodaeth o'r Sbaeneg, roedd prynu'r sgwter wedi bod yn fater hawdd. Wrth weld Paula yn palu'n ddwfn yn ei bag ac yn estyn tri chant o ddoleri gwyrddion iddo, roedd llygaid perchennog y siop wedi dawnsio fel marblis. Wedi'r foment fawr honno, *No hay problema* oedd pob dim. Yr oedd cystal â bod wedi ennill y *loteria*. Roedd hefyd wedi llwyddo i gael gwared ar rywbeth a fyddai wedi bod ar ei ddwylo am sbel.

Un peth oedd prynu, ochneidiodd yn dawel, peth arall oedd prynu cath mewn cwd! Nid bod rhyw lawer o'i le arno. Araf yn tanio. Ychydig o faw yn y petrol, efallai. Ond roedd hi'n hanfodol ei bod hi'n gallu dibynnu ar y sgwter a hithe'n gorfod mynd i lefydd mor ddiarffordd.

Bu'n ffodus o Lynwen y bore hwnnw. Ond ar ôl mynd i gwyno, ill dwy, dywedodd y dyn a fu mor barod i dderbyn y doleri lai na phythefnos yn gynt, mai gwerthu yn unig a wnâi ef. Blwmin dynion! Yn fêl i gyd wrth daro bargen, ond twll tin pawb unwaith bod yr arian yn saff yn eu pocedi. Doedd e ddim yn deall y mymryn lleia am fotobeics, meddai, ond fe allai roi cyfeiriad rhyw fecanig lleol iddi. Roedd e'n siŵr y gallai hwnnw fwrw golwg drosto. Prysurodd i esgusodi ei hun am fod cwsmer yn disgwyl sylw a gwthiodd ddarn o bapur dyran i'w llaw.

Aeth Paula i'w waled a thynnu ohono'r darn papur â'r ysgrifen traed brain. Roedd geiriau Lynwen yn dal i ganu yn ei chlustiau. 'Fe wedes i ddigon wrthot ti!' Roedd hi wedi clywed yr un bregeth gartre, droeon. Crychodd ei thrwyn a chodi'i hysgwyddau a bustachu i ddeall yr ysgrifen ... *Taller – Mecánico General ... Mitre, 697 ...*

¿Mitre? ... *¿Mitre?* ailadroddodd. Dim ond rhyw ddau sgwâr, diolch am hynny. Os na allai gychwyn yr injan, fe allai hwpo'r sgwter yno bob cam. Byddai'n rhaid rhoi sylw iddo ar unwaith neu allai hi ddim cadw at y trefniant drannoeth. Yn ôl pob sôn fe fyddai o fudd mawr iddi gyf-weld yr hen wraig o Nantlwyd. Y prynhawn hwnnw amdani, felly. Doedd dim amser i'w golli.

Ar ôl bwyta brechdan a llyncu cwpaned o goffi, brysiodd i'r cefn, gafael yng nghyrn y sgwter a cheisio tanio'r injan unwaith eto. Cychwyn a thagu ... a diffygio'n llwyr. Doedd dim arall amdani ond gafael yn gadarn ynddo a mynd ag ef i'r garej yn Mitre. I ffwrdd â hi'n ddidrafferth, croesi'r stryd oedd yn dawel fel y bedd, a throi'r cornel. Yn ei hwynebu yr oedd drws enfawr, melyn a hwnnw wedi'i folltio. Dim arwydd o fywyd yn unman. Mynd at y tŷ fyddai orau. Ond wrth iddi droi'r sgwter i wynebu'r tŷ, clywodd gi yn cyfarth. Yno, yn ddannedd i gyd, safai Labrador du. 'Wel men yffach i!' ebychodd. Doedd hi ddim am gael yr un profiad â Lynwen. Teimlodd ei hun yn gwelwi. Diolch byth bod y sgwter rhyngddi hi a'r gelyn danheddog. Daliodd hwnnw i gyfarth yn ffyrnig, gan hoelio'i lygaid arni, ond drwy drugaredd fe safodd yn ei unfan. Safodd hithau yn ei hunfan, hefyd, gan grynu fel jeli. Yna daeth llais awdurdodol o rywle. '¡Carlos! ¡Anda a la cucha perro!' Tybed a olygai hynny 'Cer i'r cwtsh?' Gallai synhwyro'r anfodlonrwydd yn y llais a chynyddodd ei hanesmwythyd. Ond pan welodd, o'r diwedd, pwy oedd wedi dod i'r golwg, wyddai hi ddim beth i'w ddweud na gwneud. Ai rhith oedd y cyfan? Doedd pethau fel hyn ddim yn digwydd mewn bywyd go iawn ... neu oedden nhw?

Cododd ei sbectol haul ar ei thalcen. 'Wel men yffach i!' meddai eto, o dan ei hanadl. Y fe ydoedd. Y Dirgel Ddyn! Roedd hi wyneb yn wyneb ag ef. Safai o'i blaen yn droednoeth ac yn hanner porcyn, heblaw am hen bâr o jîns a oedd, yn ôl pob golwg, wedi cael ei wisgo ar yffach o frys, gan fod ei falog yn hanner agored.

'¿Qué quiere?' gofynnodd yn swrth heb aros i ymddiheuro am yr olwg oedd arno a heb unrhyw fath o ymgais i guddio'i noethni.

'¿Qué quiere?' rhuodd eilwaith wrth weld Paula yn llygadrythu arno ac yn sefyll fel delw o'i flaen. Allai hi wneud dim. Roedd hi wedi'i pharlysu. Wyneb yn wyneb o'r diwedd, a'r ci stwrllyd, erbyn hyn, yn llyo bysedd traed ei feistr fel rhyw oen swci.

'*Soy ... soy galesa ...*' dechreuodd.

'*¡Galesa!*' cododd ei aeliau mewn syndod.

'*Sí, pero hablo un poco de español.*'

'*¡Muy bien! ¿Entiende?*' holodd gan dynnu ei sylw at hysbysfwrdd a oedd heb gael ei osod yn ei le.

'*El Celta ... El Celta,*' hanner sibrydodd hithau gan geisio ailfeddiannu'i hyder.

'Ia, y Celt mewn geiria erill. Cymro dw i a dwi'n medru'r iaith. Dach chitha'n Gymraes meddech chi, ond ydach chi'n gallu siarad Cymraeg o gwbl?' gofynnodd â thinc dirmygus yn ei lais.

'Wrth ... wrth gwrs 'mod i.'

'Mi dach chi'n wahanol i'r rhan fwyaf o'r Cymry draw, 'ta! A throi i'r Saesneg fyddwch chi gida phob cyfla gewch chi.'

''Ych chi ... 'ych chi'n annheg,' cyhuddodd.

'Dim o gwbwl. Mae'r gwir yn brifo bob amser.'

Eiliadau yn ôl ni allai gredu ei llygaid, ond erbyn hyn roedd hi'n ei chael hi'n anodd credu ei chlustiau. Y fath siom o ddarganfod ei fod yn berson mor ... mor ymosodol.

'Freuddwydies i ddim mai Cymro o'dd perchennog y garej 'ma. Wir i chi ...'

'Dw i'n tynnu 'ngeiria 'nôl. Nid Cymro ydw i, ond *Archentino*. *Archentino* sy'n digwydd siarad eich iaith chi.'

'O'n i ddim yn meddwl y byddwn i'n ... eich gweld chi ... eto,' cloffodd, gan ofni ei bod wedi gollwng y gath o'r cwd. Doedd hi ddim yn mynd i gyfaddef ei fod e wedi bod ar ei meddwl ddydd a nos ers ...

'Be dach chi'n 'feddwl?'

'Wel, fel dwedes i ... wy wedi eich gweld chi ...'

'Yn lle?'

'O gwmpas,' cododd ei hysgwyddau.

'*Bueno*. Be dach chi'i isio yr amsar yma o'r dydd?'

'Yr amser 'ma?' Edrychodd Paula ar ei horiawr. Roedd hi'n chwarter i ddau.

'Wyddech chi ddim ein bod ni *Archentinos* yn cysgu *siesta?*'

Dyna beth oedd yn ei fyta fe, meddyliodd Paula. Roedd hi wedi sathru ar gynffon y llew, heb os nac oni bai! Crwydrodd ei llygaid ar draws ei freichiau cyhyrog, ei frest flewog ac i lawr at ei falog. Ymosodol neu beidio, o'dd e mor ... mor ...

Teimlodd yntau ei llygaid arno a chydiodd yn frysiog yn zip ei jîns a chau ei falog.

'Be dach chi isio?' gofynnodd eto.

'Y sgwter. Ma rhwbeth o'i le arno fe. Y dyn wna'th ei werthu fe i fi ddwedodd wrtho' i am ddod atoch chi ...'

'O, ia? Ei brynu o gan rywun arall a disgwyl i mi ei drwsio fo. Dw inna'n gwerthu motobeics yma welwch chi.'

Ei thro hithau oedd dweud y drefn nawr. Roedd hi wedi cael hen ddigon ar yr holl gecru.

'A shwd o'n i fod i wbod 'ny? Wy wedi codi'ch gwrychyn chi, wy'n gwbod 'ny ...'

'Dach chi'n iawn yn fan'na.' Yna dechreuodd chwerthin yn braf. 'Mi ydach chi'n gallu'r Gymraeg, siŵr iawn – er wedi deud hynny mae o reit wahanol i'r Gymraeg sy gin i. *¡Bueno!* Beth sy o'i le ar y mashîn wnïo yna sy efo chi?' gofynnodd yn bryfoclyd.

'Mae fel 'se fe'n tagu,' atebodd Paula wedi ymlacio dipyn

wrth weld y llygaid glas yn gwenu arni. Roedd hyd yn oed y ci yn ysgwyd ei gynffon ac yn cerdded o'i chwmpas yn ddiniwed. 'Odych chi'n credu ... wel, bod modd i chi neud rhwbeth?'

'Mi edrycha i arno, beth bynnag. Gadewch o yma efo fi.'

'Diolch, ond pryd ga i e 'nôl, wedyn?' petrusodd gan gofio am y daith oedd ganddi fore trannoeth.

'Ar ôl i mi orffan ag o, siŵr iawn, hynny ydy os bydda i'n gallu'i drwsio fo yn y lle cynta!'

'O, gobitho 'ny.'

'Ia, gobeithio, yntê,' atebodd gan gymryd y sgwter oddi arni a'i roi i bwyso yn erbyn wal y garej.

Rhoddodd Paula ei sbectol dywyll i orffwys ar bont ei thrwyn unwaith eto. Gwenodd. Gallai gael golwg fanwl arno nawr heb iddo weld ei bod hi'n craffu. Y fath broffil ... dwy ysgwydd gadarn ... lliw haul ar ei gefn ... a'r pen-ôl mwya siapus a mwya secsi a welodd erioed.

'Be 'dy'ch enw chi?' gofynnodd iddi gan droi a dechrau cerdded tuag ati.

'Paula. Paula Carter.'

'Polagata?' cododd ei aeliau'n bryfoclyd nes i Paula sylwi ar graith fechan a lechai o dan ei ael dde, cyn iddi lwyr ddiflannu eto. 'Sillafwch yr enw i mi.'

Ufuddhaodd hithau gan ynganu pob llythyren yn ei thro.

'Nid enw Cymraeg ydy o.'

'Y ... nage. Enw Saesneg. A chithe?' Roedd y foment fawr ar wawrio. Cyffrôdd drwyddi wrth feddwl y byddai ganddi enw o'r diwedd.

'Jones dw i. Dewi Emrys Jones. Dewi ar ôl 'y nhad ac Emrys ar ôl hen daid i mi. Ond fel Emrys y bydda i'n cael fy nabod.'

Ni allai Paula ond gwenu gwên fach dawel, hunanfoddhaus.

'Beth sy? Pam dach chi'n gwenu fel yna?'

'Eich enw chi! Ma'r peth mor ddoniol yn yr ystyr bod 'da chi enw Cymraeg a bod 'da fi ...'

'Polagata! Ydy mae o'n ddigri. Mae o mor debyg i *por la gata* pan dach chi'n ei ddeud o ar sbîd. Ystyr hwnnw yn *castellano* neu Sbaeneg ydy "ar gyfar y gath"!'

Chwarddodd y ddau gyda'i gilydd y tro hwn. Chwerthin yn braf heb deimlo na chwithdod na thyndra o unrhyw fath. O leiaf roedd hyn yn ddechreuad, meddyliodd Paula. Fe allai gael mis a mwy o hwyl yn ei gwmni, efallai.

Awgrymodd ef ei bod hi'n gadael y sgwter yn ei ofal a chan na allai rag-weld bod llawer o'i le arno, addawodd yn bendant y gwnâi ei ddychwelyd at ddrws y tŷ yn Stryd Molinari cyn iddi nosi. A hithau'n berffaith hapus ar y trefniadau, dechreuodd Paula ei ffordd ar droed, heb amgyffred bod y sawl a adawodd wrth ddrws melyn y modurdy yn gwylio'i cherddediad yn ofalus.

'Emrys,' sibrydodd iddi'i hun, wrth droi'r cornel. Cymro ydoedd, wedi'r cwbl, ac yn siarad yr iaith fel pe bai wedi'i eni a'i fagu yng Nghymru. Yr unig beth a'i bradychai oedd ei acen si-so Sbaenaidd. Aeth ias o bleser drwyddi. Roedd hi'n dyheu am gael profi o'r angerdd Lladinaidd yr oedd cymaint o sôn amdano.

Wrth iddi afael yn nolen y drws a throi'r allwedd yn y clo, cofiodd am y wên gynnes a gafodd ganddo cyn iddi ymadael. Ai ganddi hithau, tybed, oedd yr agoriad i'w galon? Aeth i mewn i'r *departamento* a chau'r drws yn dawel ar ei hôl.

*   *   *

Drennydd eisteddai Paula yn ei gŵn gwisgo sidan golau yn sipian ei choffi. Ych! roedd e'n chwerw, ond heb fod hanner mor chwerw ag y teimlai hithau y bore hwnnw. Roedd hi wedi disgwyl a disgwyl a disgwyl. Echnos oedd hynny. A ddoe drwy'r dydd gwyn. A dim sôn amdano, y diawl bach digywilydd! Doedd hi ddim wedi gweld ei liw e. Ac ynte wedi mynd ar ei lw – wel, cystal â bod. Doedd dim amdani ond gwisgo a martsio i'r garej a wynebu'r Emrys Jones yna, ie, y fe a'i Labrador, er cased oedd ganddi feddwl am orfod gwneud y fath beth. Fe gâi e flas ei thafod mewn Cymraeg heb fod yn rhy bur! Doedd neb yn mynd i wneud ffŵl ohoni hi fel'na. Ond dyna fe, o leiaf roedd hi'n gwybod hyd a lled pethau. Diegwyddor ac mor ddi-ddal â phen-ôl babi bach. Erbyn meddwl, roedden nhw i gyd 'run fath. Yn llawn addewidion. Un wedi addo benthyg llyfr iddi … un arall wedi addo dod â chyfeiriad ei modryb iddi … ac un arall eto wedi dweud y galwai heibio i fynd â hi i'r *Laverap* er mwyn iddi gael golchi'r dillad gwely. Ond roedd hi'n dal i ddisgwyl ac, o'u nabod, disgwyl y byddai hi.

Cydiodd mewn darn arall o dost a thaenu ychydig o fenyn arno a'r jam mefus a gafodd gan Mirta. Mm. Roedd e'n flasus. Yn wir roedd y silff yn y cwpwrdd bwyd yn prysur lenwi â jam cartref. Jam mafon o waith Irma, jam cwrens duon o waith Gabriela. Potyn o chutney tomatos gwyrdd gan Sara. Digon am dymor cyfan! Llyfodd ei bys bach ac yna'i gwefusau. Blas mefus go iawn. Trodd i gyfeiriad y drws gan feddwl iddi glywed sŵn chwibanu. Roedd yr alaw'n gyfarwydd. Oedd, roedd rhywun yn chwibanu y tu allan. Neb wedi curo, serch hynny. Heb ystyried ei bod yn dal yn ei gŵn gwisgo a'i bod heb roi fawr o sylw i'w gwallt, taflodd y drws ar agor. Mewn pâr o overalls gwyrdd tywyll

81

ac ôl saim ac olew arnynt, pwy safai yno, yn wên i gyd, ond y fe, Emrys Jones.

'O, *chi* sy 'na!'

'Ia, fi. Dach chi ddim yn swnio fel tasach chi'n falch o 'ngweld i!'

''Ych chi yn llygad eich lle! Byddwn i wedi bod yn falch iawn o'ch gweld chi ... y ... pryd o'dd hi, nawr? Echnos, ife? Fe gawlioch chi bopeth i fi ddoe. 'Ych chi'n sylweddoli 'ny?'

'Wedi gorffan, rŵan?' heriodd gan godi un ael a thynnu ei sylw unwaith eto at y graith fechan a lechai oddi tani.

'Gorffen?' taranodd Paula gan osgoi'r ddwy lygad las. 'Gorffen, wedoch chi? Dw i ddim wedi dechre eto!'

'Newydd godi, ia? Braf ar rai!'

Roedd e'n edrych drwyddi. Gallai deimlo ei lygaid yn crwydro i fyny ac i lawr ei chorff. Cofiodd yn sydyn ei bod hi'n dal yn ei gŵn gwisgo ac mai dim ond esgus o drwser bach oedd ganddi amdani, felly gafaelodd yn y cordyn oedd o gwmpas ei gwasg a gwneud cwlwm arall. Penderfynodd mai rownd dant am ddant oedd hon i fod. Dim chwarae plant.

'Drychwch 'ma. Chadwoch chi ddim at eich gair, dyna'r gwir, wedi i chi addo mor bendant. A pheth arall, o'dd gwaith 'da fi i'w neud ...'

'Gwaith? Ro'n i o dan yr argraff mai yma ar wylia bach oeddach chi.'

'Wel, 'na lle'r 'ych chi'n rong ... y ... yn anghywir. Yma i weithio dw i.'

'A dach chi'n credu, wrth gwrs, mai dim ond y chi sydd â gwaith i'w wneud.'

'Na'dw, dim ond ych bod chi wedi'n siomi i ...'

'Dim isio siomi'r *Bomberos* oeddwn i ...'

'Y *Bom* ... *bomberos?* Pwy ddiawch yw'r rheiny?' fflamiodd.

'Y diffoddwyr tân. Nesoch chi ddim clywad am y ddamwain?'

'Naddo,' tawelodd. 'Pa ddamwain?'

'*Camión* wedi troi ar ei ochor wrth drio osgoi modur. Hannar cant o *kilómetros* o fan hyn. Mi gafodd un ei ladd a'r llall ei wasgu, a gorfod i mi fynd i ...'

'I helpu?'

'Ia. I drio'i dynnu o'n rhydd, y creadur. Tri ohonon ni wrthi echnos a ddoe drwy'r dydd ...'

'Ma'n ddrwg 'da fi,' meddai Paula mewn llais sibrwd.

'Yn ddrwg am beth? Y ddamwain?'

'Am y ddamwain ... ac ... ac am fod mor gynhennus. Lwyddoch chi i'w ryddhau e?'

'Yn y diwadd, do. Ond dw i'n ama'n fawr y bydd o'n gallu cerddad eto.'

'Druan bach. Y ... dych chi ddim wedi gallu rhoi sylw i'r sgwter, 'te?'

'Yndw ...'

'Wir?' llonnodd, gan sboncio fel croten deirblwydd.

'Dowch i chi gael golwg arno.'

'Yr unig beth ... alla i ddim dod fel hyn,' ymddiheurodd Paula.

'*¿Por qué no?*' gwenodd arni. 'Wyddoch chi un peth?'

'Na; beth?'

'Dach chi'n dlws. Yn dlws hyd yn oed pan dach chi'n gwylltio!'

Cyfarfu eu llygaid am ennyd a gwelodd Paula fod ganddi edmygydd. Petai e'n estyn ei freichiau fe neidiai iddynt yn ddi-oed. Ond amneidio arni hi i'w ddilyn a wnaeth.

'Faint sy arna i i chi?' gofynnodd iddo gan hanner trotian y tu ôl iddo. 'Beth o'dd yn bod arno fe? 'Nes i ddim prynu cath mewn cwd, gobitho!'

'Ara deg. Un cwestiwn ar y tro, rŵan. 'Nes i roi olew yn y gerbocs … glanhau'r *carburador* … newid plwg. Dyna fo. Ddylsa fo ddim rhoi rhagor o draffarth i chi.'

'Fi sy wedi rhoi trafferth i chi!'

Pan ddaeth wyneb yn wyneb â'r sgwter, yn sglein i gyd ac yn edrych fel pìn mewn papur, agorodd Paula ei cheg mewn syndod. 'Waw! Mae e fel newydd!'

'Mi 'nes i gael gwarad ar y rhwd, dyna i gyd.'

'Lle ma'r bil? Wy o ddifri ynglŷn â'ch talu chi, chi'n gwbod.'

'Dw i'n gallu gweld hynny! Y tro nesa, ia?'

'Y tro nesa? Ond fydd 'na ddim tro nesa, gobitho. Hynny yw, os bydd y sgwter yn ymddwyn yn iawn.'

'Mi allach chi gael traffarth eto,' gwenodd. 'Dach chi byth yn gwybod efo petha ail-law.'

'Na. Ond wy wedi mynd â'ch amser chi, yn un peth.'

'Falla. Ond mi dw i wedi cael cyfla i ymarfar … '

'Sa i'n deall …'

'Wel, i ymarfar siarad yr hen iaith.'

'Shwd ma'ch Cymraeg chi mor dda, gwedwch? 'Ych chi wedi bod i'r dosbarthiade o gwbwl?'

'Am dymor neu ddau …'

'Wir?' pwysodd Paula.

'Do, tua dwy flynadd yn ôl pan oedd 'na athro o Gymru yma.'

'Athrawes sy yma nawr. Dych chi ddim wedi bod i'w dosbarthiade hi, 'te?'

'Sgin i mo'r amsar, wir. Rhwng gweithio yn y *taller* a theithio mor bell i 'nôl rhanna ceir modur, mae'r rhaglen yn llawn.'

Gwenodd Paula'n fodlon. Doedd e ddim yn nabod Lynwen wedi'r cwbl nac ychwaith yn awyddus i holi dim yn ei chylch. 'Mae'r ffordd 'ych chi'n siarad yr iaith yn anhygoel, serch hynny.'

'Wedi bod yn ffodus o gael llyfra o'r Hen Wlad a …'

'Pwy sy'n siarad am yr Hen Wlad?' daeth llais merch o'r tu ôl iddynt.

Trodd y ddau i edrych.

'O'n i'n meddwl 'mod i'n nabod y llais,' meddai Paula.

Mirta oedd yno, ei breichiau ymhleth a'i llygaid yn pefrio.

'Fel hyn mae deall petha, ia?' hanner chwarddodd gan lygadu Paula o'i chorun i'w sawdl. 'Dyma fo, yr un roeddwn i am i ti gyfarfod, Pawla. Ond yn ôl pob golwg dach chi'n nabod eich gilydd ac yn dod ymlaen yn reit dda, ddeudwn i!'

'Y motobeic …' dechreuodd Emrys.

'Ie, 'na fe. Y sgwter o'dd isie sylw,' ychwanegodd Paula gan edrych i fyw llygaid Mirta. Ond dywedai'r llygaid mawr, brown nad oedd hi'n barod i lyncu'r stori honno. Roedd hi'n amlwg ei bod hi wedi dod i'r casgliad bod rhywbeth yn mynd ymlaen.

'Dach chi'n gneud pâr bach iawn. Taro'ch gilydd i'r dim. O, un da ydy Emrys efo'i ddwylo,' lledwenodd. 'Ac mae o mor ofalus o bob dim y bydd o'n ei drafod!'

'Cyfeirio at 'y ngwaith i fel mecanic mae Mirta,' anesmwythodd Emrys.

'Wel, siŵr iawn. Beth arall?' atebodd gan roi pwt i fraich Paula a gwenu. 'Dyma ti, Pawlita. Rhif teleffon Elder

Hopkins, fel y gnes i addo, yntê.'

'Yr un sy mor hen â baco?' chwarddodd Paula.

'Mi faswn i'n barotach i ddeud ei fod o mor hen â'i hanas, os wyt ti'n deall be dw i'n drio'i ddeud. Dynion gwyrdd dan ni'n eu galw nhw, yntê Emrys?'

'Ia,' rhythodd arni.

'¡*Bueno!* Rhaid i mi bicio i weld yr hen Eva, rŵan, ond dim gair wrth y gnawas 'mod i wedi'ch gweld chi'ch dau, efo'ch gilydd, *eh*!' Ac i ffwrdd â hi dan wenu.

Yn gwbl ddirybudd gwyrodd Emrys ei ben tuag at Paula a phlannu cusan cyflym ar ei boch.

Cynhesodd drwyddi wrth ei weld yn oedi. O'dd e'n mynd i roi cusan arall iddi hi? Ac yn mynd i'w gwasgu yn erbyn y wal? Ai dyma gychwyn profiad newydd iddi yma yn America Ladin?

'Dach chi'n gwybod, erbyn hyn,' meddai wrthi, 'mai fel yna y byddwn ni bobol Archentina yn ei wneud cyn ffarwelio.'

Dilynodd ef cyn belled â'r glwyd fechan. Mor rhwystredig y teimlai. Doedd e ddim wedi ymateb fel y disgwyliai. Ac roedd e'n mynd fel'na. Gwyliodd ef yn dringo i rywbeth tebyg i dryc. Am groc o gerbyd! Ei gorff yn llwyd ... ei foned fel brest robin goch ac un drws iddo o liw gwyrdd golau. Y fath gymysgedd o liwiau!

'¡*Adiós!*' galwodd.

Cododd hithau ei llaw yn ddiseremoni. Gyda'i droed ar y sbardun, rhuodd yr injan fel llew. Ac i ffwrdd ag ef mewn cwmwl o fwg gan ei gadael hithau'n syfrdan yn ei gŵn o sidan golau.

Cerddodd yn ôl heibio talcen y tŷ a rhoi'r sgwter sgleiniog i gadw yn y *galpón*. Daliai Emrys Jones yn dipyn o ddirgelwch iddi. Ceisiodd Mirta roi'r argraff ei fod yn dipyn o Romeo. Ond doedd hi ddim mor siŵr. Fe'i daliodd yn edrych arni ... yn gariadus un funud, os nad yn chwantus. Ond diflannodd y direidi ar amrantiad ac yn ei le llechai rhyw dristwch tawel. A beth am y rhosyn coch? Oedd e wedi colli priod ifanc? Neu golli perthynas neu gyfaill yng nghyflafan y Malvinas? Beth bynnag ydoedd, fe wyddai un peth – roedd hi'n glaf o serch, dieithryn llwyr neu beidio. Dyna lle'r oedd Cliff Simmonds, y Sais yn ei fywyd, yn cael ei wthio dros y dibyn a'r Archentwr o Gymro yn ei llorio'n llwyr â'r holl ddirgelwch oedd yn perthyn iddo. Teimlodd ei grudd lle'r oedd e wedi plannu cusan ffwrdd â hi. Y tro nesa ...

Ysgydwodd ei hun o'i meddyliau. Roedd hi'n hanner dydd yn barod. Rhy hwyr i fynd draw i Nantlwyd. Mi fyddai *Señora*. Elena ar ginio ac yn paratoi at gymryd *siesta*. Fe ddysgodd ei gwers. Roedd tarfu ar yr awr honno gystal â thynnu haid o wenyn am ei phen! Yfory amdani, ben bore. Galwad ffôn a byddai popeth wedi'i setlo.

Roedd yr hin y tu allan wedi newid yn sydyn. Fe wyddai hi hynny heb gymaint â chodi i edrych drwy'r ffenest, oherwydd roedd yr haenau sinc ar y to yn clatsian fel dannedd dodi dyn mewn dychryn. Lai nag awr yn ôl roedd hi'n sefyllan wrth y gât ac yn mwynhau heulwen swil y gwanwyn ond, yn gwbl ddirybudd, fe drodd y gwanwyn hwnnw'n aeaf. Cododd at y ffenest ac edrych trwy'r cwareli bychain. Gwyliodd y llwch yn cael ei daenu fel powdr mân a'r papurach, y poteli plastig a'r caniau gweigion yn cael eu codi a'u chwyrlïo gan y gwynt. Aros adre fyddai orau. Dim ond rhywun heb fod yn ei iawn bwyll a fentrai allan mewn storom o'r fath. Yr oedd sŵn siffrwd wrth y drws. Cnoc y tro hwn.

Agorodd gil y drws ac er mawr syndod iddi, dyna lle safai Lynwen yn nannedd y gwynt, ei gwallt melyn, cyrliog fel tas wair. I mewn â hi gan hanner taflu rhyw becyn ar y bwrdd.

'Dere â chrib i fi, 'nei di,' meddai wrth weld Paula'n rhythu ar y cyrls melyn oedd wedi'u clymu fel sbrings hen wely.

'Hwre,' atebodd gan estyn un o'i bag iddi. 'O's colled arnot ti, neu beth? Mae'i weld yn uffernol mas 'na.'

'Ody, mae hi. O'dd hi'n ddigon tawel pan adawes i'r ysgol. Ond pan ddes i mas o'r *Panadería* jest nawr fe gododd rhyw wynt mawr, a mor sydyn. Hei! 'Yt ti'n dal yn dy ddresin gown! 'Yt ti'n dost ne' rwbeth?'

'Yn dost? Na'dw,' chwarddodd Paula.

'Wy'n gweld: noson hwyr, ife? Fuest ti i un o'r disgos 'na, falle!' galwodd Lynwen o'r gegin tra bod Paula'n gwisgo amdani.

'Ti'n jocan! Gwely cynnar ges i nithwr. Ca'l yn rhwystro 'nes i y bore 'ma, 'na i gyd,' atebodd gan ymddangos yn sydyn mewn trwser lledr, du.

'Beth yw hyn? Ti'n edrych yn ffantastig, ŵ. 'Yt ti'n meddwl mynd i rywle, 'te?'

'Na'dw. Isie'u dangos nhw i ti, o'n i. Fe'u prynes i nhw yn y siop sy'n gwerthu pethe lleder. Ti'n gwbod, yr un sy gyferbyn â'r archfarchnad. Jest y peth ar gyfer y sgwter, so ti'n meddwl?'

'Tamed bach rhy neis, falle! O'n i'n mynd i ofyn i ti amboutu'r sgwter. Ody e'n mynd yn iawn, nawr?'

'Fel watsh! Fe nath y garej jobyn da arno fe.'

'Diolch byth dy fod ti wedi ffindo rhywun i roi sylw iddo fe, ddweda i.'

'Y … ie … bues i'n lwcus iawn.' Cadw'n dawel am Emrys oedd orau … nes iddi gael cyfle i'w fachu fe'n iawn. Ar ôl hynny gallai Lynwen wneud fel y mynnai ag e, oherwydd mynd yn ei hôl i Gymru byddai'n rhaid iddi hi 'wneud …

'Beth sy gyda ti fan'na, Lyns?' gofynnodd gan edrych ar y pecyn ar y bwrdd.

'¡Empanadas!' gwenodd hithau fel croten fach ar fin datgelu cyfrinach.

'Beth ar y ddaear yw'r rheiny? Maen nhw'n gwynto'n ffein, 'ta beth. O's isie platie arnon ni ne' bobo gyllell a fforc?'

'Serfiets, 'na i gyd. Ma pawb yn byta'r rhain â'u dwylo.'

Brysiodd Lynwen i agor y pecyn. 'Debyg i Cornish pasties, so ti'n meddwl? Ond yn lot ffeinach. Helpa dy hunan.'

'Mm …' meddai Paula wrth gael ei blas cyntaf. 'Ma'n nhw'n lyfli. Ma 'chydig o resins yn hon yng nghanol y cig. Wy'n mynd i ga'l un arall, os ca i.'

'Ma bobo dair i ni fan'na.'

'Ma rhwbeth neis 'da fi yn yr oergell 'fyd. Teishen hufen!'

'Un Irma yw hi?' gwenodd Lynwen.

'Ie, ti'n iawn.'

'Fe ges inne un 'da hi 'fyd, pan gyrhaeddes i!'

Wrth i'r ddwy ohonynt ymgolli ym mlas unigryw y deisen hufen daeth sŵn arswydus o gyfeiriad y ffenest unwaith eto. O fewn eiliadau yr oedd pentwr o gydau plastig wedi glynu wrth un o'r cwareli ac yn fflapian fel adenydd aderyn ar ffo.

'Eerie!' sibrydodd Paula.

'Ody, mae e. Mae e'n ddigon i godi ofon ar un. Rhaid i ti fod yn barod ar gyfer unrhyw beth yn yr Andes 'ma. 'Na beth yw gwynt Patagonia i ti. Fé wedodd rhywun wrtho' i, â'i dafod yn ei foch, taw'r peth gore i 'neud oedd rhoi cwpwl o gerrig ym mhob poced!'

'Er mwyn sodro rhywun i'r ddaear!' chwarddodd Paula gan gadw un llygad ar y ffenest.

'Wy'n edrych ymla'n at yr haf, nawr,' dywedodd Lynwen.

'Wyt glei. Shwd beth o'dd hi 'ma yn y gaea 'te?'

'Oer, ond dim cyment o eira ag o'n nhw'n dymuno. Pawb am weld trwch o hwnnw i roi hwb i'r busnes sgio, wrth gwrs.'

'Ma'r dre'n dibynnu cyment ar dwristiaid, on'd yw hi?'

'Sdim arall 'ma ac ma diweithdra yn dipyn o broblem, fel gelli di ddychmygu.'

'Fyddi di 'ma am sbel 'to te?'

'Nes bod y cytundeb yn dod i ben ym mis Mawrth.'

'Fyddet ti'n lico blwyddyn arall 'ma?'

'Bydden a na fydden. Ma isie mwy na blwyddyn i ddod i'w nabod nhw'n iawn. Mae'n rhyfedd, ti'n gwbod, un funed 'yt ti'n meddwl mai Cymry 'yn nhw, ond yn sydyn reit bydd rhwbeth yn ca'l ei weud neu'i neud ac 'yt ti'n gwbod taw *Argies* 'yn nhw wedi'r cwbwl! Ma'r sefyllfa fel mae 'ma ar hyn o bryd, cofia, yn effeithio tipyn arnyn nhw. Y cyfoethog, ac ma'n nhw i'w ca'l 'ma, yn mynd yn fwy cyfoethog ...'

'A'r tlawd yn mynd yn dlotach. Ma'r brodorion gwreiddiol yn sobor o dlawd, fel o'n i'n gweld pethe.'

''Yt ti'n rhoi enw parchus iddyn nhw nawr! 'Yt ti'n gwbod yr enw arall sy arnyn nhw?'

'Odw, *y pethau bach duon yna*! Ond falle taw eu ffordd nhw o siarad yw e.'

'M ... falle. A dyw cadw at amser yn golygu dim yma, wrth gwrs. Ti'n gwbod 'ny yn barod.'

'Odw. Ma'n nhw'n wahanol i ni mewn rhai pethe.'

'Odyn, ac eto ma'n nhw mor debyg i ni yn y ffaith eu bod nhw'n gallu pwdu a bod yn groendene ...'

'Ac yn gallu torri gyddfau'i gilydd, fentra i.'

'Yn gwmws. Un teulu isie bod ar y bla'n o hyd.'

'Hỳ! 'Na ti Gymry i'r carn fan'na 'te. Tipyn o gymysgedd.'

'Ond cymysgedd ddiddorol, serch 'ny. 'Yt ti'n siŵr o gwrdd â nifer o gymeriade tra bo ti 'ma.'

'Wy wedi gneud yn barod,' gwenodd Paula. Pe bai Lynwen ddim ond yn gwybod am ei hanturiaethau bach diweddara. Roedd hi'n marw isie cael dweud wrthi hi, ond wrth gadw rhai pethau iddi'i hun, efallai y gallai gadw'r athrawes yn ddigon pell oddi wrth y mecanic yr oedd am ei swyno!

''Yt ti'n saff o gael deunydd ar gyfer y gyfres radio 'na. Ma pawb yn cael hwyl wrth gyfeirio at yr oes aur honno fuodd yn eu hanes nhw fel Cymry.'

'Y dyddie da, ife? Wy'n gwbod. Pan o'dd y capel yn llawn a'u pocedi hwythe'n llawnach fyth achos bod pris da am y gwlân. Y dyddie pan o'n nhw'n cadw pum mil o ddefaid, nid pum cant, fel mae heddi.'

'Wy'n gwbod taw mynd ar ôl y gorffennol yw dy waith di, ond tria'u ca'l nhw i weud rhwbeth am y cyfnod diweddara 'fyd. Fe ddigwyddodd pethe dychrynllyd yn y wlad rhyw chwarter canrif yn ôl.'

'Crotesi bach o'n ni'n dwy yr adeg 'ny wrth gwrs, yn whare gyda'n dolie a whare cwato ...'

'A ma rhai o'r bobol fan hyn yn cwato rhwbeth sbo.'

'O? Fel beth?' pwysodd Paula ymlaen.

'Ma'n nhw'n gyndyn iawn i siarad am y cyfnod tywyll yn hanes y wlad. Ma fel 'se tristwch yn llyged ambell un ... mae'n anodd egluro.'

Nid cyfeirio at Emrys oedd hi meddyliodd Paula achos fe wyddai i sicrwydd, erbyn hyn, nad oedd llwybrau'r ddau wedi croesi. Ond roedd Lynwen yn iawn. Allai hi ddim peidio â meddwl am y tristwch yn ei lygaid e ... a'r dagrau wrth iddo adael yr eglwys.

'Hei! 'Yt ti gyda fi?' holodd Lynwen. 'O'dd golwg bell arnot ti jest nawr.'

'Ar yr *empanadas* a'r deishen hufen ma'r bai,' chwarddodd Paula. 'M bach yn drwm falle, 'da'i gilydd.'

'Mowredd!' tasgodd Lynwen. 'Mae bron yn ddou o'r gloch! Ma dosbarth 'da fi am dri, ond ma isie llungopïo arna i cyn 'ny a pharatoi taflenni gwaith a ...'

'O's isie ymbarelo arnot ti?' cellweiriodd Paula. 'Byddi di'n gallu hedfan amboutu'r lle, wedyn!'

'Fel Mary Poppins, ife?' atebodd Lynwen gan ddiflannu trwy'r drws.

Bu llygaid Emrys ym meddwl Paula gydol y prynhawn.

Pennod 6

Safodd Paula wrth ddrws y bwthyn unig. Mor dwt a glân yr edrychai pob dim. Y lawnt fechan wedi'i thorri, y llwybr wedi'i frwsio a'r llwyni rhosod y naill ochr a'r llall iddo'n flagur toreithiog. Roedd hi'n anodd credu bod hen wraig yn byw yma mor bell o'r dref ar ei phen ei hun. Wyddai hi ddim yn iawn pa fath o berson i'w ddisgwyl ar wahân i'r ffaith ei bod yn *personaje*, chwedl Irma.

'Sut dach chi?' daeth llais o'r tu ôl iddi. 'Wedi bod yn dyfrio yn y cefn, wyddoch chi. Mae pob peth yn andros o sych.' Gwraig fechan, wyneb-crwn, ei gwallt gwyn yn goron am ei phen a'i llygaid fel cennin o las.

'Nawr o'n i'n edmygu'r lle 'ma,' gwenodd Paula arni. 'Ma'r llwyni rhosod yma'n un trwch o flagur. 'Ych chi'n siŵr o gael rhosynnau da.'

'Mi ddŵan, mi ddŵan,' dywedodd mewn acen llai Sbaenaidd na'r gweddill. 'Lle da am rosys ydy'r Andes,' gwenodd â'i llygaid yn pefrio. Yna'n gwbl ddirybudd torrodd allan i ganu. "Ar lan y môr mae rhosys cochion ..." Ond dan ni'n bell o'r môr fan hyn ... yn bell o bob man, welwch chi. Wel, dowch i'r tŷ. Pasiwch. Croeso i Nantlwyd.'

'Diolch yn fawr,' atebodd Paula gan ddilyn y wraig fach â'r camau sionc.

'Efo tacsi ddesoch chi?'

'Nage, fe ddes i ar gefn sgwter ... motobeic,'

ychwanegodd wrth weld yr olwg ddryslyd ar wyneb yr hen wraig.

'Wela i. Dyna pam dach chi'n gwisgo croen, ia?' craffodd gan sylwi ar y trowsus lledr, du. 'Call iawn ddeudwn i, wir.'

'Y ... ie. Wy wedi gadael y sgwter wrth y coed poplars. Ydy hynny'n iawn?'

'Wel ydy, siŵr iawn. Mi allwn inna wneud y tro yn iawn â motobeic!' chwarddodd. 'Eisteddwch chi'n fan'na a gnewch eich hun yn gartrefol. Mi af i wneud tot o *fate* i ni'n dwy. Mi newch chi gymyd un, on'gwnewch?'

Gwenodd Paula arni. Ond cyn iddi fedru dweud dim roedd meistres y tŷ wedi diflannu i'r cefn heb unrhyw fath o esboniad.

Wrth iddi gribo'r ystafell â'i llygaid dechreuodd feddwl mai yn Sain Ffagan yr oedd hi ac nid ar aelwyd mor bell o Gymru. Gallai deimlo'r gorffennol yn lapio'n dynn amdani fel hen siôl wlanen. Ar y wal bellaf yr oedd seld a honno'n drwm gan lestri glas a gwyn; yn blatiau crwn a dwbleri hirgron, heb sôn am jygiau o bob maint a lliw. Yna, cwpwrdd cornel yn llawn o lestri te a gwydrau hwnt ac yma. Pob dim yn perthyn i'r oes o'r blaen.

Sgiw bren solet o'r derw gorau. Peiriant gwnio gloywddu ar fwrdd o haearn. A harmoniwm bychan. Yna crwydrodd ei llygaid o'r naill wal i'r llall. Ffrâm o bren ac ar gefndir o las gwan, adnod Saesneg. 'I am the Way, the Truth and the Life.' Yn wynebu'r geiriau hynny ar y wal gyferbyn yr oedd llun o'r Frenhines Victoria, yn ei holl ogoniant. Y cyfan yn rhan o etifeddiaeth Señora Elena. Ond iddi hi, Paula, pen trysor yr aelwyd oedd y fenyw fechan â'i gwên groesawgar. Roedd ei llygaid yn chwerthin trwy'r amser ond, yn ei llais, synhwyrai Paula dinc o hen, hen hiraeth a fynnai godi i'r wyneb fel ewyn ton.

Dyma hi'n ymddangos yn sydyn o rywle gyda photyn bach crwn yn ei llaw chwith â rhyw fath o biben lliw arian yn ei ganol. Yn y llaw arall cariai degell bychan enamel. Eisteddodd gyferbyn â Paula a gosod y tegell ar y bwrdd, ar ben mat bach lliwgar o waith llaw.

'Dach chi awydd?' heriodd â'i llygaid glas.

'Y ... ar eich ôl chi,' amneidiodd Paula. Roedd hi wedi darllen am yr arferiad, ond dyma'r tro cyntaf iddi ei brofi. Byddai'n rhaid iddi wylio'r symudiadau'n ofalus dros ben.

Dechreuodd yr hen wreigan dywallt dŵr i mewn i'r potyn nes i ryw slwdj gwyrdd godi i'r wyneb. Yna gosododd y biben rhwng ei gwefusau ac araf sugno'r cynnwys. Un llwncad ... dau lwncad ... Cynifer â phump.

'*Yerba* sy tu mewn,' eglurodd. 'Math o de ydy o, a *mate* dan ni'n galw'r llestr yma. Arllwysodd ragor o ddŵr i'r *mate* a'i estyn i Paula. ''Dy o ddim yn ferwedig o boeth ... dydy o ddim i fod felly.'

Syllodd Paula i lawr ar y crymwtsh gan obeithio y byddai ei flas yn rhagori ar ei olwg. Cododd y biben i'w cheg a dechrau swpian yn ansicr. Cofiodd yn sydyn am ei mam yn dweud y drefn wrthi byth a hefyd am gadw cymaint o sŵn wrth sugno milcshêc, pan âi'n gystadleuaeth ffyrnig rhyngddi hi a'i ffrind drws nesa. Y fath hwyl a gawsai yn blentyn wrth weld y stwff pinc, ewynnog yn diflannu mor ddiseremoni. Ond stwff gwyrdd oedd hwn ac fe'i sugnodd yn araf, araf. Ych! Blasai fel dŵr a thybaco. Llwncad bach arall, rhag siomi'r sawl a'i gwyliai. Y tro hwn fe'i hatgoffai o Guinness, ond bod hwn yn dwym yn ogystal â bod yn chwerw. Ac un arall eto ... Digon!

'Diolch,' meddai gan roi'r *mate* ar y bwrdd.

'Oeddach chi'n ei licio fo?'

'O'dd e'n … wahanol.'

'Debyg iawn ei fod o,' gwenodd yn ddireidus. 'Mae o'n dda ar gyfar diffyg traul a phetha erill, welwch chi,' meddai gan lwyr ymgolli yng nghyfaredd y potyn crwn.

Tynnodd Paula'r cyfarpar recordio o'i bag a'i osod ar y bwrdd.

'Does dim angen i chi fod ag ofon teclyn fel hyn. Dim ond siarad yn naturiol, 'na i gyd sy isie i chi'i neud. Fe allwn ni'i switsho fe bant … y … ei droi e i ffwrdd pryd mynnoch chi … '

'Ei ddiffodd o, dyna dach chi'n ei feddwl, ia?'

'Ie, dyna chi.' Byddai'n rhaid iddi gymryd mwy o ofal gyda'i Chymraeg. Wnâi bratiaith mo'r tro yn y parthau hyn!

'Dw i ddim yn barod i recordio eto. Isie lefel y llais, dyna i gyd. Iawn?'

'Iawn.'

'Yn ôl dw i'n 'ddeall, Elena yw'ch enw cynta chi.'

'Dyna fo. Fel Elena Margarita y ces i fy rejistro, ond fel Nel y bydda i'n cael f'adnabod. Galwch fi'n Nel, newch chi? Gida llaw, wnaiff y gair rejistro y tro? Fel yna y byddai'r hen bobol i gyd yn ei ddeud, yntê?'

'Mi wnaiff e'r tro yn iawn,' atebodd Paula, yn awyddus i beidio â thramgwyddo'r hen wraig annwyl na pheri iddi golli hyder. 'Dyna fydd Mam-gu yn ei ddweud, ac mae hithe wedi cael ei geni a'i magu yng Nghymru!'

'Mae pob dim yn iawn, felly,' gwenodd Nel. 'Mam-gu y byddwch chi'n 'ddeud, wrth gwrs. Fel nesoch chi ddeud wrth alw trwy'r teleffon, o'r Sowth dach chi'n hanu. Mae Caerfyrddin yn fan'no yndy? Roedd teulu Hannah Dafis yn hanu o'r ardal honno, a "mam-gu" fyddai'r Dafisiaid yn ei ddeud bob amsar.'

'Wel, dyna ni wedi cael lefel y llais yn berffaith. Yn gynta i gyd, mi fydda i'n dweud ychydig o eiriau i'ch cyflwyno chi ac wedyn, fe gewch chi gario ymlaen ... Barod?'

Amneidiodd Nel arni a dechrau traethu yn ei llais melfedaidd. Yng Nghymru mi fyddai'n sicr o fod yn haeddu llwyfan yn y Genedlaethol. Roedd ei rhugledd, fel ei rhosod, yn rhyfeddol.

Roedd yn un o naw o blant, a hi oedd y cyw melyn olaf. Dim ond hi oedd ar ôl erbyn hyn, ac roedd ar fin gweld ei phen-blwydd yn naw deg. Cafodd ei geni yn y Dyffryn, meddai, ond pan oedd yn ddwyflwydd oed a'r Rhyfel Mawr yn ei anterth yn Ewrop, symudodd y teulu o lannau'r Camwy i'r Cwm Hyfryd hwnnw a gafodd ei ddarganfod a'i sefydlu gan yr arloeswyr, ychydig gydag ugain mlynedd yn gynt.

Antur i'w chofio fu'r daith honno dros y paith. Wagen yn dilyn wagen, fel llwythau Israel gynt, yn ymlwybro drwy'r anialwch er mwyn cyrraedd gwlad yr addewid. Taith o ddeufis a mwy yr adeg honno, ond taith wyth awr mewn bws moethus erbyn hyn, neu yn fater o awr yn unig mewn llong awyr. Aros ar y ffordd i gael ychydig o gwsg, i fwydo'r plant a'r moch a'r ieir; i odro ambell fuwch a gadwai gwmni iddynt ar y ffordd. Gorffwys y ceffylau. Aros i bobi bara ac i olchi dillad. I freuddwydio o dan y sêr ac i weddïo a gobeithio. Roedd ei thad, Joseff, wedi diodde'n enbyd oherwydd y lli' mawr, ac wedyn y sychder ac, yn sgil hynny, wedi cael colledion erchyll. Edrychai ymlaen yn arw at gael byw yn y baradwys oedd o'u blaenau. Mynyddoedd cedyrn i'w cysgodi, lle bu ond gwastadedd. Llynnoedd llonydd a nentydd croyw, lle bu llwch a thwmpathau o wiail. Digonedd, lle bu eisiau.

Cyrraedd o'r diwedd ar ôl taith hirfaith a fu bron â'u llethu. Yr unig gysur oedd gwybod am y teuluoedd hynny a oedd eisoes wedi ymsefydlu ac am y blas yr oeddent wedi'i gael ar eu byd newydd. Cael bod yn feistr arno fo'i hun oedd breuddwyd ei thad. Gofalu am ei wartheg gydol yr wythnos, a gofalu ei fod ef a'i wraig a'u naw plentyn yn mynychu'r tŷ cwrdd a oedd wedi'i godi gan y Cymry dewr a gyrhaeddodd o'u blaenau. Y plant yn cael cyfle i fynd i ysgol ddyddiol a gâi ei hadnabod fel Ysgol 18, taith awr ar gefn ceffyl!

Y Gymraeg oedd iaith yr aelwyd a'r Ysgol Sul. Yn yr iaith honno y byddent yn morio canu, yn adrodd straeon, yn chwarae ac yn breuddwydio. Ond Sbaenaeg oedd iaith swyddogol yr ysgol ddyddiol, a bu'n rhaid bustachu i ddysgu honno a'i dysgu'n reit handi! Rhaid, wrth gwrs, oedd talu gwrogaeth i faner Archentina mewn defod ddyddiol ar ddiwrnod gŵyl neu ddiwrnod gwaith. Ond ar y Saboth, cydnabod Duw ar Ei orsedd a wnâi'r Cymry a hynny yn y Gymraeg. Ymffrostient eu bod nhwtha'r *galeses* ymhlith y mwyafrif a rhyddid ganddynt i fyw, i fasnachu ac i addoli fel y mynnent. Ac i lywodraethu. Dewis y Gymraeg a wnaethant, wrth reswm, fel cyfrwng i gyflawni eu holl anghenion. Roedd plygu i'r goron a dioddef pob math o bethau o dan iau Prydeindod yn rhywbeth oedd yn perthyn i'r gorffennol.

Gyda threigl y blynyddoedd, ysywaeth, cawsant eu hunain ymhlith y lleiafrif a dyna ddechra dioddef gwawd dan law pobol o genhedloedd eraill. Fe'u hadwaenid o hynny ymlaen fel *galensos pan y manteca*, sef Cymry – pobol bara menyn. I'r Lladinwyr, a oedd â'u gwreiddia yn Sbaen ac yn yr Eidal, ymddangosai'r Cymry fel pobol orddifrifol a thrwm, a phan oeddent am gyfeirio at ryw brofiad diflas a ddeuai i'w rhan dywedent yn hy fod y profiad hwnnw'n ymdebygu i briodas *galenso!* Priodas nad oedd na phupur na halen yn perthyn iddi. Lle byddai'r lleill yn dawnsio ac yn canu'n llon, canu emyna wnâi'r Cymry, a hynny'n ddieithriad yn y cywair lleddf. Roedd hyd yn oed eu canu gwerin yn ddagreuol ac yn llawn hiraeth. Pobol y sebon coch oeddent ac arogl anhyfryd carbolig ar eu dillad a'u cnawd. Yn un peth, roedd dylanwad Diwygiad '04 arnynt ac roedd teyrnasiad Victoria wedi pwyso'n drwm ar eu ffordd o feddwl ac o fyw. Mi gafodd y Cymry eu cyhuddo o fod yn hiliol, hyd yn oed, gan iddynt geisio cadw eu hunain iddynt eu hunain. Byddai'r tadau'n gwarchod eu merchaid fel barcutod, rhag iddynt gael blas ar gyfeillachu â'r dynion ifinc croen tywyll o dras wahanol.

Gwenodd Paula wrth wrando ar hyn. Onid oedd yr un peth wedi digwydd yn hanes cyfnither iddi, a hynny'n lled ddiweddar? Breuddwyd Nwncwl Harri ac Anti Mo oedd cael gweld eu hunig ferch yn priodi'n dda ac ar ôl clywed bod Elizabeth Jane yn caru doctor, roedden nhw wrth eu bodd yn brolio. Ond wedi deall mai meddyg o Marakesh oedd y gŵr ifanc, roedd hi'n ddiwedd y byd! Oni bai i'r berthynas ddod i ben ohoni'i hun, mae'n siŵr y byddai'i hewythr a'i modryb druain, wedi mynd i'w bedd.

Ond fe ofalodd Rhagluniaeth fod yr hen wraig hon, Nel, yn priodi â Chymro o'r enw Gwilym Arnallt ac roedd y ffaith honno wedi plesio'r ddau deulu. Ar ôl priodi cawsant ddau fab. Crafu byw fu eu hanas o'r cychwyn cyntaf. Ei phriod yn magu gwartheg, fel ei thad gynt, a hithau'n mynd o dŷ i dŷ i wnïo dillad. Cael y peiriant gwnïo fel anrheg briodas a wnaeth ac fe dalodd ar ei ganfed iddynt fel teulu bach.

Mi fuont hwythau, fel nifer o'u cymdogion, yn dra ffodus o'r busnes cydweithredol a ddaeth i fod yn y Wladfa, sef y Co-op. Roedd yn fusnes tu hwnt o lewyrchus ac wedi denu pobol fel ei gŵr i fuddsoddi popeth ynddo. Ar wahân i fwydydd a nwyddau cyffredinol, fe brynai ac fe werthai'r Co-op bethau fel gwlân a phlu a chrwyn. Y cwmni bach masnachol hwnnw oedd eu hunig ffynhonnell ariannol fel teulu a hebddo byddai wedi bod yn reit anodd cael deupen llinyn ynghyd.

Wrth iddi olrhain yr hanes, dechreuodd y dagrau grynhoi yn llygaid Nel.

'Gwell i fi ddiffodd hwn,' cynigiodd Paula.

'Na,' ysgydwodd Nel ei phen. 'Mae mor bwysig eich bod chi'n cael gwbod yr hanas a chitha wedi dod yr holl ffordd o'r Hen Wlad.'

Aeth yn ei blaen yn gwbl hunanfeddiannol gan restru'r colledion a'r siomedigaethau. Digwyddodd trychineb ariannol. Mi aeth yr hwch drwy'r siop. Diflannodd y rhai a reolai'r fenter – yn Gymry bob un – a diflannodd y pres i gyd – pres pawb, gan gynnwys holl enillion ei phriod a hithau. Roedd 'na ddau o hogiau angen cael eu bwydo a'u dilladu, heb sôn am eu hysgolia. Doedd dim arall amdani ond gwerthu buches neu ddwy, i gadw'r blaidd o'r drws. Hithau, yn ei thro, yn mynd allan i olchi i hwn ac i wnïo i'r llall a phobi bara ...

'Mi ddeson drwyddi rywsut, er mor galad oedd hi, ond mi aeth Arnallt i'w fedd yn gynt na phryd ... a'r ddylad oedd arnom, heb ei thalu.'

'A beth wnaethoch chi, wedyn?' gofynnodd Paula a'i llygaid yn llawn erbyn hyn.

'Wynebu'r dyledion ar fy mhen fy hun ... A dyna hanas

y Wladfa Gymreig. Ninna'r merchaid oedd yr *espinazo*, yr asgwrn cefn, o'r cychwyn cyntaf, ia siŵr … Mi newch aros am damaid o ginio, on' gnewch?'

'Diolch, ond …' dechreuodd Paula gan frwydro i gadw'r dagrau rhag treiglo i lawr ei grudd.

'Mae gin i gyw braf, wyddoch chi, o'r ffarm. Dowch i roi help llaw efo'r salad,' gwenodd. 'Ac mi gawn ni barhau i sgwrsio, ninna'n dwy fach, ia? Heb y teclyn yna!'

'Wrth gwrs.'

Ymhen munudau eisteddai'r ddwy o gwmpas y bwrdd unwaith eto, i rannu pryd o fwyd y tro hwn.

'Mm … ma'r ffowlyn 'ma'n ffein,' meddai Paula.

'Dach chi'n swnio'n gywir 'run fath â Hannah Dafis, Caerfyrddin, rŵan. Ond mi dw i'n eich deall chi'n berffaith, welwch chi. A mi dw i'n licio'ch llais chi, wir.'

'Wy'n hoff o'ch llais chithe 'fyd. Mae e'n hyfryd i'r glust. Wy'n siŵr o un peth, fe fydd pobol yng Nghymru yn dwlu arno fe, ac yn dwlu ar yr hanes.'

'Mae'n dda gin i eich bod chi'n licio'r cyw. Gin i gymdogion arbennig, wyddoch chi. Halan y ddaear. Gofalu 'mod i'n cael cyw ffres o bryd i'w gilydd ac mi oeddan nhw'n gwybod 'mod i'n disgwyl rhywun o Gymru heddiw, yntê. Ond dyna hen ddigon amdana i. Wn i fawr ddim amdanach chitha.'

'Digon gwir! A finne'n gwbod cyment o'ch hanes chi. Dyw hi ddim yn deg o gwbwl!'

'Nag ydy, siŵr. Ond digwydd y caf i wybod popeth gennych chi,' chwarddodd gan edrych i fyw llygaid yr holwraig ifanc o Gymru. 'Arhoswch chi, Pawla ydy'r enw, yntê?'

'Ie, dyna chi.'

'Dach chi'n hogan ddel iawn, os ca i ddeud. Oes gynnoch chi gariad, tybad?'

Cyn i Paula gael cyfle i ddweud yr un gair, yr oedd Nel wedi ateb drosti.

'Oes, debyg iawn. Mae o i'w weld yn eich llygid chi! Dyna i chi ddyn lwcus, pwy bynnag ydy o. Merch mor dlws a dawnus ... a siapus fel chitha. Gobeithio y byddwch chi'n hapus, y ddau ohonoch.'

'Fe fuoch chi'n hapus drwy'r cwbwl, Nel?'

'Do, yn hapus iawn, er gwaetha'r stormydd. Nid pres ydy popeth, o bell ffordd.'

Gwibiodd ei meddwl yn ôl i'r Gymru gyfalafol yr oedd yn rhan ohoni. Cliff ... yr oedd yntau ar ben ei ddigon: fe allai gynnig y byd iddi. Fyddai hi byth yn gwybod beth oedd bod yn brin o arian ...

'Falle'ch bod chi'n iawn, Nel,' atebodd yn araf. 'Beth yw hanes y teulu, erbyn hyn – y meibion? Mae dau fab gyda chi, on'd oes e?'

'Mae Edryd, yr hynaf, yn byw yn reit bell, mewn lle o'r enw Cordoba. Mae o'n briod ac yn dad i bedwar o blant, welwch chi. Bob yr un ohonynt wedi dod yn eu blaen, yntê. Yr hogan leia wedi dilyn ei thad fel *veterinario*. Mae o, Edryd, yn daid ei hun, erbyn hyn.'

'A chithe'n hen nain, felly! Beth am y plant, ydyn nhw'n gallu siarad neu ddeall rhywfaint o Gymraeg?'

'Nac ydan, mae arna i ofn. "Nain" bydd yr wyron yn fy ngalw i, mae'n wir, ond *bis-abuela* ydw i i'w plant hwytha. Arhoswch chi, beth ydy'r gair am *bis-nietos*, rŵan?'

'Gor-wyron, falle?'

'Wel, ia, siŵr iawn. Mae'r Ysbaenaeg yn mynnu ymwthio, wyddoch chi. Sôn am blant, 'merch i, peidiwch chi ag oedi gormod cyn i chi ddechra teulu, wel, hynny ydy, ar ôl i chi briodi, yntê!' gwenodd.

'Unig blentyn ydw i. Byddwn i wedi lico cael brawd ne' chwaer, mae'n wir.'

'Mi faswn inna wedi licio … wedi licio …' Oedodd am funud. 'Ond fel yna y buodd hi, yntê,' ochneidiodd.

'Dau fab gawsoch chi, meddech chi. Y llall? Beth yw ei hanes ynte erbyn hyn?'

Diflannodd y wên o'r wyneb a phylodd y llygaid llon. Dechreuodd daro'r bwrdd yn ysgafn â'i bysedd gan dynnu sylw Paula at ei llaw fechan esgyrnog ac at y cylch o aur a wisgai am ei bys priodas.

'Falle 'mod i'n holi gormod nawr,' dywedodd Paula'n dawel.

Anwybyddodd Nel y sylw ac aeth yn ei blaen. 'Mi neson ni ei golli o … flynyddoedd yn ôl, rŵan. Athraw oedd o, wyddoch chi, ac yn ôl pob sôn roedd o'n athraw da.'

'Mae'n ddrwg 'da fi, Nel. O'dd teulu ar ei ôl e o gwbwl?'

'Wel, ar ôl ei golli o, bu farw ei wraig ymhen fawr o dro, gan adael hogyn deg oed. Doedd petha ddim yn hawdd ac ynta wedi colli ei dad a'i fam, un ar ôl y llall.'

'Nag o'n, wy'n siŵr.'

'Ond mae o wedi troi allan yn hogyn da. Mi fuodd 'na gariad efo fo. *Chilena* oedd hi. Mi fuon nhw'n cyd-fyw am sbel go lew. Fel yna mae petha rŵan. Dim sôn am briodi. Ond mynd a'i adael o wnaeth hi. 'Tydy'n well mai fel yna y digwyddodd hi yn lle eu bod nhw'n madal ar ôl priodi?'

'Wel, 'ych chi'n dal i wenu drwy'r cwbwl, Nel!'

'"Duw sydd noddfa a nerth i ni, cymorth hawdd ei gael mewn cyfyngder." Dyna ddywed y Llyfr Mawr.'

'O'n i'n sylwi bod gyda chi adnod Saesneg ar y wal, hefyd.'

'Wedi dod o'r Hen Wlad, 'run fath â'r celfi i gyd.'

'A'r llun yna o'r Frenhines Victoria!'

'Ia, hwnnw 'fyd. Cofio Mam yn ein dychryn ni fel plant drwy ddeud bod hitha'r Cwîn yn watsiad pob dim roeddan ni'n ei wneud! Roedd ofn y llygid 'na arnom ni i gyd!' meddai gan godi'i golygon ac edrych ar y llun a grogai mor barchus rhwng y ddwy ffenest.

'Mae'n rhaid i fi weud ei bod hi wedi bod yn fraint i gael cwrdd â chi, Nel. Wy wedi mwynhau'r sgwrs yn fawr iawn.'

'Finna, hefyd. *Igualmente* fel y byddwn ni'n ei ddeud yn Ysbaenaeg.'

Wrth i Paula fynd ati i gasglu ei phethau ac ymlwybro at y drws, ni allai beidio â throi i gofleidio'r hen wraig, ac wrth iddi wneud hynny teimlodd ei bod, ar yr un pryd, yn cofleidio'r gorffennol ei hun. Y gorffennol hwnnw a fyddai, hwyrach, yn marw gyda Nel a'i chenhedlaeth.

Ar ôl addo y galwai heibio cyn mynd yn ôl i Gymru, hebryngodd Nel hi at y coed poplars a chael yr hwyl ryfedda wrth ei gwylio'n tanio'r sgwter.

Sgŵp arall, gwenodd Paula iddi hi ei hun wrth sbarduno'i ffordd yn ôl i gyfeiriad y dref, heb wybod bod y Gymraes a oedd wedi agor dôr ei chalon iddi, yn sefyll yng nghysgod y coed helyg erbyn hyn, ac yn ymroi i sychu'r dagrau a dreiglai i lawr ei grudd.

Pennod 7

Roedd y motobeic wedi tuchan ac aros yn ei unfan. Roedd hi'n amlwg ddigon mai esgeulustod pur oedd yn gyfrifol. Dylai'r sawl a roddodd sylw iddo fod wedi tsiecio pob weiran. Dyna ddwedodd Victor Edwyn. Oni bai iddo ddigwydd dod heibio ar gefn ei geffyl wyddai Paula ddim beth fyddai hi wedi'i wneud, a hithau mor bell o bobman. Diolch byth am ddwylo medrus dyn y *bombachas*: fe lwyddodd i aildanio'r sgwter ac i ffwrdd â hi. Dim diolch iddo fe, Dewi Emrys Jones. Dyna beth o'dd mecanic! Pe bai e ond yn gwybod am y picil y bu hi ynddo ar ei ffordd yn ôl o Nantlwyd. Gallai hi fod wedi'i dagu yn y fan a'r lle.

Roedd e wedi codi'i gwrychyn hi y tro hwn. Y fe a'i siarad teg! Âi hi ddim ar gyfyl ei garej na mynd ar ei ofyn byth eto. Gwyddai na fyddai Cliff wedi bod mor esgeulus. I'r gwrthwyneb. Roedd e mor drefnus ynghylch ei bethau ac mor ofalus ohoni ... Efallai nad oedd hi wedi bod yn gwbl deg ag ef wrth warafun iddo ddod ar ei hôl. Roedd y llythyr fyddai'n torri'r cysylltiad rhyngddynt yn dal heb ei bostio ...

Roedd hi wedi cael wythnos arall i'w chofio. Ar ôl rhoi tro bach am Nel am yr eildro, a mynd â bocs o sebon lafant iddi fel gwerthfawrogiad bach, bu ar aelwyd Samuel Hughes a'i briod hawddgar, Marina. Bu'r hen Samuel yn sôn am ei brofiadau fel gwas ffarm dros gyfnod o ddeugain mlynedd, yn y Dyffryn i ddechrau ac yna yn yr Andes. Aeth

Paula wedyn i ymweld â Gweni Owen a fu'n athrawes ymhlith yr Indiaid. Roedd hi'n byw ar un o'r llechweddau a ffiniai â'r llynnoedd. Mi fu yno am flynyddoedd yn eu dysgu yn eu hiaith eu hunain, y *mapuche*, yn ogystal ag yn y Sbaeneg. Fe fentrodd hefyd ymweld â'r Bonwr Elder Hopkins, ond nid heb fynd ag Irma yn gwmni iddi. Roedden nhw wedi bod yn llygad eu lle wrth ei rhagrybuddio amdano. Mynnodd, yn y lle cyntaf, fod y ddwy ohonynt yn eistedd ar yr hen soffa a'i hwynebai, lle y gallai weld pob modfedd ohonynt, yn enwedig eu pengliniau. Ac wrth i'w lygaid bach mochynnaidd yr olwg grwydro o'r naill i'r llall, glafoeriodd rhyw stecs i lawr un ochr o'i geg nes cyrraedd ei dagell. Digon hawdd gweld ei fod e, Elder Hopkins, wedi bod yn real staliwn yn ei ddydd. Roedd ei gyfraniad llafar, serch hynny, yn un gwerth ei gael.

Byddai'n rhaid iddi fynd ati'n ddiymdroi i ysgrifennu ambell lythyr a charden bost. Roedd hi wedi addo, wedi'r cwbl. Cydiodd yn y pentwr cardiau ac edmygu'r golygfeydd yn eu tro. Y mynyddoedd ... y llynnoedd llonydd ... y Cwm yn ei holl ysblander yn nhymor yr hydref ... y llethr sgio ganol gaeaf. Doedd dim angen crafu pen a meddwl pwy ddylai dderbyn yr un olaf. Pwy ond Felicity a godai ei phac a mynd i'r Alpau bob cyfle posibl? A'r garden a ddangosai lun *gaucho* wrth ei waith? Byddai honno at ddant rhywun fel Gwynfor y Gelli. Oni ddeuai i ben â phostio yn ystod yr wythnos nesa byddai wedi dychwelyd adre cyn i'r un ohonynt dderbyn ei chyfarchion.

Byseddodd y llythyr yr oedd wedi'i ysgrifennu ers dyddiau. Bwriadai iddo fod yn llith hir, ond roedd hi wedi sylweddoli nad oedd ganddi ond un peth i'w ddweud. Ailadrodd yr hyn yr oedd wedi ei ddweud eisoes yn ei he-bost diwetha. 'It's high time that we came to an agreement about ending our relationship. As far as I'm concerned, it's all over …' Yr un byrdwn, ond ei fod mewn amlen y tro hwn yn ei llawysgrifen. Roedd hynny'n fwy priodol rywsut. Cadwodd y llythyr yn yr amlen. Doedd hi ddim yn barod i'w selio nes ei bod yn gwbl siŵr o'i hawydd i gau'r bennod honno yn ei hanes … am byth.

Gan ei bod yn fore mor braf, penderfynodd mai peth doeth fyddai mynd ati i olchi rhyw fanion bethau. Fydden nhw ddim chwinciad yn sychu. Ond allai hi ddim meddwl am fynd ati i olchi pethau fel cynfasau gwely a jîns heb gymorth peiriant golchi. Diolch bod Gabriela wedi cadw at ei haddewid ac wedi mynd â hi o'r diwedd i'r *Lave-rap* ar gornel stryd San Martin. I mewn â'i dillad isaf sganti ac agor y tap. Roedd digonedd o ddŵr poeth ar gael bob amser, diolch am hynny. Cydiodd yn y paced powdr golchi dillad ac ysgwyd ychydig o'i gynnwys i'r dŵr twym. Gwenodd wrth ddarllen yr enw ar y paced powdr. *¡Alá!* Yn hollalluog i olchi'r dua'n wyn!

Caeodd y tap. Neu o leiaf, meddyliodd ei bod wed'i gau, ond daliodd y dŵr i redeg yn ddi-baid. Gwnaeth ymgais ofer i'w droi i bob cyfeiriad. Mentrodd ollwng ei llaw i'r dŵr ac ymbalfalu am y plwg di-gadwyn. Fe'i cafodd o'r diwedd. Erbyn hyn roedd y dŵr twym bron â bod yn ddŵr chwilboeth ac yn ffrydio'n ddilywodraeth. Doedd dim rheswm i'r lletwhithdod. Ond beth arall oedd i'w ddisgwyl a phob dim mor hen? Hen sinc, hen dapiau a hen bibau. Diolch byth bod y dŵr yn clirio a'r ewyn yn cilio, o dipyn i beth. O leiaf doedd y sinc ei hun ddim wedi blocio neu mi fyddai 'na le.

Ond doedd gweld y tap yn dal i redeg o ddim cysur,

chwaith. Byrlymai'r dŵr ohono ac roedd y stêm yn prysur lenwi'r ystafell. Brysiodd at y ffôn yn yr ystafell wely. Galw Mirta fyddai orau, gan mai hi drefnodd y lle ar ei chyfer yn y lle cyntaf. Hwyrach y gallai Mauro ei gŵr, ddod i'r adwy a'i drwsio, os oedd e adre. Canai'r ffôn ... dim ateb. Damo! Doedd hi damaid gwell o ffonio Lynwen. Mi fyddai hi wrthi'n dysgu rhyw ddosbarth neu'i gilydd ac, erbyn meddwl, beth fyddai honno yn ei ddeall? Byddai Victor Edwyn yn fwy na pharod i ddod, ond tebyg ei fod yn hel ei wartheg a beth bynnag, wyddai hi ddim sut oedd cael gafael arno. Yn ôl â hi i'r gegin a dychryn wrth weld yr ystafell yn llenwi â stêm. Byddai'r lle yn botsh os na wnâi rywbeth chwap. Ni wyddai i le i droi ... Gallai ofyn i Emrys, mae'n debyg. Ond roedd hi'n boen enaid ganddi orfod plygu a gofyn am gymwynas ac yntau wedi gwneud y fath fòch o'r sgwter. Ond pa ddewis arall oedd ganddi? Cofiodd yn sydyn am y tipyn nodyn oedd yn dal yn ei bag llaw ... Rhaid ei fod e yno, yn rhywle. Oedd, yn y boced fach. Sganiodd yr ysgrifen yn gyflym. *Mecánica General ... Mitre* ... Damo! Dim rhif ffôn. Roedd e wedi dweud wrthi am alw os byddai rhyw broblem, ond sut allai hi heb rif? Cofiodd am y papur newydd yr oedd wedi'i brynu. Y dudalen hysbysebion. Gydag un llygad ar y tap a'r llall yn rasio drwy'r golofn daeth o hyd i restr o enwau a chyfeiriadau:

Pintor de Casa ... Garcia
Carnicero ... Gonzalez
Carpintero ... Williams
El Celta ... Jones ... Mecánico General ... Tel. 453899

Diolch byth! Pedwar ... pump ... tri ... wyth ... naw ...

naw oedd ei gweddi wrth dasgu 'nôl at y ffôn a gwibio o'r naill rif i'r llall. Wrth i'r ffôn ganu dychlamai ei chalon yn ei mynwes. Ond doedd dim ateb … dim … dim … Llais o'r diwedd.

'*¡Hola!*'

'Y … helô. Y … Mr Jones?' Pesychodd. 'Mr Emrys Jones?'

'Mistar Jones!' chwarddodd. 'Pwy 'dy hwnnw tybad?'

'Fi sy 'ma. Paula Carter,' atebodd yn nerfus.

'Wn i. Polagata! Be sy? Isio marfar eich Cymraeg?'

'Drychwch 'ma, dw i ddim mewn hwyl i jocan. Ma isie help arna i … os gwelwch yn dda.'

'Y motobeic yna'n achosi traffarth eto?'

'Ydy … na'dy …' baglodd dros ei geiriau. 'Y tap dŵr twym yn y tŷ. Mae e'n rhedeg yn ddi-stop. Allech chi alw, plîs?'

'Mecanic ydw i …'

Ie, meddyliodd, cetyn mecanic.

'Ond mi allwn i drio. Pryd fasach chi'n licio i mi alw? Yfory, falla?'

Allai hi ddim dal rhagor. 'Wel, NAWR, wrth gwrs! Y funud yma!' hanner gwaeddodd. 'Rŵan i chi gael deall. Ma'r cwbwl yn stêm i gyd 'ma …'

'*¡Bueno, bueno!*'

'Helô … helô. Helô 'na?' Dim byd. A oedd *bueno* yn golygu ei fod ar ei ffordd? Pam na fyddai fe wedi dweud naill ai *sí* neu *no* … un peth neu'r llall? Shwd oedd deall …?

Brysiodd yn ôl eto i'r gegin a chodi'i dwylo mewn braw. Ager … ager ym mhob man. Roedd y walydd yn diferu …

Yn sydyn, clywodd rywun yn chwibanu. Yn chwibanu'r un alaw â'r dydd o'r blaen. Rhedodd i agor y drws. Dyna lle safai â bocs o dŵls yn ei law.

''Ych chi wedi dod!' ochneidiodd Paula.

Gwenodd arni a'i dilyn i'r gegin gan osod y bocs bach du i lawr a chwifio'i freichiau yn yr awyr. 'Mae petha'n ymddangos yn reit ddrwg, *eh*?'

'Dylen i fod wedi agor y drws yn ogystal â'r ffenest … a'r holl stêm 'ma. Ond fe ges i gyment o ofon …'

'Mae 'na betha i godi ofn ar un fan'ma hefyd!' dywedodd Emrys, gan droi i edrych arni dros ei ysgwydd. 'Chi neu finna sy'n codi'r trowsusa bach yma?' lledwenodd.

Teimlodd Paula wrid ysgafn yn codi i'w hwyneb. 'Un funed,' llyncodd, gan fynd i'r ystafell molchi i 'nôl bwced.

'Cymerwch ofal. Maen nhw'n andros o boeth!' meddai Emrys yn ddireidus.

'Yn rhy boeth i chi mae'n amlwg,' mingamodd hithau gan fynd ati i godi un dilledyn ar ôl y llall â'r brwsh golchi llestri wrth ochr y sinc.

Gadael llonydd iddo fyddai orau. Gwyddai gymaint y byddai ei thad yn casáu rhywun yn edrych dros ei ysgwydd wrth iddo fynd ynghyd â rhyw jobyn neu'i gilydd o gwmpas y tŷ.

'Torri'r dŵr, dyna'r peth cyntaf,' eglurodd gan gydio mewn allwedd fechan a grogai ar y wal.

Penderfynodd Paula eistedd yn dawel wrth y bwrdd. Roedd e yn ei gwrcwd erbyn hyn â'i gefn ati. Er bod ôl saim ar ei grys a'i jîns gorweddai ei ddillad yn berffaith am ei gorff. Nid dyma'r tro cyntaf iddi sylwi ar ei ben-ôl … Mor siapus o grwn ydoedd ac mor wahanol yr olwg i ben-ôl sach dato ambell ddyn. Ond roedd hi'n dal yn gandryll ynglŷn â busnes y sgwter …

¡Listo! Ga i rwbath i sychu 'nwylo? Mi wnaiff hen racsyn y tro yn iawn. Wedi bod yn trafod olew a saim drwy'r bore.'

'Beth oedd y broblem?' holodd Paula braidd yn sychaidd gan estyn lliain tywyll iddo.

'Croen y tap wedi treulio, dyna i gyd. Peth syml iawn.'

''Ych chi wedi cwpla 'te?'

'Wedi beth?'

'Wedi gorffen. 'Run peth. 'Na beth fyddwn ni'n 'weud yn y De.'

'Dydy o ddim yn gywir, felly,' pryfociodd.

'Wrth gwrs ei fod e'n gywir. Mae'n dod o'r gair "cwblhau".'

'Athrawas ydach chi?'

'Nage, pam?'

'Wel, dach chi'n siarad fel un!' cellweiriodd. 'Be ydach chi, felly?'

'Wy'n digwydd gweithio i'r cyfryngau. 'Ych chi'n deall y gair?'

'¡Periodista! Pobol beryg 'dy'r rheiny.'

'Rhai falle,' lled-chwarddodd Paula. 'Ond wy'n ddigon diniwed. Gweithio i Radio Cymru ydw i. Ymchwilydd. Y… gwrandwch, dych chi ddim yn gwbod pa mor ddiolchgar ydw i eich bod chi wedi dod. O'n i bron â drysu, credwch fi. Fyddwn i ddim wedi'ch poeni chi o gwbwl, ond …'

'Ond be?'

'Wel,' cloffodd, 'nethoch chi ddim jobyn mor dda â hynny ar y sgwter!'

Roedd y gath mas o'r cwd.

'Naddo?' gofynnodd gan godi un ael yn heriol.

'Naddo. Fe aeth e ar stop. O'n i'n grac iawn ar y pryd, cofiwch, yn gynddeiriog a dweud y gwir, achos … achos o'n i mor bell o bobman. Lwcus i Victor Edwyn ddod heibio. Fe … fe ddwedodd e fod rhywun wedi bod yn esgeulus a …'

'Victor Edwyn! *Charlatán* ydy hwnnw. Dim ond siarad mae hwnnw'n gallu'i wneud ...'

'A helpu merch mewn angen! Fel ... fel 'ych chi newydd 'wneud nawr,' meddalodd wrth weld y siom yn ei lygaid. Roedd hi wedi'i glwyfo. 'Oes amser gyda chi i gael coffi bach neu de?'

'Mi fasa coffi bach du yn reit dderbyniol,' gwenodd. 'Ga i eistedd?'

'Wrth gwrs 'ny. Cymerwch gadair.'

'Lle dach chi wedi bod yr holl flynyddoedd yma?' gofynnodd wrth iddo ei gwylio yn llenwi'r tegell.

'Dw i ddim yn eich deall chi nawr,' atebodd Paula.

'Mae cant a phedwar deg o flynyddoedd wedi mynd heibio erbyn hyn, a fawr ddim sôn amdanoch! Ychydig iawn o Gymry fuodd yn dod o draw, ond rŵan, mae pawb isio dod i Batagonia!'

'Falle fod hynny'n wir. Mae 'na dipyn o fynd a dod yn ddiweddar.'

'Oes, debyg. A'r peth gwaetha ydy bod bron pawb sy'n dod yma isio gneud pres mawr drwy holi'n perfadd ni! Un isio'n ffilmio ni a'r llall isio sgwennu amdanon ni fel tasan ni'n betha rhyfadd ac wedi dod o'r lleuad!'

'Nid rhyfedd, ond unigryw!' gwenodd Paula gan dywallt y coffi i'r ddau gwpan.

'Unigryw? *Único* yn yr iaith Sbaeneg, siŵr iawn.'

''Ych chi'ch hunan yn rhywun unigryw, am wn i,' mentrodd, gan droi ei choffi'n ofalus. ''Ych chi mor rhugl eich Cymraeg, ac ... y ... mor gywir.'

'Dach chi'n garedig iawn yn deud y fath beth,' hanner chwarddodd cyn difrifoli unwaith eto a mynd yn ei flaen. 'Darllan ... ia, dyna ni, darllan sy'n gyfrifol, dw i'n meddwl.

Dw i wedi darllan Cymraeg ers o'n i'n hogyn, ond mae 'na un llyfr wnaeth argraff arbennig arna i. Dw i'n ei ystyried o'n drysor, a deud y gwir. Rhyw bum mlynadd yn ôl *más o menos*, mi wnaeth 'na ddynas o Gymru ddod yma …'

'O'dd hi'n ifanc?' holodd Paula'n llawn chwilfrydedd.

'Bron yn ddigon hen i fod yn fam i mi! Y Dr Rhian Gruffudd. Mi wnes i ddigwydd ei chyfarfod hi yn nhŷ perthynas i mi, ac wedi iddi ddeall bod gin i gymaint o ddiddordeb mewn hanas, mi wnaeth hi anfon llyfr i mi o'r enw *Aros Mae* ar ôl iddi ddychwelyd i Gymru …'

'Llyfr Gwynfor, wrth gwrs.'

'Ia, dyna fo. Y Dr Gwynfor Evans. Y tu mewn i glawr y llyfr mi sgwennodd y ddynas rywbeth fel hyn – "I'r mecanig sydd am wybod i bwy y mae o'n perthyn".'

'Ac fe gesoch chi flas ar y cynnwys, mae'n amlwg.'

'Mwy na hynny, mi wnes i gael modd i fyw! Ew! Dach chi'n gwrando'n dda, *eh* …'

'Ma gwrando'n rhan o 'ngwaith i!' gwenodd Paula. 'Ewch mla'n, mae e'n ddiddorol.'

'Mi fuodd yna dipyn o wawdio arnon ni'r Cymry gan bobol Twrci a Sbaen a'r Eidal, ond ar ôl i mi ddarllan ac ailddarllan *Aros Mae* a chael gwybod mwy am hanas Cymru dw i wedi gallu codi 'mhen yn uchal a bod yn falch o 'ngwreiddia Celtaidd.'

'A dyna beth sy y tu ôl i'r enw *El Celta*, ife?'

'Ia, siŵr. Does dim croesiad o gwbl yn fy hanas i, wyddoch chi. Jenkins a Jones ar ochor Dada, neu a ddylwn i ddeud Siencyn a Siôn? Ac yna Williams ac Edwards ar ochor fy mam.'

'Mae'n rhyfedd meddwl, ond dim ond un cyfenw Cymraeg sy yn 'y nheulu i. Bowen yw hwnnw, ar ochor fy mam. Mae hyd yn oed enw fel Sanmartano yn llechu'n rhywle!'

'¡Che! Mae 'na ddiferyn bach o waed Eidalaidd yn y gwythienna yna, 'ta!' meddai Emrys gan edrych arni'n fanwl. 'Does dim rhyfadd, felly, bod gennoch chi lygid brown ... a chroen lliw hufan! *Sí*, mae o yno, reit siŵr. Ond dw i'n licio'n fawr yr hyn dw i'n ei weld.'

'Diolch,' gwenodd Paula. Compliment mewn cystrawen Sbaenaidd! Roedd ei lygaid glas yntau yn ei harchwilio'n fanwl. Yn fflyrtan ... yn mentro ...

'Y ... faint sy arna i i chi y tro 'ma?' gofynnodd iddo.

'Anghofiwch o, a minna wedi methu efo'r motobeic.'

'Mater arall yw hwnnw. 'Ych chi newydd neud jobyn o waith a wy wedi mynd â'ch amser chi a phopeth.'

'Dw i'n feistr arna i fy hun ac yn medru gneud fel y mynna i â f'amsar.'

'Nid 'na'r pwynt. Busnes yw busnes ac addewid yw addewid. Fe gawn i dalu y tro nesa. Chi ddwedodd hynny! Cofio? Plîs ga i ...' dechreuodd erfyn.

Chwarddodd Emrys ac ysgwyd ei ben. '¡Bueno! Os dach chi'n mynnu. Mi gewch chi dalu am bizza bach i ni'n dau. Yna, mi fydd y ddylad wedi'i chlirio. Dach chi'n fodlon ar hynny, rŵan?'

Edrychodd Paula i'w lygaid a chilwenu. Pryd ar glud ynte ai dyma oedd ei ffordd e o ofyn iddi fynd mas gydag e? Ac a oedd hyn yn golygu ei fod e am gael mwy o'i chwmni hi ...

'Beth am y prynhawn 'ma, 'ta?' aeth yn ei flaen.

'Y pnawn 'ma?' meddai gan ymdrechu i guddio'r teimladau a gorddai o'r tu mewn iddi. Y gwir amdani oedd ei bod hi, er gwaetha popeth, bron â marw isie derbyn ei wahoddiad, ond doedd hi ddim yn bwriadu gwisgo'i chalon ar ei llawes, chwaith.

'Heno, 'ych chi'n 'feddwl? Tua saith ... wyth o'r gloch 'ma?'

'Bydda i wrthi'n gweithio bryd hynny. Beth bynnag, fydd nunlla ar agor tan naw.'

'Na fydd sbo, erbyn meddwl ...'

'Beth am naw 'ta?'

Yn sydyn disgynnodd ei llygaid ar yr amlen las oedd wedi'i chyfeirio at Cliff ac yn gwbl ddiarwybod fe'i cafodd ei hun yn estyn amdani. Ond yr un mor ddisymwth dyma law ar ei llaw hithau. Un cyffyrddiad ysgafn. Prin eiliad o gyffwrdd yn ei gwefreiddio.

'Dach chi'n cytuno? ¿Sí o no, señorita?'

'Sí,' gwenodd arno. 'Naw o'r gloch amdani, 'te ar bwys y *pizzeria* newydd, ife? Wy'n gwbod am y lle.'

''Na fo 'ta, Polagata,' chwarddodd ei hedmygydd. 'Dan ni'n dechra deall ein gilydd. Er bod amball air fel "cwpla" a "mas" yn achosi ambell anhawster ...'

'A'r busnes 'ma o ffeili gwahaniaethu rhwng y prynhawn a'r nos!'

Wrth iddi ei hebrwng at y drws, gosododd ei law ar ei hysgwydd. 'Dim rhagor o Mistar Emrys Jones o hyn allan, *eh*,' meddai. Yna plygodd i'w chusanu'n dyner ar ei grudd. 'Dim rhy agos rŵan, a minna'n saim o 'nghorun i'm sawdl!' Hanner ffordd i lawr y llwybr trodd i edrych arni a galw'n ddireidus. 'Dw i ddim yn credu y cewch chi draffarth efo'r tap, ond os bydd rhwbath yn eich poeni galwch arna i ... ac nid ar Victor Edwyn!'

Gwyliodd Paula bob cam o'i eiddo nes iddo ddiflannu o'r golwg. Saim neu beidio, roedd hi wedi cael ei hudo.

Caeodd y drws o'i hôl ac oedi i bwyso arno. Beth roedd hi newydd ei wneud? Hanner awr yn ôl yr oedd hi'n diawlio Dewi Emrys Jones am ei fwnglera. Dechreuodd gerdded o ffenest i ffenest fel cath wedi drysu. Roedd ganddi ddêt! Roedd yn rhaid iddi gadw'i phen. Naw o'r gloch. Roedd oriau cyn hynny. Byddai fel oes ... Roedd hi'n marw isie cael dweud wrth rywun. Ond tawed y calla. Cael ffling fach oedd ei bwriad ... Ac yntau? Cyfle i gael 'm bach o sbort wrth dreulio ychydig o amser yng nghwmni person o'r Hen Wlad. Falle. Ymarfer ei Gymraeg. Peth od wedyn na fyddai wedi dod i nabod Lynwen a hithau wedi bod o gwmpas y lle am chwe mis a mwy. Ond roedd ganddo'i fusnes i'w redeg. Ac roedd Lynwen wedi mynd yn ochelgar yn sgil ei phrofiad chwerw. Hwyrach bod ganddo fe gariad yn barod ... mai ... mai rhywbeth amgen oedd hi iddo fe.

Y gwir amdani doedd hi ddim yn gwybod beth i'w feddwl na'i gredu. Yr unig beth a wyddai oedd ei bod wedi ei ddal fwy nag unwaith yn edrych arni yn llawn edmygedd. Ac roedd hi wedi dwlu arno ar y dachre'n deg. Pwy a wyddai beth allai ddatblygu ar ôl heno? Rhyw drefniant digon rhyfedd ydoedd, hefyd. Ffordd o dalu'r ddyled, mae'n debyg. Ar ôl heno, hwyrach na fyddai cymaint o ddirgelwch yn perthyn iddo. Ar ôl heno, efallai na fyddai am weld cymaint â'i gysgod byth eto. Ond roedd yn amau hynny, hefyd. Beth ddiawch oedd hi'n baldorddan fel hyn? Roedd ganddi waith i'w wneud ... siawns na châi gyfle hefyd i bostio'r llythyr.

* * *

Gorchwyl amhosibl, bron, oedd hastu mewn esgidiau

sodlau uchel. Pâr o esgidiau trymion â gwadnau hanner modfedd o drwch roedd eu hangen ar balmentydd mor anwastad â'r rhain. Gwynegai ei thraed i'r byw wrth iddi sangu ar y cerrig mân a theimlai fel cwennen fach yn ochr-gamu ar wely o ludw poeth. Ond roedd heno'n wahanol i bob noson arall a dreuliodd yr ochr hon i'r Iwerydd. Gallai fod yn noson ffantastig ... dim ond iddi chwarae ei chardiau'n iawn. Fe gafodd amser pleserus yng nghartref Alun Edwards a'i rieni y prynhawn hwnnw. Y fath groeso! Roedd Lynwen yn llygad ei lle wrth ei hargymell i fynd yno i gyf-weld bachgen ifanc a siaradai Gymraeg. Ond cwrs yng Nghymru neu beidio, doedd yr iaith a oedd ar wefus Alun Edwards ddim tebyg i Gymraeg y sawl yr oedd hi ar ei ffordd i'w gyfarfod.

Roedd hi wedi golchi ei gwallt y funud y dychwelodd o'r Afon Fawr. Roedd angen gwneud hynny, hefyd, a hithau'n ffordd mor llychlyd. Chwarae teg i'r hen sgwter, roedd wedi ei chario'n ddiogel yr holl ffordd.

Rhedodd ei bysedd trwy'i gwallt unwaith eto. Fe'i chwythsychodd â'r gofal mwya a'i sythu â'r teclyn arbennig. Ei noson hi oedd hon. Ei gwallt yn sglein, ychydig o liw porffor ysgafn ar ei hamrannau, ychydig o finlliw ar ei gwefusau llawn. Mewn sgert ddu, ychydig yn uwch na'i phengliniau, a thop polca dots bach pinc a du, fe edrychai'n ferch bob tamaid. Gofalodd ei bod yn gwisgo Eden, ei hoff bersawr: byddai hwnnw'n siŵr o demtio'r Adda ynddo ...

Cip bach ar ei horiawr. Deng munud wedi naw. I'r dim. Doedd fawr o amcan iddi frysio fel ffŵl yng ngwlad y *mañana*; doedd hi ddim wedi dod ar draws neb a gredai mewn prydlondeb. Un sgwâr i fynd ... Wrth nesu at y cornel, cododd ei golygon a gweld bod rhywun yn sefyll yn dalsyth o flaen drws y *pizzeria*.

Roedd e wedi cyrraedd o'i blaen. Mewn blazer a phâr o jîns glas golau a ymddangosai'n newydd sbon. Crys glas, ond dim tei. Dwy esgid ddu, yn sglein i gyd. Rhyw gymysgedd o'r ffurfiol a'r anffurfiol. Ffurfiol oedd ffurfiol i Cliff bob amser. Fyddai yntau byth yn mynd â hi allan am bryd o fwyd heb wisgo tei. Heno, hi oedd yn mynd ag Emrys mas am damaid i'w fwyta.

Camodd tuag ati a chusanu ei grudd, gan fwynhau'r chwa bersawrus.

'Dach chi'n dlws,' meddai'n llawn edmygedd. 'Mae sgert yn eich siwtio chi.'

'Mae rhywun arall yn smart iawn, 'fyd. 'Ych chi wedi bod yn disgwyl yn hir?'

'Mi wnes i gyrraedd cyn pryd,' gwenodd gan rwbio'i ddwy esgid sgleiniog, un yn erbyn y llall. 'Dyn o flaen ei amsar, ia?'

Chwarddodd Paula gan werthfawrogi'i hiwmor. Roedd e mewn hwyliau arbennig o dda, meddyliodd. Ddim yn bigog a dim arwydd o dristwch yn ei lygaid.

'¡*Bueno!* Awn ni i mewn, ia?' meddai gan agor y drws iddi.

'Y … un funed,' meddai Paula gan sefyll yn ei hunfan ar y palmant. 'Beth yw'r lle 'na sy gyferbyn â ni? Tŷ bwyta yw e?'

'Ia. *El Restaurante Puerta Cristal*,' atebodd yn sychaidd.

'Mae e i weld yn lle dymunol iawn.'

'Dymunol? Peidiwch â sôn, dyna i le bydd y bobol hynny sy'n gweithio i'r llywodraeth yn mynd. Lladron mewn geiria erill.'

'Wy'n cymryd nad 'ych chi wedi bod yno, 'te!'

'Naddo, erioed!' arthodd.

'Wel, ga i'r pleser o fynd â dyn sydd â llyged gonest 'na am bryd o fwyd?'

'I nacw? Wn i ddim, wir. Mi fyddai mynd i le fel'na yn erbyn f'egwyddor i. A peth arall, mi wnaiff pryd o fwyd yn y Puerta Cristal gostio ffortiwn i chi!'

'O, dewch, dim ond am unweth,' perswadiodd Paula. '*Fi* fydd yn talu, wedi'r cwbwl.'

'Merch o'r byd cyntaf sy'n siarad, rŵan!'

'Ie, falle. Ond rhywun sy isie dangos ei gwerthfawrogiad o'r hyn 'ych chi wedi'i neud. Dyna'r unig ffordd sy gyda fi o ddweud diolch yn fawr.'

Rhwbiodd Emrys ei ên am ennyd. 'O'r gora, 'ta. Chi sy'n ennill y tro hwn. Ond mae 'na amod …'

'Beth 'ych chi'n feddwl?'

'Ein bod ni'n dau'n mynd i mewn ar delerau da a'ch bod chi'n galw Emrys arna i …'

'A chithe'n fy ngalw inne …'

'Yn Polagata!' gwenodd yn ddireidus.

''Sneb arall ar wyneb y ddaear yn 'y ngalw i wrth yr enw yna!'

'Wel, mae o'n perthyn i ni, felly. Dim ond i ni'n dau.'

'Mae'n rhaid i fi gyfadde ei fod e'n swno'n felys yn dod o wrthoch chi …'

'*Ti*, ia?'

'Iawn … *ti*!'

Croesodd y ddau y stryd fawr a gafaelodd yn ei phenelin. Teimlodd wres ei law a phrofodd y cynnwrf drachefn. Gwenodd wrth gofio am y dêt cyntaf un yn ei hanes. Pymtheg oed oedd Ioan ar y pryd ac yn freichiau ac yn goesau ac yn sŵn i gyd. Mynd i'r sinema, eistedd yn y seddi cefn, rhannu popcorn, dal dwylo a dwgyd ambell gusan slei. A dyma hi, nawr, bymtheng mlynedd yn ddiweddarach, ar ôl un neu ddau romans a pherthynas â Cliff, yn edrych ymlaen at gael adnabod Dewi Emrys Jones.

A'i law yn dal am ei braich, gwelodd trwy gil ei llygad nad oedd y mymryn lleiaf o ôl saim ceir arno ac roedd ei ewinedd yn lân ac yn siapus. Cofiodd fel y byddai hi a'i ffrindiau coleg yn arfer trin a thrafod dynion ymhlith ei gilydd ac yn eu dosrannu. Ymhlith y cymwysterau ar frig y rhestr yr oedd esgidiau ac ewinedd glân. Yr oedd y sawl a oedd wedi gafael yn ei braich heno wedi llwyddo i ennill marciau uchel heb yn wybod iddo!

Wrth y drws safai dyn mewn cot wen a thrwser du ac fe'u tywysodd yn ddi-oed at fwrdd oedd wedi'i arlwyo ar gyfer dau. Roedd hi'n boeth iawn yno a chynigiodd y gweinydd gymryd eu cotiau cyn brysio yn ôl â bwydlen yr un ar eu cyfer.

'Wy'n dibynnu arnoch chi, nawr,' meddai Paula wrth i'w llygaid wibio o'r naill eitem i'r llall.

'*Ti*,' atgoffodd hi. Beth wyt ti'n ffansïo fel *entrada*? Wyt ti'n licio tomatos wedi'u stwffio ag *atún*?'

'Tiwna yw hwnnw, sbo. Pysgod.'

'Ia. Ti'n siŵr bydd hynny'n iawn?'

Amneidiodd y byddai.

'A chig? Gofyn ydw i achos mae cymint o ferchaid yn gwrthod byta cig erbyn hyn.'

'Dw i ddim yn llysieuwraig, o bell ffordd.'

'Mae'n dda gin i glywad hynny, wyddost ti. Beth am *lomito*? Cig buwch ... salad ... '

'A 'chydig o sglodion. Rhain,' meddai Paula gan bwyntio at *papas fritas*.

'Gair newydd i mi … sglodion. Tatws wed'u ffrio dan ni'n 'ddeud.'

'Ti sy'n nabod y gwin,' gwenodd arno.

'Cabernet amdani, felly,' meddai Emrys gan archebu ar eu cyfer.

Roedd y gweinydd, yn amlwg, wrth ei fodd, yn cofnodi'r cyfan gan wenu'n serchog arnynt a mynd ati i ailosod y blodau ffres a addurnai'r bwrdd.

Wedi tywallt rhagor o win i'w wydryn, llanwodd Emrys wydryn Paula. Yna CLINC! Gwydrau i fyny. 'I ni, ia?'

'Ie, i ni.'

'Sut mae'r *tomates rellenos con atun?*'

'Mm. Blasus iawn. Wy'n lico trio rhwbeth newydd. Ac mae mor neis i ga'l lliain gwyn ar y ford.'

'Dw i'n dysgu geiria newydd bob tro. "Ford" … a "mas" … a "cwpla" sy'n dod o "cwblhau",' meddai gan ei dynwared. 'Roedd yr hen daid o ochor fy nhad yn dod o'r Sowth, neu o'r De, fel dach chi'n 'ddeud. Lle o'r enw Mountain Ash. Enw Saesneg, ia?'

'Ie. Aberpennar yn Gymraeg.'

'Wyt ti'n byw yn agos i Aberpennar?'

'Na'dw. Rhyw hanner can milltir a mwy i'r gorllewin.'

'Ergyd carrag, felly!' chwarddodd. 'Dydy wyth deg *kilometro* yn ddim byd i ni yn Archentina.'

'Mae'r stecen yn dod!'

'*Bien cocido para la señorita,*' amneidiodd Emrys ar y gweinydd.

'Pryd mae *señorita* yn mynd yn *señora?*'

'Pan fydd hi'n priodi. Dw i'n synnu nad wyt ti wedi gneud!'

'Wyt ti?' gwenodd Paula gan sipian ei gwin.

'Dwyt ti ddim wedi sôn yr un gair am gariad neu gariadon …'

'Dwyt ti ddim wedi rhoi cyfle i fi …'

'Dw i'n rhoi'r cyfla i ti rŵan,' meddai Emrys gan bwyso ymlaen.

'Wel…'

'Tyd yn dy flaen …'

'Ar dy ôl di!' chwarddodd Paula. 'Mae'n rhaid bod gyda ti ambell i stori ddiddorol i'w dweud. Rhywun golygus fel ti ac yn dri deg oed falle?'

'Tri deg a phump cyn diwadd y flwyddyn.'

'Wir! A dim gwaeth ar ôl yr holl gariadon yna!'

'Hm. Un neu ddwy, ia? Wedi bod.'

'A … nawr?' daliodd Paula ei hanadl.

'Mae'r cyfan yn perthyn i'r gorffennol. A titha?'

'Digon tebyg yw'n stori inne. Y … Sais o'dd e, ond mae e'n perthyn i'r gorffennol hefyd. 'Yt ti'n siarad Saesneg o gwbwl?'

'Dim ond deall amball derm technegol ynglŷn â 'ngwaith, dyna i gyd! Fyddwn i ddim gwerth yng Nghymru heb air o Saesneg! Cofio trafod y peth efo Dafydd Iwan pan fuodd o'n canu yma yn yr Andes.'

'Diddorol! Mi fyddi di'n chwibanu un o'i ganeuon e, on' byddi?'

'Mae gin ti glust dda!' gwenodd. 'Dw i'n cofio'r tro cynta i mi'i glywad o'n canu. Cael casét gin rywun rai blynyddoedd yn ôl, rŵan. Roedd o fel chwa o awyr iach achos roeddwn i wedi arfar credu mai dim ond emyna oedd yn cael eu canu yng Nghymru!'

''Yt ti ar ei hôl hi, achos mae 'na ganu pop, grwpie roc a rap a chanu gwerin, wrth gwrs …'

'Gwerin! Oes 'na werin ar ôl, tybad, a llai nag ugian y cant yn medru'r Gymraeg!'

'Ffigurau ydy'r rheiny – sdim iws cymryd gormod o sylw ohonyn nhw.'

'Disgwyl mae'r hen wraig, hitha, sy'n eistedd wrth y tân. Cymru 'dy honno, yn ôl Dafydd Iwan. Disgwyl i'w meibion a'i merchaid godi ar doriad y wawr. Ond disgwyl y mae hi wedi'i wneud ar hyd y canrifoedd … disgwyl am gael bod yn rhydd … am gael ei chydnabod fel cenedl!'

Agorodd Paula ei llygaid mewn syndod. Beth oedd hwn, yr Emrys Jones yma a eisteddai gyferbyn â hi? Cymro ynte Archentwr?

''Yt ti'n caru Archentina 'fyd, on'd 'yt ti?'

'Ydw, wrth gwrs, ond dydy Archentina ddim yn 'y ngharu inna!'

'Dw i ddim yn deall.'

'Mae petha mor ansefydlog yma rŵan. Dydy ofn anthrax yn ddim o'i gymharu ag ofn ansicrwydd. Ond stori arall ydy honno. Sut oedd y *lomito*?'

'O, fel bara!'

'Gennon ni mae'r cig a'r gwin gora yn y byd!' gwenodd Emrys.

'Dw i ddim yn mynd i anghytuno gyda ti o gwbwl, ond wy'n credu taw estyn am y soda wna i ar ôl yfed cyment o'r gwin yna!'

'*Postre* bach, ŵan. Dim pwdin reis yma, gwaetha'r modd!'

'*Frutillas*. Mefus yw'r rheiny, ontefe?'

'Stroberis oedd gair yr hen bobol. Gair Cymraeg ydy o, ia?'

'Nage, mae arna i ofon. Saesneg.'

'Mae hynny'n golygu 'mod i'n medru mwy o Saesneg nag oeddwn i'n 'i feddwl!'

'Dwyt ti ddim isie pwdin 'te?' gofynnodd Paula wrth ei glywed yn archebu mefus a hufen iddi hithau yn unig. 'Dim dant melys?'

'Dim awydd. Mae'r cwmni dw i'n 'gadw'n ddigon melys,' gwenodd arni gan gyffwrdd â'i llaw ... Y fath gyffyrddiad, meddyliodd Paula. Llaw gweithiwr, ond llaw gadarn, gynnes, gariadus. Cyffrôdd drwyddi. Roedd ei lygaid yn cusanu ei llygaid. Os na fyddai'n ofalus mi fyddai hi'n cwympo dros ei phen a'i chlustiau mewn cariad. Roedd hi wedi meddwl ei bod mewn cariad â Cliff. Ond roedd hi'n bell o'i lle.

Doedd hi ddim ar ei cholled o gwbl o fod wedi postio'r llythyr yna ... Wedi'r cwbwl, dim ond tam' bach o hwyl oedd hyn i fod, atgoffodd ei hun.

'Dywad mwy o dy hanas ... dw i isio dy nabod di ... dy nabod di'n well.'

O dipyn i beth dechreuodd Paula sôn am ei theulu ac am ei chylch dethol o ffrindiau. Am ei gwaith ac am ei huchelgais. Am ei thŷ newydd ac am ei char. Am ei diddordeb mewn materion cyfoes a ffasiwn y dydd ...

'Dan ni'n wahanol, ein dau, mewn llawar o betha, Pawla, ond yr un peth sy'n ein clymu ydy'r hen iaith, *eb*!'

'Ond a bod yn onest, 'yt ti'n llawer mwy o Gymro nag ydw i o Gymraes!'

'Mi wyt ti'n perthyn i'r byd cyntaf ac i'r byd academic!'

'Academaidd neu beidio, mae mwy o ddiwylliant yn dy fys bach di nag sy mewn ambell berson sy wedi ca'l coleg a phob cyfle mewn bywyd.'

'Darllenwr ydw i a dim mwy. I goleg Huw Owan yr est ti?'

'Huw Owen?' petrusodd Paula.

'Ia. Hwnnw wnaeth hel pres ac iwsio ceinioga'r *mineros* er mwyn prynu hotel ar lan y môr ...'

'Aberystwyth, 'yt ti'n feddwl. Nage, i Gaerdydd yr es i.'

'Mae angan dynion fel Huw Owan ar Archentina. Mae angan rhywun i arwain ac i sefyll dros gyfiawnder.'

'Mae angen pobol debyg ar Gymru hefyd. Mae hi wedi newid, cofia. Dyw Cymru heddi ddim byd tebyg i'r hyn 'yt ti'n dychmygu iddi fod.'

'Bosib nag ydy hi. Mi fydda i'n cael fy nhynnu bob ffordd, wyddost ti. Yng Nghymru mae 'ngwreiddia i ac, ar y llaw arall, yn Archentina dw i wedi cael fy hun. Felly,' meddai gan lenwi eu gwydrau eto, 'i'r ddwy wlad, ia? Ac ... i ni ... ein dau!'

'¿*Algo más?*'

'*No gracias. La cuenta, por favor.*'

'*Sí, señor.*'

Mewn llai na deg eiliad roedd y gweinydd yn ôl a'r bil yn ei law.

'Hei! I fi ma hwnna,' meddai Paula gan gipio'r bil oddi ar Emrys. Tynnodd ei cherdyn Visa o'i waled ac estyn y bil a'r cerdyn i'r gweinydd a oedd yn mwynhau'r olygfa. I ffwrdd ag ef â gwên 'bendith arnoch' ar ei wyneb.

Synhwyrodd Paula fod rhyw letwhithdod wedi dod dros Emrys a'i fod wedi diflasu, braidd.

Gwenodd hithau'n garedig arno gan gyffwrdd â'i fraich. 'Sdim isie teimlo fel'na. Setlo'r ddyled, 'na i gyd.'

'Ia. Wedi'r cwbwl, dyna pam dan ni yma,' atebodd yn gwta.

Ymhen munudau roedd y gweinydd wedi dychwelyd y cerdyn a'r dderbynneb a phan welodd y cil-dwrn da a estynnodd Paula iddo brysiodd i'w helpu i wisgo'i siaced a brasgamu i agor y drws iddynt.

Doedd Emrys ddim mewn hwylie da o bell ffordd. Er mai newydd gyfarfod oedden nhw, gallai hi ei ddarllen fel llyfr.

'Weli di'r cwlffyn tew nacw?' meddai gan amneidio at y bwrdd wrth y ffenest. Maen nhw'n deud ei fod o yma bob wythnos, yn llenwi ei fol, y fo a'i deulu. Hawdd y gall o ddod ac ynta'n gweithio i'r llywodraeth. Dyna fel y mae hi yma. Pobol heb gael pensiwn ers misoedd a gweithwyr gonast heb gael unrhyw fath o dâl. Yr hen folgi diawl!'

'Mae e wedi dy glywed di,' sibrydodd Paula.

'Debyg iawn, ond 'dy o ddim wedi deall yr un gair. Hen Dwrc drewllyd ydy o. Ond mae o wedi cael y neges a gobeithio y gwnaiff o dagu dros ei fwyd!'

'Emrys,' gafaelodd Paula yn ei fraich. 'Mae'r gweinydd yn dal y drws i ni.'

Allan â hwy i'r awyr iach. Paula dorrodd ar y distawrwydd.

'Roedd pethe'n dechre poethi mewn fan'na.'

'*Lo siento mucho*. Mae'n ddrwg gin i. Mae cymint o betha yn cynhyrfu rhywun y dyddia yma. Mi gei di wybod eto, Pawla ... ond nid heno.'

'Bydd hi'n hanner nos, whap! Mi fuon ni yno am orie ... '

'Do, yn byta ... '

'A holi ...'

'Yn edrych ar ein gilydd a siarad ... wel, pregethu weithia!'

'A chwerthin dipyn bach ... '

'Ia. Efo'n gilydd.'

'A nawr?'

'A rŵan?'

''Yt ti'n meddwl fy hebrwng i, gobeithio.'

'Mae'n gynnar eto!'

'Beth sy gyda ti mewn golwg? Meddwl mynd i ddawnsio?'

'Dim o'r fath. Dw i isio mynd â ti am goffi bach ...'

'Yr amser hyn o'r nos?'

'Mae'r nos yn ifanc. Mi wn i am le bach ... mae o'n ddigon cyffredin. *Humilde* ydy'r gair. Di-ym-hong-gar, dyna fo, diymhongar! Llond ceg o air.'

'Wy'n dal i ryfeddu at dy Gymraeg di. Mi fyset ti'n codi cywilydd ar lot o bobol yng Nghymru.'

'Dw inna'n rhyfeddu at rwbath, hefyd. Yn rhyfeddu 'mod i'n teimlo mor gartrefol yn dy gwmni di.'

'A finne.'

'Dw i'n credu y byddi di'n licio'r lle 'ma,' meddai Emrys gan gydio yn ei llaw. 'A wyddost ti beth?'

'Na?'

'Fi fydd yn talu y tro hwn, *eh*.'

'Iawn. Ond mae 'na un peth, serch 'ny.'

'Ia?'

'Dwyt ti ddim wedi gofyn eto os wy isie mynd 'na!"

'Wel, wyt ti?' gofynnodd Emrys yn ddifrifol.

'Wrth gwrs 'mod i,' gwenodd hithau gan wasgu ei law.

Aeth y coffi bach cyffredin hwnnw yn goffi bach tlws, chwedl Emrys, wrth i'r gweinydd ei fendithio â mesur hael o hufen ac o frandi. Hyn, a sedd gyfforddus i ddau a bwrdd bychan o'u blaen yn y cornel. Cyfle i glosio ... i gellwair ... i gyffwrdd ... A'r nos yn cilio.

Erbyn iddynt gyrraedd y *departamento* roedd hi'n agosáu at hanner awr wedi dau.

'Diolch am dy gwmni,' meddai Emrys gan ei hebrwng at

y drws. 'Wnest ti fwynhau, gobeithio.'

'Mas draw!' gwenodd. 'A chyn i ti ofyn, mae hynny'n golygu 'mod i wedi mwynhau bob muned!'

'Dw i'n dysgu!' chwarddodd. Y ... Pawla, beth wyt ti'n 'wneud pnawn fory?'

'Dim byd yn arbennig ... mae'n ddydd Sul, os wy'n cofio! Pam?'

'Rhyw feddwl y baset ti'n licio gweld y Cwm. Cwm Hyfryd, yntê.'

'Bydde hynny'n neis ... ac yn dy gwmni di, wrth gwrs?'

'Pawla?'

'Ie?'

'Ga i ... y ... liciet ti i mi dy gusanu di?'

''Yt ti'n real gŵr bonheddig,' gwenodd. 'Dere 'ma, 'nei di.'

'Sws amdani, 'ta.' Tynnodd hi i'w freichiau a'i chusanu ar ei thalcen a blaen ei thrwyn ac yna ar ei gwefusau. Estynnodd hithau ei breichiau a'u clymu am ei wddf gan ei dynnu ati drachefn. Cusan am gusan a chyffyrddiad am gyffyrddiad. Anwesodd ei gwallt a rhedeg ei fysedd yn garuaidd ar draws ei grudd, cyn ei chusanu eto o dan y sêr. Un cusan hir, gwefreiddiol. Ac yna un arall â'r fath angerdd nes iddi grynu gan chwant.

'*Hasta mañana*, Polagata,' sibrydodd yn ei chlust. 'Breuddwydia efo'r angylion.'

'Mi wna i 'ngore. Tan yfory, 'te, Emrys, er bod yfory wedi dod!'

'Dydy amsar yn golygu dim ar adeg fel hon. Mi wela i di tua thri y prynhawn.'

Cododd ei law cyn diflannu o'r golwg a chododd hithau ei gobeithion. Gwyddai ym mêr ei hesgyrn fod pennod newydd ar ddechrau yn ei bywyd, a honno'n bennod gwbl wahanol.

Pennod 8

Canodd y ffôn yn fore – yn rhy fore o lawer wrth fodd Paula oedd yn dal yn ei gwely ac wedi bod yn breuddwydio gyda'r angylion. Er iddi gael profiadau ei bywyd, er mawr syndod iddi, fe gysgodd y funud y cyffyrddodd ei phen â'r gobennydd ac fe ddaliai i fod rhwng cwsg ac effro. Rhwng y gwin coch a'r coffi bach tlws, y sgwrsio byrlymus, y cofleidio a'r angerdd dwys, doedd dim syndod yn y byd nad oedd awydd codi arni.

Doedd dim rhaid iddi godi, serch hynny. Estynnodd am y ffôn a lled-orwedd ar y gwely.

'Ie? Pwy sy'n siarad? Helô … helô …'

'Fi sy 'ma … Lynwen. 'Yt ti'n iawn?'

'Odw. Pam?' gofynnodd Paula'n gysglyd.

'Lle yn y byd o't ti nithwr? Bues i'n ffono 'nôl a mla'n tan wedi hanner nos. Ti'n siŵr dy fod ti'n iawn?'

'Odw, wrth gwrs 'mod i.'

'Wel, o'dd pawb yn becso amdanat ti, ti'n gwbod.'

'Pawb? Pwy yw pawb, er mwyn dyn?'

'Y merched yn y parti cydadrodd. 'Nest ti ddim troi lan yn nhŷ Mirta i ddechre. O't ti ddim yn cofio, neu beth?'

'Y … o'n i wedi anghofio'n llwyr amboutu fe. O'dd hi'n eitha hwyr arna i'n dod 'nôl o'r Afon Fawr, wedi bod gyda'r crwt 'na, Alun Edwards, i ddechre …'

'O, ie. Ond o't ti ddim lawr fan'na tan iddi nosi!'

''Yt ti'n trio bod yn Sherlock Holmes, neu rywbeth?' holodd yn bigog.

'Hei! Pwy sy wedi dwgyd dy uwd di y bore 'ma?'

'Sori. Wedi blino 'na i gyd.'

'Dim ond isie dweud 'mod i wedi bod yn poeni amdanat ti – dim byd arall. Wel, ar wahân bod y newydd wedi dod ynglŷn â'r steddfod oedd fod yn y Cwm. Fydd 'na ddim nawr, mae'n debyg.'

'Dim steddfod! Ond o'dd hi fod i gael ei chynnal yn ystod yr wythnos 'ma. Allan nhw ddim neud pethe fel'na, ŵ!'

'O, gallan. Ma unrhyw beth yn bosib fan hyn! Anghydweld ymhlith y pwyllgor ynglŷn â rhwbeth. Fydd hi ddim yn cael ei chynnal tan y flwyddyn nesa nawr!'

'Mi fydda i'n ddigon pell erbyn 'ny.'

'Bosib y bydda inne 'fyd. Y … ble ddwedest ti o't ti nithwr?'

'Ddwedes i ddim!' atebodd Paula, yn ddigon effro i gofio nad oedd hi wedi gollwng y gath o'r cwd.

'Oho! Be sy mynd mla'n 'da ti 'te?' chwarddodd Lynwen.

'Os 'yt ti mor desperet â 'na, fe weda i wrthot ti. Es i mas am bryd bach o fwyd.'

'M. Wy'n gweld. Ond o't ti'n ddychrynllyd o hwyr yn …'

'Falle 'mod i. Paid holi rhagor. OK?'

'Dim ond diolch 'mod i wedi cael gafael arnot ti nawr. Dim ond awr sy gyda ti!'

'Beth 'yt ti'n 'feddwl?'

'Mae Mirta'n mo'yn i ni fynd draw i gino. A neud trefniade ynglŷn â Steddfod y Wladfa. Bydd honno'n mynd yn ei bla'n, beth bynnag!'

'Erbyn meddwl, bydd raid i fi hedfan yn syth o'r Steddfod honno i Buenos Aires.'

131

'Ma'r wythnose'n hedfan, on'd 'yn nhw? Gwell i ti neud yn fawr o dy amser achos mi aiff rhwng dy ddwylo di.'

'Fe wna i, paid â phoeni!'

'Wela i di yn lle Mirta 'te. Un o'r gloch, iawn?'

I lawr â'r ffôn, o'r diwedd. Yr holl holi! Doedd Lynwen ddim yn dwp. Byddai hi'n siŵr o holi eto, yn nes ymlaen, pan fydden nhw wyneb yn wyneb. A phwy arall fyddai'n holi, tybed? A beth pe gwydden nhw am y trefniadau oedd ganddi ar gyfer y prynhawn hwnnw? Os oedden nhw rywbeth tebyg i bobol Pontyfelin fe âi'r hanes fel tân gwyllt drwy'r dre. Galwad ffôn i Alvear … i Darwin … i Belgrano … i Chacabuco ac oddi yno i Gymru. 'Mi glywish i … Ydy o'n wir, tybad?' Nid bod llawer o ots ganddi am hynny, ond roedd y syniad bod pobol yn trafod ei busnes personol y tu ôl i'w chefn yn groes graen iddi.

Roedd yn hen bryd iddi godi. Y cyfan yr oedd hi am ei wneud y funud honno, a hithau o dan y gawod, oedd ail-fyw profiadau y noson o'r blaen. Gwrando ar ei lais. Cofio'i wên. Teimlo'i gyffyrddiad. Profi'r wefr wrth i'w wefusau gyffwrdd â'i rhai hithau. Yn Gymro ac yn Archentwr am yn ail. Y fath gymysgedd. Roedd un peth yn sicr, doedd Emrys ddim yn uchelgeisiol nac yn grafwr ac roedd y cyfalafiaeth a goleddai ei thad a Cliff yn wrthun iddo.

Yn ddiweddarach y prynhawn hwnnw fe gâi gyfle i adnabod y Cwm a chyfle arall i'w adnabod yntau. Roedd ganddi gant a mil o bethau yr hoffai eu gofyn iddo. Ond, wedi'r cyfan, roedd 'na amser a lle i bopeth. Cofiodd yn sydyn amdani'n aelod o barti llefaru y capel slawer dydd … Ysgol Sul Siloam v. Ysgol Sul Salem. Y frwydr flynyddol yn yr eisteddfod leol a'r darn hwnnw o Lyfr y Pregethwr yn eu hatgoffa o'r ffaith bod amser i bob dim o dan y nefoedd. Ie, amser i eni ac i farw ... i blannu ac i ddiwreiddio ... i gofleidio ac i ymatal ... i geisio ac i golli. Ond yno er mwyn ennill oedd pawb, ac nid er mwyn colli ... Colli amser yr oedd hithe, nawr, wrth ddal i hel meddyliau fel hyn o dan y gawod ... Byddai'n rhaid iddi frysio os oedd hi am gyrraedd lle Mirta mewn pryd.

Mewn llai na hanner awr dyna lle'r oedd Mirta wrthi'n cymell pawb i ddod at y bwrdd.

'Dyna fo, eisteddwch lle y mynnoch chi a tyd di, Máxima, i eistedd wrth ochor dy athrawes a gyferbyn â Pawla, er mwyn i ti gael clywad Cymraeg da, ia?'

Cymerodd bob un ei lle wrth y bwrdd mawr, hirgrwn ac edmygu'r modd yr oedd Mirta wedi mynd ati i'w osod. Roedd gwaith llaw Mirta'n destun edmygedd gwastadol. Y lliain bwrdd a'r llenni, y clustogau a'r gwaith crosio ar gefn y cadeiriau – y cyfan mor raenus yr olwg.

'Neb nad wyt ti'n nabod yn barod, Pawla. Mae pawb yn gwybod pwy wyt ti, beth bynnag. Irma ... Eva ... a Máxima, *sobrina* i fi.'

'Helô,' gwenodd Paula arni a rhyfeddu pa mor denau oedd y ferch. Roedd hi fel styllen.

'Mae Máxima'n meddwl mynd i Gymru y flwyddyn nesa i wneud cwrs Cymraeg, on'd ydy hi, Lynwen?'

'Ydy. Mae hi'n ymgeisydd arbennig. Fe ddylsai hi wneud yn dda iawn.'

'Wyt ti'n edrych ymlaen at gael mynd i Gymru?' holodd Paula, yn awyddus i glywed gair o Gymraeg yn dod o enau'r ferch a eisteddai gyferbyn â hi.

'Ydy ... y ... ydw,' cywirodd ei hun gan edrych ar Lynwen yr un pryd heb wybod ai cerydd ynte canmoliaeth a gâi gan ei hathrawes. Ond ochneidiodd ryddhad y funud y clywodd honno'n dweud, 'Chwarae teg i Máxima. Mae'n gneud ei gorau glas.'

'*Sobrina* i fi ydy ... ' dechreuodd Mirta.

'Mi wyt ti wedi deud hynny unwaith!' Pwy arall ond Eva a'r tafod miniog hwnnw oedd ganddi. Petai ei mam-gu yn ei chlywed, byddai'n siŵr o ofyn iddi a oedd hi wedi cysgu mewn bocs o gyllyll! 'Mi oeddwn i wedi deall mai "nith" ydy'r gair Cymraeg!' aeth yn ei blaen.

Tawelwch mawr am funud. Pawb yn unfarn, ond yn ofni dweud mai hen bitsh o fenyw ydoedd. Penderfynu ei hanwybyddu wnaeth Mirta.

'Er bod Máxima'n ferch i fy chwaer, Boliviano ydy ei thad ac felly does dim gair o Gymraeg ar yr aelwyd. Ond rydan ni'n dwy fach yn ymarfer, on'd ydan ni, Maxi?'

'Ydan,' gwenodd, ei llygaid duon yn pefrio yn ei phen. 'O lle dach chi'n dod yn wreiddiol?' gofynnodd gan droi at Paula.

Gwenodd Lynwen. Mor braf oedd clywed ei myfyrwyr yn defnyddio brawddegau'r ystafell ddosbarth!

'Dw i'n dod o Dde Cymru. O bentref bach o'r enw Pontyfelin,' atebodd Paula'n bwyllog.

'O, 'na chi neis!' gwenodd Máxima ac aeth yn ei blaen yn hyderus. 'Mae'r enw yn debyg i Trevelin!'

'Rwyt ti'n iawn,' gwenodd Paula'n garedig gan droi i edrych arni.

'Dan ni'n arfar cael *asadito* ar ddydd Sul, ond mae Mauro wedi mynd i Bariloche ac Arturo, gŵr Irma efo fo,' esboniodd Mirta gan ddod â'r pupur a'r halen at y bwrdd.

'Sut le yw Bariloche 'te?' holodd Paula gan helpu ei hun i'r melon a'r *jamón crudo*.

'Mae o'n lle tlws iawn. Tref ar lan y llynnoedd. Digon o dwristiaid yn mynd yno.'

'Digon o siocled 'na, hefyd!' ychwanegodd Lynwen. 'Mae 'na un stryd hir lle mae siop ar ôl siop ar ôl siop yn gwerthu dim ond siocledi!'

'Ych! Dim siocled i fi!' meddai Máxima. 'Dydy *modelos* ddim yn bwyta siocled. Dw i isio bod yn y mod … yn fodel yn y dyfodol.'

'Ond *querida mía*, mae'n rhaid i ti fyta neu mi fyddi di fel pigyn dant!' ceryddodd Mirta hi gan ddal potyn cyfan ohonynt o flaen ei thrwyn.

'Os wyt ti isio bod fel Valeria Masa mi fydd yn rhaid i ti fyw ar y gwynt!' dywedodd Irma.

'Twt lol, yr holl sôn am beidio â byta.' Tro Eva oedd pregethu y tro hwn ac fe gafodd flas ar ddweud ei dweud. 'Mae angan bwyd – digon ohono fo, 'nenwedig ar hogan sy'n tyfu. Cwacer … a bara menyn a chaws … a chig.'

Wrth weld bod y ddarpar-fodel wedi mynd i'w chragen braidd, penderfynodd Paula holi mwy am y lle wrth y llynnoedd. 'Y … ydy Bariloche yn bell o fan hyn?'

'Dibynnu be dach chi'n feddwl wrth "bell",' eglurodd Eva gan fynd ati i daenu trwch o fenyn ar y dorth fach ar ei phlat, a rhythu ar y filast ifanc gyferbyn â hi yr un pryd. 'Tua phedwar cant o *kilómetros*. Ond mae'r ffordd yn andros o droellog, tebyg i'r hen ffyrdd ofnadwy yna sy efo chi yn yr Hen Wlad!'

'Ond mae'n werth nabod y lle,' gwenodd Irma'n ddiplomataidd.

'Digon gwir,' cytunodd Lynwen. 'Mi ges i ddiwrnod cyfan yno beth amser yn ôl. Roedd rhaid i Mirta fynd yno i brynu rhyw ddefnydd arbennig ar gyfer gneud cwilt gwely. Cofio, Mirta?'

'Siŵr iawn. Ac mi neson ni gael diwrnod braf yn eistedd

wrth y llyn a chael tynnu'n llun efo rhyw gi San Bernard mwya anfarth. Bydd yn rhaid i ti ddod yn ôl, Pawla, i ti gael nabod y lle.'

'Gawn ni weld,' gwenodd.

Gwenodd llygaid Mirta yn ôl arni. 'Mae rhwbath yn deud wrtho' i y gnei di ddod yn dy ôl yn fuan iawn!"

Roedd y llygaid melfedaidd yna'n siarad cyfrolau ac yn mynd â Paula'n syth bìn at y bore hwnnw y gwelodd Mirta hi ac Emrys yn siarad y tu allan i'r *departamento*, a hithau'n dal yn ei gŵn gwisgo.

Erbyn hyn roedd hi wrth y stôf goed. 'Fideos sy gen i ar eich cyfar chi heddiw 'ma.'

'Nage, nid beth 'yt ti'n 'feddwl,' meddai Lynwen wrth weld yr olwg syn ar wyneb Paula. 'Sbageti mae Mirta'n olygu wrth y rheiny.'

'Dw i ddim isio pasta!' protestiodd Máxima. 'Gormod o *calorias.'*

'Máxima, cariad, rhaid i ti gymryd ychydig bach…'

'*¡Basta!* Digon!' gwrthdystiodd wrth weld ei modryb yn arllwys y pasta a'r saws *boloñesa* i'r fowlen o'i blaen.

'Mae Mirta yn *especialista* mewn gneud *salsa,*' cyhoeddodd Eva'n llawn awdurdod.

'"Arbenigo" ydy'r gair, yntê, Lynwen?' gwenodd Máxima gan edrych ar ei hathrawes.

'Wel, ie. Da iawn ti.'

'Mi fyddwch chi'n swpian eich bysadd wrth fyta'r rheina!' atebodd Eva gan lwyr anwybyddu'r ffaith iddi gael ei chywiro gan hogan mor haerllug.

'Rho chwanag o halan, os wyt ti isio, Pawla,' awgrymodd Mirta, yn ymwybodol o'r tensiwn o gwmpas y bwrdd.

Estynnodd hithau am yr halen, ond wrth iddi wneud

hynny moelodd y llestr ar ei ochr.

'*¡Epa!* Dim un gronyn wedi'i golli, trwy lwc!' dywedodd Irma mewn llais oedd yn cyfleu rhyddhad. 'Dan ni'n credu bod colli halan yn dod ag anlwc.'

'Ninne hefyd,' amneidiodd Paula. 'Ond os digwyddwn ni sarnu halen byddwn ni'n gofalu ei daflu fe dros ein hysgwydd wedyn!'

'Beth ydy *supersticiones* yn Gymraeg?' holodd Máxima gan wthio'r bowlen o pasta yn bellach oddi wrthi.

'Ofergoelion,' atebodd Lynwen fel llycheden.

'Dan ni'n credu bod gweld cath ddu yn anlwcus!' meddai Máxima eto, yn falch o gael siarad am unrhyw beth ar wahân i fwyd.

'I'r gwrthwyneb mae hi yng Nghymru,' eglurodd Paula. 'Cath wen sy'n dod ag anlwc! Beth am y brodorion ... yr Indiaid? Fyddai un ohonoch chi'n gwbod am eu hofergoelion nhw, tybed?'

'Mae Mam wedi sôn ganwaith am ryw stori'n ymwneud â'r llyn,' meddai Irma. 'Wnaeth hi ei hadrodd hi i chi, Pawla?'

'Naddo. Sôn am ei phrofiade fel nyrs nath hi y prynhawn hwnnw.'

'Roedd Mam yn cadw morwyn yn perthyn i lwyth y *millahuala* ers talwm. Mi fyddai honno'n sôn byth a hefyd am ryw lyn yn cynhyrfu i gyd pan fydda cychod yn hwylio arno. Roedd yr Indiaid yn credu bod y llyn yn jelws! Gair Saesneg ydy hwnna, ia? Mi fyddai'r hen bobol yn iwsio geiria Saesneg o bryd i'w gilydd a ninna'n credu mai geiria Cymraeg oedden nhw, wyddoch chi!'

'Cenfigennus ydy jelws!' meddai Eva mor barod ag erioed i gywiro ac i ddangos ei gwybodaeth. 'Mi glywish i Indianas arall yn taeru bod tarw'n dod allan o ganol y llyn ac yn rhedag nerth ei draed ar ôl y gwarthag. A beth oedd y canlyniad? Wel, llond y lle o loea bach, yntê!'

'Maen nhw'n swno'n debycach i chwedlau nag i ofergoelion,' meddai Lynwen gan edrych ar Paula. ''Dyn nhw ddim yn d'atgoffa di o'r Mabinogi?'

'Odyn, maen nhw, erbyn meddwl.'

'Roedd gan yr hen Elder ddarlith ar chwedla a phetha felly,' dywedodd Eva. 'Dach chi wedi cwrdd ag o, eto?'

'Unwaith yn ddigon!' atebodd Irma. 'Dan ni wedi bod efo fo ac mi fuodd o bron â'n byta ni'n dwy!'

'Mae pwdin ar ei ffordd!' galwodd Mirta gan gario powlenaid o ffrwythau ffres yn y naill law a hufen iâ yn y llall.

'Ffrwytha i fi ... a dim ond ffrwytha.' Yr un hen stori o enau Máxima, ond erbyn hyn roedd pawb wedi blino arni, gan gynnwys ei modryb y tro hwn.

'Dan ni ar i fyny yn yr Andes yma pan ddaw hi'n amsar hel y ffrwytha ... Am y cynta i wneud jam!'

'Dw i'n gwybod enwau'r ffrwytha i gyd,' ymffrostiodd Máxima gan ddechrau eu rhestri. Allan â hwy fel bwledi, un ar ôl y llall ... Ceirios, eirin Mair, eirin gwlanog, bricyll, mefus a mafon ...'

'Maen nhw'n eiria diarth i mi,' addefodd Irma. 'Rhaid i ti eu dysgu nhw i'n dosbarth ni, Lynwen.'

'Mi oeddwn i'n gwybod amdanynt,' broliodd Eva, yn amharod i gyfaddef bod yr hogan un deg saith oed wedi meistroli llawer mwy o eirfa na hithau lle'r oedd ffrwythau yn y cwestiwn. A beth am rawnwin?'

'Ond "grêps" dach chi'n dweud!' atebodd Máxima, gan adael Eva'n gwbl fud am unwaith.

'Grawnwin neu grêps,' dywedodd Mirta, 'beth am

"Gwinllan a Foddwyd", ferchaid? Wnawn ni ddim ennill yn y Steddfod leni, os na nawn ni fynd ati o ddifri. Dw i'n awgrymu ein bod ni'n dod at ein gilydd tua chwech i gael ymarfar ychydig.'

Cytunodd pawb y byddai hynny'n syniad da. Roedd yn rhaid ymarfer yn gyson o hyn allan, a chyda help Gabriela ac Elsta mi fyddai'r parti llefaru ar ei ffordd eleni eto i roi'r Andes ar y map.

Brysiodd Paula i ymuno â Mirta wrth iddi ddechrau rhoi rhai pethau i gadw yn y pantri. 'Mirta,' dechreuodd ymddiheuro, 'wy'n flin ...'

'Dw i ddim yn synnu dy fod ti wedi blino, wir!' meddai gan droi i edrych arni.

'Na, na, nid dweud 'mod i wedi blino ydw i. 'Yt ti wedi camddeall. Isie dweud ei bod hi'n ddrwg 'da fi, achos ... achos alla i ddim dod heno ... O'n i wedi addo helpu, wy'n gwbod, ond ... ond ...'

'Does dim angan i ti egluro,' sibrydodd. 'Mae gen i syniad go lew beth sy'n mynd ymlaen, wyddost ti ...'

'Beth? O, wy'n deall nawr. 'Yt ti'n meddwl fel gwnest ti 'y nal i'n siarad ag Emrys a finne yn 'y ngŵn gwisgo, ife? Ond nid fel'na o'dd hi ...'

'Does dim isio i ti ddeud rhagor. Mi welis i'r ddau ohonoch chi'n dod allan o'r Puerta Cristal ... law yn llaw ...'

'Na!'

'Do, mi o'n i'n hwyr fy hunan neithiwr! Peth rhyfadd na fyddet ti wedi clywed yr hen foto'n tuchan! Ond dyna fo roedd y ddau ohonoch wedi ymgolli gymint yn eich gilydd!'

'Wel, pwy feddyliai?' meddai Paula gan godi'i haeliau.

Closiodd Mirta ati a gafael yn dyner yn ei braich.

'Gwranda, Pawlita. Dw i'n nabod Emrys ers blynyddoedd. Yn ei nabod o'n dda iawn ... yn nabod y teulu. Hogyn clên ydy o, felly paid â'i dwyllo. Os nad wyt ti o ddifri, paid â gweld rhagor arno.'

Edrychodd Paula i fyw ei llygaid. 'Cael tipyn bach o sbort o'dd 'y mwriad i, a dim arall, ma'n rhaid i fi gyfadde. Cael mwynhau cwmni rhyw fachgen am gwpwl o wythnose, ond ... ond ... '

'Ond beth?'

'Mae Emrys wedi bod ar 'y meddwl i ... ers y diwrnod cynta i fi'i weld e ... Y gwir amdani, Mirta, wy'n credu 'mod i wedi cwympo dros 'y mhen a 'nghlustie mewn cariad ag e!'

'Ti sy'n gwbod dy betha. A dw inna'n gwbod na fasat ti byth yn cael ei well o yn unman. Ond *por favor*, paid â'i frifo fo, da ti. Mae ôl digon o greithia arno fo fel y mae hi.'

'Dw i ddim yn deall beth 'yt ti'n drio'i weud wrtho' i, nawr.'

'Mae o'n siŵr o ddeud wrthot ti. Ia, gadael iddo fo ddeud fydd ... ' Ond cyn iddi gael cyfle i ddweud gair arall, roedd Lynwen â'i phen yn y drws.

'Dod i weud 'mod i'n mynd,' meddai honno. 'Tipyn o waith i'w wneud ar gyfer fory. 'Yt ti'n barod i ddod, Paula?'

'Y ... odw,' atebodd. Doedd ganddi ddim llawer o ddewis. Mynd fyddai orau iddi hithau hefyd.

Wrth i'r ddwy wahanu ar gornel y stryd trodd Paula at Lynwen a dweud, 'Fydda i ddim yn y practis, ti'n gwbod. Sa i'n siŵr pryd y bydda i'n cyrraedd 'nôl.'

'Hei! Beth yw hyn? Nithwr i ddechre a heno 'to! Ma rhwbeth yn y gwynt, reitiwala!'

'Ma rhywun wedi addo mynd â fi i weld y Cwm, 'na i

gyd,' atebodd Paula'n ddidaro.

'Wel, wna i ddim gofyn pwy!'

'Weda i wrthot ti 'to. Iawn?'

'Joia dy hunan. A gofala beidio â gneud dim byd fyddwn i ddim yn ei neud!' gwenodd Lynwen gan roi pwt i'w braich a throi am adre.

'Wela i di.'

O'r diwedd! Roedd ei thraed yn rhydd ar gyfer taith arall i'r anwybod . . . Edrychodd ar ei horiawr. Prin awr oedd ganddi iddi hi ei hun cyn bod Emrys, yr hogyn clên, ys dywedodd Mirta, yn ei chipio i'r Cwm oedd yn gymaint rhan ohono.

Pennod 9

Fe'i gwelodd yn dod drwy'r ffenest fach yn y talcen a theimlodd y pili-pala'n hofran yn bryfoclyd yn ei stumog. Heb gymaint â disgwyl iddo guro'r drws, dyma'i agor led y pen.

'Waw! Pwy sy am gêm o bowls 'te?'

'Dw i ddim yn deall,' atebodd Emrys gan ei ddilyn i mewn i'r tŷ.

'Dy weld ti wedi gwisgo yn dy wyn i gyd. Dyna fydd pobol sy'n whare bowls yn ei wisgo – trwser gwyn a chrys gwyn. Maen nhw'n dy ddaro di i'r dim.'

'Gwyn neu beidio dw i'n bell o fod yn angel, cofia, er bod gin i gefndar o'r enw Gabriel!' cellweiriodd gan anwesu ei hwyneb. 'A beth am Polagata, pa gêm mae hi'n mynd i chwara heddiw, tybad?' holodd gan astudio'r hyn oedd amdani ac edmygu ei choesau siapus.

'Ydw i'n iawn fel hyn? Fe roies i'r rhain amdana i rhag ofn y bydden ni'n mynd i ddringo neu rwbeth,' eglurodd gan gyfeirio at y siorts hir, lliw gwyrdd oedd bron â chyrraedd ei phengliniau.

'Maen nhw'n berffaith,' atebodd Emrys yn llawn edmygedd.

'Wy'n mynd i orffen cribo 'ngwallt. Stedda am funud.'

Eisteddodd Emrys wrth y bwrdd lle'r oedd copi o'r *Clarin* yn ei blyg. Agorodd ef a mynd fel melin wynt o dudalen i dudalen. Roedd y newyddion yn ddigon i godi cyfog ar rywun: 14m yn byw mewn tlodi … 20% yn ddi-waith … pobol yn disgwyl hydoedd am gyflogau … yr henoed heb bensiwn … Ansicrwydd ynglŷn â dibrisio'r *peso* … Y Cenhedloedd Unedig yn disgwyl i'r Ariannin i anfon milwyr i —

'Beth sy, Emrys?' gofynnodd Paula wrth ei weld yn dal ei ben yn ei ddwylo.

'Cyflwr petha yn y wlad 'ma,' meddai gan blygu'r papur newydd a'i roi yn ôl yn ei le. 'Mae'n mynd o ddrwg i waeth. Mae 'nghalon i'n torri wrth weld y wlad rwy'n ei charu yn cael ei gwaedu!' Cododd a mynd draw ati. 'Ond, heddiw dan ni'n dau'n mynd i fod yn hapus, *eh*. Tyd i ni gael mwynhau'r prynhawn, beth wyt ti'n 'ddeud?'

Cydiodd yn ei law a'i arwain allan drwy'r drws.

O flaen y *departamento* safai cerbyd newydd sbon. Rhythodd yn gegagored arno. 'Nid hwn yw'r Chevrolet weles i beth amser yn ôl! O'dd hwnnw bron â madael wrth ei gilydd!'

'Ia, yr un un ydy o. Edrych yn *cero-cero* mae o!'

'Alla i ddim credu'n llyged! 'Yt ti'n gallu troi dy law at dipyn o bopeth, on'd 'yt ti?'

'Mae 'na derfyna,' gwenodd i lawr arni. Yn un peth, wn i ddim a ydw i'n dy drin ditha'n iawn … Cymraes o'r Hen Wlad … merch o'r byd cyntaf …'

'Dim rhagor!' meddai Paula gan roi ei bys ar ei wefus. 'Wrth gwrs dy fod ti'n 'y nhrin i'n iawn.'

Cusanodd ei bysedd yn eu tro cyn prysuro i agor drws y cerbyd iddi a rhoi help llaw iddi ddringo.

'Mm … mae gwynt newydd i mewn fan hyn. Gwynt pâr o fenig lleder,' meddai Paula ar ôl i Emrys gymryd y llyw.

'Ogla wyt ti'n 'feddwl, ia? Mi wnes i roi croen newydd am yr hen sedd.'

'Mae'n gyfforddus 'fyd a digon o le arni.'

'Dyna fo, tyd yn nes. Dan ni ddim isio gadal i'r un gwyfyn ddod rhyngon ni heddiw!' chwarddodd gan redeg ei law i fyny ac i lawr ei braich nes i Paula deimlo'r blewiach mân oedd arni yn codi. Cyfarfu eu llygaid am ennyd.

'Gwell i ni gychwyn, ia?' sibrydodd yn ei chlust.

Ymhen tipyn roedden nhw'n gadael y dre o'u hôl ac yn anelu am y Cwm. Ar y chwith iddynt tyrrai rhyw fynyddau uwch na'r gweddill.

'Y Mynydd Llwyd, dacw fo. Wedi'i enwi ar ôl Llwyd ap Iwan, mab yr hen Feical D. Jones. Rwyt ti'n gyfarwydd â'r hanas, debyg iawn.'

'Fe o'dd yr un gafodd ei lofruddio yn y Co-op yn Nant y Pysgod ontefe?'

'Ti'n iawn. Y Mynydd Llwyd fydd o i'r Cymry, wrth gwrs, ond Nahuel Pan, sef Pen y Teigr, oedd enw'r Indiaid arno.'

'Mawredd! Mae e'n glamp o fynydd 'ta beth.'

''Dy o ddim mor uchel â rhai o fynyddoedd yr Andes. Tua chwe mil a hannar o droedfeddi, fel byddwch chi'n mesur.'

'Mae hynny'n golygu ei fod e'n uwch na'r Wyddfa!'

'Polagata, y gwir amdani, mae'n brynia ni'n uwch na'ch mynyddoedd chi!'

'Sôn am fod yn uwch,' meddai Paula gan ymestyn ei gwddf, 'mae 'da fi deimlad ein bod ninne'n uwch na phawb arall y pnawn 'ma. Mae'r cerbyd 'ma'n grêt! Wy'n gallu gweld am filltiroedd!'

'Does dim byd i guro pic-wp! Mae o'n uchal ac yn ddigon cry hefyd ar gyfar y ffyrdd cerrig yma, fel y cei di weld. Maen nhw'n deud bod ffyrdd yr Hen Wlad yn andros o gul a throellog.'

'Twyllo'r ceffyle oedd yr amcan, yn lle'u bod nhw'n blino a diffygio wrth weld y ffordd faith o'u blaenau.'

'Gobeithio wnei *di* ddim blino ar y daith, beth bynnag, nac ar y cwmni chwaith!' chwarddodd Emrys.

'Dw i ddim yn meddwl bydd isie i ti boeni am hynny!'

Cyn pen fawr o dro roedd y Cwm yn ymestyn o'u blaen, ei gôt wanwynol yn wledd i'r llygad.

'Ar y dde yn fan'ma mae ffarm Fred Williams ... ac ychydig yn nes i fyny, ffarm Ned Owan. Roedd yr un ar y llechwadd ar y chwith yn perthyn i Islwyn Morgan. Weli di'r poplars? Arwydd bod 'na Gymry wedi bod yno. Y nhw blannodd y coed i gyd yn y Cwm yma.'

'Roedd rhai o'r ffermydd yn enfawr, wel, yn ôl yr hyn rwy wedi'i ddarllen.'

'*¡Exacto!* Roedd rhai ohonynt dros chwe mil o erwa. Gan fod y llywodraeth isio gweld pobol yn ymsefydlu yn y wlad 'ma o dan faner Archentina, mi gadd y Cymry delera da iawn. Digon o dir a cheffyla a defaid a had i hau!'

'Bobol bach! Fe wnath yr hen Gymry'n dda iddyn nhw'u hunen 'te. Yn lle cael eu gwasgu gan y meistri tir yn eu gwlad enedigol, fe gawson nhw'u hunen ar ben eu digon mewn gwlad estron!'

'Roedd pris da am y gwlân, weli di, a galw mawr amdano fo. Rŵan 'ta, y poplars draw acw. Ffarm Benjamin Rees oedd honna. Roedd tipyn o sôn amdani ar un adag. Y fo oedd yn cynhyrchu'r gwenith gora nes i Peron gydweithio efo un o *capitalistas* mwya De America. Dyna ddiwadd ar fasnachu blawd yn Patagonia. Mae ffarm yr hen Benjamin yn eiddo i ryw *boliviano* erbyn hyn ac mae'r tŷ mawr oedd yno wedi mynd â'i ben iddo!'

'*Ichabod!*' ochneidiodd Paula.

'Gair Cymraeg ydy hwnna? Neu *aleman*, falla.'

'Dim un o'r ddau. Gair Hebraeg yw e. Fe wnes i raglen radio unweth, yn ymwneud â'r Iddewon yng Nghymru. Tipyn o waith ymchwil i'w wneud, ti'n gwbod. Wy'n cofio'r gair yn iawn. Rhwbeth fel "gogoniant a fu" yw ei ystyr e. Rhwbeth gwych yn perthyn i'r gorffennol. Mae e'n disgrifio'r Wladfa.'

'Ar ryw ystyr mae'r Wladfa wedi peidio â bod. Ond mi weithiodd yr hen bobol yn galad i sefydlu beth roeddan nhw'n ei alw'n Wladychfa Gymreig.'

'Mae 'na barch mawr i'r Cymry yma o hyd, on'd oes e?'

'Oes. Anialwch fyddai yma oni bai am eu hymdrechion nhwtha. Y Cymry oedd yr arloeswyr. Amaethu, agor camlesi, dechra gneud rheilffyrdd a phetha erill.'

'Rhyfeddu ydw i at y gwahanol fathau o wyrdd sy 'ma.'

'Mi neson ni gael tipyn o law yn y gaea, dyna pam.'

'Emrys?'

'Ia.'

'Wy mor falch dy fod ti wedi gofyn i fi ddod ...'

'Am sawl rheswm, gobeithio,' dywedodd gan droi i edrych arni. *¡Epa!* Gwell i fi gadw'n llygid ar y ffordd. Nest ti weld y blincin carrag 'na? Pam wyt ti'n chwerthin?' gofynnodd yn syn.

'Dy glywed di'n dweud "blincin". O'dd e mor annisgwyl.'

'Wn i ddim be ydy'i ystyr o, chwaith. Clywad brawd i Taid yn ei ddeud o pan fydda fo'n fo'n mynd o'i go, felly.'

''Yt ti'n gyrru'n dda. Dipyn gwell na llawer un wy wedi'i weld yn yr Andes 'ma!'

'O barch i ti. Dw i'n gallu mynd fel cath i gythral, pan dw i'n dewis, cofia.'

'O! Beth yw hwnna draw fan'na?'

'Y *Museo*. Newydd roi'r gair Cymraeg i fyny maen nhw. Dylanwad yr athrawon o Gymru, siŵr iawn! Hen felin oedd yno flynyddoedd yn ôl. Yr oes aur, ia, pan oedd y caea yn fôr o wenith a hwnnw'n cael ei falu'n flawd yma ac yn cael ei *exportar*. Be 'dy hwnnw yn Gymraeg?'

'Allforio yw'r gair ...'

'Fel morio allan! Da, yntê? Y fath lewyrch oedd yma tan i'r penlleidar, *Perón* yna, wneud yn siŵr nad oedd 'na sacha yn cyrraedd yma ... Be well ydw i o sôn ...? Wyt ti isio agor 'chydig ar y ffenast? Dan ni wedi gadael y llwch am dro.'

'O! 'na welliant!' dywedodd Paula wrth deimlo'r awel yn llifo trwy gil y ffenest. 'Mae'n neis i gael cŵlo.'

'Polagata! Be ddeudist ti, rŵan? Glywis i ti'n deud *culo?*'

'Do, cŵlo. Gair dierth i ti. Bratiaith – hanner Saesneg, hanner Cymraeg. Oeri mae e'n 'feddwl.'

'Mae o'n golygu peth cwbwl wahanol yn Sbaeneg. Culo ydy pen-ôl, wyddost ti!'

'O diyr!' meddai Paula cyn i'r ddau dorri allan i chwerthin.

Yn y pellter, gwelodd Paula rywbeth a debygai i gapel.

'Mae o cystal â bod wedi cau,' oedd yr ateb pan ddechreuodd hi ei holi yn ei gylch.

'Hwn 'to yn perthyn i'r gorffennol?'

'Agor ei ddrysa unwaith y flwyddyn i gynnal Cymanfa Ganu falla.'

'Lle bydd Cymry'r Cwm yn addoli 'te?'

'Hen ddigon o ddewis, am wn i. Y Brodyr neu *Testigos Jehova*, y Mormoniaid neu'r Methodistiaid, yr *Evangelistas* ...'

'Neu'r Eglwys Gatholig?'

'Ia, honno hefyd.'

Ai dyma'r cyfle i grybwyll ei bod hi wedi'i weld e yn yr

Eglwys? A gâi hi wybod beth oedd arwyddocâd y rhosyn coch a'r llygaid llawn dagrau?

'Fyddi di'n mynd i un ohonyn nhw weithie?'

'Na fydda. Dim ond i Ainon, a hynny mond pan fydd pregethwr wedi dod am dro o'r Hen Wlad. Y flwyddyn ddwedda mi wnes i ddiflasu'n llwyr wrth fynd yno i wrando ar rywun. Sôn am weiddi! 'Chydig iawn wnes i ddeall, wyddost ti. A wnaeth o ddim edrych ar neb ohonom drwy'r bregath. Pregethu i'r wal!'

'Dim cyswllt llygad.'

'Dim o gwbwl. A'r flwyddyn gynt roedd rhyw ddynas yno. Ar ei gwylia oedd honno ac isio pregethu yn Gymraeg, medda hi. Wnaeth hitha ddim cymint â chodi'i phen o'i phapur. Darllan pob un gair! Yn gywir fel swp heb halan!'

'Diflas. Wy wedi clywed rhai tebyg fy hunan.'

Erbyn hyn roedden nhw wyneb yn wyneb â'r capel bach.

'Wnawn ni ddisgyn am ychydig?' awgrymodd Emrys.

'Bydde hynny'n neis.'

Cerddodd y ddau law yn llaw a dringo'r bryncyn nes iddynt ddod at ddrws y capel.

'Mae cot o baent ffres ar y drws, beth bynnag,' dywedodd Paula. 'I fan hyn o't ti'n arfer dod pan o't ti'n grwt bach?'

'Ia. Pan o'n i'n hogyn bach mi oedd y lle 'ma'n reit lawn. Cofio'r hwyl y basan ni'n ei gael wrth hel ein traed o'ma fel criw ifanc. Hynny'n digwydd tan 'mod i'n un ar bymthag ac wedi dechra ar 'y mhrentisiaeth ...'

'A beth wedyn? Cadw draw ...'

'Ia. Cadw draw ar ôl ... ar ôl i mi glywad ... beth neson nhw i Nain,' meddai Emrys yn chwerw.

148

Gwasgodd Paula ei law yn garedig. Wedi munudau o dawelwch, meddai:

'Roedd hi'n ifanc ... yn ddibriod ... ac yn disgwyl plentyn. Felly, neson nhw ddangos y drws iddi ... ei thorri hi allan o'r capal ... y capal hwn!' meddai gan roi ergyd â'i droed i'r garreg fawr oedd yn ymyl y drws.

'Ei thorri hi mas! O'n nhw'n arfer gneud 'ny yng Nghymru 'fyd.'

'Ac wyt ti'n galw peth fel yna'n Gristionogaeth?'

'Na'dw. Y Phariseaid o'dd yn neud pethe fel'na.'

'Y Phariseaid? Wnaeth O mo'u galw nhw yn fedda wedi'u gwyngalchu, dywad?'

'Do. Rhaid dweud bod tipyn o ragrith y Phariseaid wedi ffindo'i ffordd i mewn i grefydd yng Nghymru.'

'Rhagrith. *Hipocresía*, siŵr iawn.'

'Yn hollol. Ma capeli Cymru wedi talu pris uchel am hwnnw.'

'Cau ydy'u hanas nhwtha, hefyd?'

'Maen nhw'n cau un ar ôl y llall. I weud y gwir, cyflawni hunanladdiad maen nhw. Dewis marw yn lle symud gyda'r oes!'

'Falla'u bod nhw'n haeddu marw ... fel hwn. Pan gafodd Nain ei hel oddi yma, wyddost ti pwy oedd ymhlith y rhai oedd yn gyfrifol?'

Ysgydwodd Paula ei phen.

'Ei thad ei hun! Fy hen daid inna. Yn ei ddillad dydd Sul, yn wasgod ac yn wats a chadwyn aur - mae gin i lun ohono - mi wnaeth o fotio yn erbyn ei hogan ei hun!'

'Fel yna oedd hi yng Nghymru, 'fyd. Mae'n anodd credu, on'd yw hi?' meddai Paula gan roi ei llaw ar ffrâm gul y drws. 'Emrys?'

'Ia.'

'Briododd dy fam-gu? Briododd hi dad ei phlentyn yn y diwedd?'

'Naddo. Wnaeth yr hen ddyn dim caniatáu'r fath beth, er mai fo, greda i, oedd ei gwir gariad hi. Mi oedd o'n digwydd perthyn i genedl arall. Roedd hynny'n bechod hefyd!'

'Mae'n hanes trist iawn.'

''Dy hi ddim yn gorffan yn fan'na. Mi wnaeth yr hen daid ei gorfodi hi i fagu'r plentyn ar ei phen ei hun nes bod yr enath fach yn flwydd oed. Gwaeth i ddod. Mi drefnodd wedyn bod yn rhaid i Nain ei rhoi hi i ffwrdd.'

''Na beth creulon,' ochneidiodd Paula.

'Uffernol o greulon! A Chymro pur o'r Hen Wlad, *eh*, dyna oedd yr hen daid!'

'Faddeuodd e iddi hi o gwbwl?'

'Pwy a ŵyr? Falla gwnaeth o fadda, ond yn sicr, wnaeth o byth anghofio. Chafodd Nain mo'i hetifeddiaeth yn llawn fel y plant erill, er mai hitha, yn ôl pob hanes, wnaeth wlychu'i wefusa fo, pan oedd o ar ei wely anga ... Dyna galon y gwir i ti.'

'Gan dy fam-gu ... dy nain, y cest ti'r holl hanes?'

'Y nefoedd fawr! Ganddi hi? Nage. Wnaeth hi ddim sôn gair am y peth. Na neb yn y teulu chwaith. Digwydd clywed rhyw hogia'n trafod y peth yn fy nghefn ddaru mi. *Característica* o'r Cymry. Cau fel wystrys yn eu cragan. Fel yna maen nhw'n union. Yn gaeedig ... dim isio tynnu sylw atyn nhw'u hunain ... yn amharod i fynegi'u teimlada. Cadw o'r golwg ...'

'Fel ieir dan badell, math o beth!'

'*¡Exacto!* Rhaid cyfadda eu bod nhw wedi bod yn reit fentrus ar y cychwyn. Mynnu hunanlywodraeth ... addysg

Gymraeg i'w plant. Ond roedd hynny pan oeddan nhw'n feistri arnyn nhw'u hunain. Gydag amsar gorfod iddyn nhw anfon eu plant i ysgolion lle'r oedd pob dim yn Sbaeneg.'

'Ond beth petai'r hen daid yn codi'i ben ac yn clywed Dewi Emrys Jones yn traethu mor huawdl? Ac mewn Cymraeg mor raenus. Mae'r peth yn anhygoel.'

'An-hyg-oel. Dim yn gallu coelio, ia? Fel anghredadwy!'

'Yn hollol.'

'Y cyfan sy gin i ddeud ydy ei bod hi'n anghredadwy neu'n anhyg ... anhygoel 'mod i wedi cwrdd â rhywun fel ti, Pawla.'

'Ti'n meddwl 'ny?'

'Tyd yma,' meddai Emrys gan ei thynnu ato a'i chusanu.

Cefnodd y ddau ar yr hen gapel a cherdded at y cerbyd. Cerdded law yn llaw mewn distawrwydd.

Cyn bo hir, chwyrnai'r Chevrolet ei ffordd ar draws y llwybr caregog.

'Dim gobaith dod â moto-beic i fan hyn, *eh*?'

'Dim gobaith caneri!'

'Heb glywad y dywediad yna o'r blaen.'

Wrth gael ei hysgwyd o'r naill ochr i'r llall ar y trac twmpathog meddyliodd ai mewn cariad â chariad oedd hi? Neu mewn cariad ag Emrys? Pam yr oedd Mirta wedi mŵedd arni i beidio â'i frifo? Beth oedd y creithiau y soniodd amdanynt? Doedd hi ddim damaid yn nes at ddatrys y dirgelwch o'i gwmpas.

'Mae Polagata'n ddistaw. Popeth yn iawn?'

'*¡Sí, todo bien!*'

'Mae dy Sbanis di'n anhygoel!' meddai gan roi pwt chwareus iddi. 'Mae gennon ni dair iaith rhyngon ni! Wyt ti'n mwynhau dy hun, 'nghariad i?'

151

'Odw, mas draw,' gwenodd.

'Wel, dyna i ti bedair iaith, rŵan! Wli ... wli ... Gorsedd y Cwmwl! Dim eira ar ei gopa heddiw. Ond mae 'na un mynydd ac eira ar ei gopa haf a gaeaf. Mae hwnnw'n cael ei nabod fel y *cocinero* am ei fod o'n debyg i het cogydd!'

'Mae'r enwau 'ma'n ddiddorol iawn.'

'Ydyn. Afon Percy, afon Abercyrrants ... Mynydd Edwin a Mynydd Pico Thomas ... Dyna hi. Weli di hi?' cynhyrfodd. 'Y Graig Goch! O'r lle nacw y gwelodd y Cymry y Cwm yma am y tro cyntaf.'

'Ac yn meddwl eu bod nhw wedi cyrraedd Paradwys!'

'Oeddan. Ar ôl misoedd yn croesi'r paith.'

'Mae Patagonia, fel gwyddost ti, yn dechra yn yr Afon Goch ac yn gorffan yn Nhir y Tân yn y De. Ond dyma Patagonia i mi. Y Cwm ei hun.'

'Fe haeddodd e'i enw, on'do? Cwm Hyfryd.'

'Rho'r ffenast i lawr, nid i ti gael cŵlo,' chwarddodd Emrys. 'Ond i ti gael anadlu awyr iach y Cwm.'

'M ... hy ...' Mae yn bur. Dere i fi ga'l tynnu dy lun di â'r Cwm yn y cefndir.'

'*¡Bueno!*' gwenodd gan ufuddhau i'w chais a disgyn.

'Ac a wnaiff Arglwydd y Cwm wenu, *por favor?* 'Na welliant! 'Yt ti'n ... 'yt ti'n *totalmente irresistible* pan 'yt ti'n gwenu arna i fel'na!'

Chwarddodd Emrys. 'Rŵan, pwy sy'n fflyrtian? Tyd yma.' Roedd e'n edrych arni â'i lygaid glas. Teimlai ei chalon yn curo fel gordd. Mater o nawr neu fyth oedd hi ... Ei wefusau ar ei gwefusau hi ac roedd hi yn ei seithfed nef.

'At y llyn, nesa,' meddai wrthi. 'Mi allwn ni eistedd i edrych arno ... ac ar ein gilydd.'

'Odyn ni'n mynd i gerdded yno?'

'Dim os nad wyt ti awydd cerddad dau ddeg pump *kilómetro!*'

'O, Emrys!' chwarddodd yn braf.

'Dw i wedi bod yn pysgota ac yn cysgu yno hefyd. Cysgu o dan y sêr …'

'Gyda dy gariad?'

'Nage. Dw i erioed wedi dod â hogan mor bell â hyn. Efo dau neu dri o ffrindia,' atebodd gan wasgu'i llaw a'i harwain yn ôl at y cerbyd.

Wrth i'r Chevrolet fynd ar ei ffordd drachefn, ysgydwai o'r naill ochr i'r llall. Llwch a cherrig. A mwy o gerrig. Tro pìn-gwallt sydyn. Dringo a mwy o ddringo a chael cip ar yr Afon Fawr honno a lifai i'r Môr Tawel.

'O!' dychrynodd Paula. 'Beth sy'n llamu o'n bla'n ni? Piwma?'

'Mae amball gath wyllt o gwmpas o hyd, ond sgwarnog ydy honna,' chwarddodd.

'Sgwarnog? Ond mae'n fowr iawn. Mae fel cangarŵ!'

'Sgwarnog *Patagónica!* Ydy mae yn fawr, rhaid cyfadde.'

'A'r rheina sy'n hofran? Beth yw'r rheina, tybed?'

'Yn lle, rŵan? Wela i ddim byd. Mae llygid da gen ti.'

'Wy'n gwisgo lensys!' cyfaddefodd.

'Mae gin ti fantais arna i, felly! Mi wela i nhw, rŵan. Rwyt ti'n lwcus. Nid pawb sy'n gallu deud eu bod wedi gweld y condor. Mae 'na bedwar ohonyn nhw. Oen wedi marw, falla, neu fuwch. Wyt ti am gael ffoto ohonyn nhw cyn eu bod nhw'n disgyn?'

'O, ydw. Cymera di'r camera. Tynna di lun ohonyn nhw.'

'Mi wna i unrhyw beth i ti,' gwenodd. 'Dyna fo. Mi fydd o'n llun da hefyd.'

Ar ôl gyrru am gilometr neu ddau daethant at ryw fan

agored lle roedd modd gweld y llyn.

'Dim tŷ na thwlc yn unman,' meddai Paula.

'Dim eto. Ond mae 'na Gymry'n byw yn nes i lawr. Cadw gwartheg yma dros y gwanwyn a'r ha a symud i ffarm yn nes at y dre yn y gaeaf.'

'Fel yn hanes Cymru, 'te. Gyda newid y tymhorau byddai pobol yn symud o'r hafod i'r hendre.'

'O, ia? Diddorol. ¡Bueno! 'Dan ni bron â chyrraedd pen y daith. Mae rhywrai wrth y llyn o'n blaena ni. Weli di nhw?'

'Nid fflamingos?' synnodd. 'Ie, 'na beth 'yn nhw, 'fyd. Mae 'na warchodfa natur heb fod ymhell o'r lle wy'n byw ac mae 'na fflamingos yno.'

'Dylwn i ddod draw i'w gweld nhw rywbryd!' meddai Emrys gan roi pwt i'w choes. 'Tyd i ni gael eistedd yng nghysgod y coed *maitenes* acw.'

Disgynnodd Paula o'r cerbyd a syllu ar y llyn llonydd cyn i Emrys ymuno â hi gan gario basged wellt yn un llaw a charthen yn y llall.

''Yt ti wedi meddwl am bopeth!'

'Mi wnaeth Juana rai teisennod bach a ...'

'Juana?' crychodd Paula ei thrwyn. 'Y ... pwy yw Juana, os ca i ofyn?'

'Y ddynas sy'n glanhau'r tŷ i mi.'

'O.'

'Paid â phoeni. Mae hi mhell dros ei hannar cant ac yn nain i bump o blant!'

'O, wy'n gweld,' atebodd Paula a thinc o ryddhad yn ei llais.

Taenodd Emrys y garthen ar y borfa ac eisteddodd y ddau i fwynhau'r olygfa a chynnwys y fasged.

'Beth am gerdded ychydig o gama?' awgrymodd Emrys

154

gan gadw'r cwpanau coffi. 'Mi nawn ni adal y petha o dan y goedan.'

Estynnodd ei law a helpu Paula i'w thraed.

'Tyd yn dy flaen, Polagata,' chwarddodd, gan ddal i afael yn ei llaw.

Dyma nhw'n dod ar draws clwyd fechan ac aros. Tynnodd Emrys hi i'w freichiau'n ddioed.

'Wyddost ti beth?' Ysgydwodd hithau ei phen. Yr oedd hi'n gynnwrf i gyd ac yn blysu am ei gyffyrddiadau. Edrychodd yntau i lawr arni gan roi cudyn o'i gwallt y tu ôl i'w chlust ac anwesu ei grudd. 'Mae dy groen di mor llyfn â'r cerrig mân sydd yn afon Percy, a dy lygid yn loyw fel y llyn islaw, mae dy wefusa fel … fel mefus gwyllt yr Andes, neu win gora Mendoza …'

Tynnodd hi ato gan godi ei gên â'i fys bach. Cusanodd hi ar ei thrwyn … unwaith … ddwywaith. Yna cyfarfu eu gwefusau, yn dyner i ddechrau, ac yna'n nwydwyllt. Wyneb yn erbyn wyneb a chorff yn erbyn corff.

'Wyt ti'n iawn?' gofynnodd iddi o'r diwedd. 'Rwyt ti'n crynu fel deilen.'

'Ti sy'n cael effaith arna i,' gwenodd. 'Y ffordd 'yt ti'n 'y ngharu i … popeth … dy lais di, y ffordd 'yt ti'n siarad … 'Set ti'n byw yng Nghymru, ti'n gwbod beth fyddet ti?'

'Na wn i.'

'Bardd!'

'Pam, ydy beirdd yn cusanu fel hyn?' Chwiliodd am ei gwefusau drachefn a'u cael yn barod i dderbyn ei rai ef.

'Tybed ydy beirdd Cymru'n gwybod am flas gwin go iawn?' gwenodd Emrys.

'Blas gwin! Gwranda ar y pennill yma,' sibrydodd Paula:

'"A synio'r wyf mai sŵn yr iaith,

Wrth lithro dros ei min
Roes i'w gwefusau'r lluniaidd dro,
A lliw a blas y gwin".'

'Dyna felys i'r glust. Ti sgwennodd hwnna?'

'Y fi?' chwarddodd. 'Nage, wir. Bardd ar ddechre'r ugeinfed ganrif. Yn rhyfedd iawn, Jones oedd ynte 'fyd!'

'Dydy hi ddim yn rhyfadd o gwbwl achos mae pawb, bron, yn Jones ac mae pawb yn barddoni! Ond dw i'n mynd i sibrwd geiria melys yn dy glust di, rŵan. Cau'r llygid 'na a gwranda …

'"¿Qué es poesía? – dices mientras
clavas en mi pupila tu pupila azul.
¿Qué es poesía? ¿Y tú me lo preguntas?
Poesía … eres tú".'

'M … yh,' ochneidiodd Paula. 'Ti sgrifennodd rheina?'

'¡No, no, chica linda! Gwaith Gustavo Adolfo Becquer! Beth ydy barddoniaeth? Dyna mae o'n ei ofyn. Dy lygad yn fy llygad … ti yw barddoniaeth.'

'O, 'na neis.'

'Dw i'n edrych i lawr ac yn gweld merch dlws yn fy mreichia … ond beth wyt ti'n ei weld?'

'Cymro … ie, Cymro â llyged glas, gonest … a …'

'Pawla …' meddai gan gloi ei wefusau am ei rhai hi. 'Pawla?'

'Ie.'

'Wnei di 'ngadal i i dy garu di … fel dw i'n gallu? Dy garu di fel Archentino?'

'A shwd, wn i, mae Archentino fod i garu?' holodd gan fynd yn llipa yn ei freichiau.

Cydiodd am ei chanol a'i chodi a'i chario i glydwch y Chevrolet.

* * *

'Welaist ti fachlud haul tebyg i hwn 'y nghariad i?' gofynnodd Emrys wrth iddynt syllu i lawr ar y llyn a chychwyn am adre.

'Naddo, erioed yn 'y mywyd,' atebodd Paula gan edrych arno'n freuddwydiol.

'Mae 'na rwbath rhyfedd mewn machlud. Dyna sut dw i'n gweld Archentina y dyddia rhain. Mae 'na fachlud yn ei hanes hi, wyddost ti.'

'Ond does yr un machlud heb fod gwawr yn dilyn.'

'Mae hynny'n wir ym myd natur. Ond tybad a ddaw dyddia gwell yn hanas y wlad yma ar ôl diodda degawda o chwyddiant i ddechra, heb sôn am betha erill?'

'O'n i ddim yn sylweddoli bod pethe cynddrwg tan i fi ddarllen y papur newydd.'

'Doedd dim disgwyl i ti wbod a thitha'n troi ymhlith *capitalistas!* Rŵan 'ta, beth ydy hwnnw yn Gymraeg, tybad?'

'Cyfalafwyr.'

'Cyf-al-af-wyr. Dyna fo, nhwtha sy tu ôl i'r holl anhrefn yn y wlad.'

'O'n i wedi cael ar ddeall bod Banc y Byd, serch hynny, wedi bod yn hael iawn â'u benthyciadau!'

'Hm! A Gogladd America yn gneud ei gora i ymddangos fel rhyw Santa Clôs, ia?'

'Ma'n nhwythe wedi diodde hefyd. Peth dieflig o'dd ymosod ar y ddau dŵr 'na, smo ti'n meddwl?'

'Ie, debyg.'

''Na i gyd sy 'da ti 'weud?'

'Na, mi allwn i ddeud llawar. Ond y cyfal … cyfalafwyr wnaeth ei greu o.'

'Creu beth neu bwy?'

'Y Frankinstein Newydd! Wrth dargedu'r ddau dŵr yna, targedu anghyfiawnder oeddan nhw … *capitalismo* … rŵan 'ta, cyfalaf–'

'Cyfalafiaeth. Ond cyfalafiaeth neu beidio, o'dd hi'n beth uffernol bod yr holl bobol ddiniwed yna wedi colli'u bywyde.'

'Siŵr iawn. Ond beth am waed holl *inocentes* y byd? Y miliynau sydd wedi cael eu cam-drin a'u condemnio i farwolaeth? Y rhai hynny sydd wedi cael eu saethu mewn … mewn gwaed oer?'

'Wy'n cytuno bod gormod o anghyfiawnder …'

'Oes, gormod. A dan ni'n dau wedi siarad gormod, hefyd, ar ôl … ar ôl yr awr fach felys gawson ni, *eh*?'

'Odyn, sbo,' gwenodd Paula gan roi ei llaw ar ei ben-glin a'i gwasgu.

'Rhagor o hwnna, Polagata, a bydd yn rhaid i ni stopio'r pic-wp cyn cyrraedd adra!' chwarddodd Emrys.

Ymlaen â hwy mewn distawrwydd gan fwynhau cwmni'i gilydd a llais unigryw Luis Miguel yn canu *'Somos novios'* yn boddi chwyrnu cyson y Chevrolet.

'Pawla?'

'Ie.'

Dw i awydd galw ar rywun …'dy o ddim yn bell oddi yma. Arfar galw bob wythnos a deud y gwir, ond mi o'n i isio gorffan y gwaith ar y pic-wp yma yn un peth.'

'Iawn. Galwa di. Mi wna i dy ddishgwl di …'

'Na, mi elli di ddod efo fi …'

'Fel hyn? Ond dw i ddim wedi gwisgo'n ddigon gweddus,' anesmwythodd. 'A beth am 'y ngwallt i a a …?'

'Rwyt ti'n berffaith fel wyt ti. Dacw fo'r tŷ rŵan.'

158

'Hwnna? Wy'n nabod y lle 'na. Nantlwyd yw hwnna.'

'Ia siŵr. Sut y gwyddost ti hynny?'

'Achos 'mod i wedi bod 'na, dyna pam.'

'Beth? ... Pryd?'

'Fe fues i yma yn holi Nel ar gyfer y gyfres radio ...'

'Ond pam na fasat ti wedi deud?'

'O'n i'n meddwl 'mod i wedi sôn. Bues i'n cyf-weld pobol fel Samuel Hughes a'i briod a ...'

'Ond mae'n rhaid ei bod hi wedi deud rhwbath amdana i ... a hitha'n nain i mi!'

'Nain!' bloeddiodd Paula. 'Nel yn nain i ti! ... Ti'n tynnu 'ngho's i!'

'Nac'dw. Fedra i ddim credu na wnaeth hi ddim sôn amdana i, chwaith. Mae'n rhaid ei bod hi wedi deud rhwbath amdana i ... o nabod Nain. Rwyt ti'n gwbod fy hanas i, on'd wyt ti?' gwylltiodd.

'Hei! Paid â chynhyrfu fel'na. O'n i'n gwbod dim ... dim yw dim ... am y cysylltiad ... cred ti fi. Fe ddigwyddodd hi sôn bod ganddi wyron a gorwyron, do, ond ...'

'Dyna fo, mi fuoch chi'n siarad, felly ...' ffromodd Emrys.

'Wel, do, ond wnath hi ddim cyment â dy enwi di, na dweud dy hanes di. O'dd dim syniad 'da fi, Emrys ...'

'*Bueno, bueno* ... Dw i'n dy gredu di. Ddrwg gin i am dy ama di. Fi sy'n *sensitivo* ynglŷn â rhai petha, dyna i gyd,' tawelodd.

'Fi ddylai deimlo'n sensitif, yn ... yn anghyfforddus, achos nawr, drwot ti, wy'n gwbod hanes ei bywyd hi'n ferch ifanc.'

'Ddeudodd hi ddim 'ta, am yr hyn nath ddigwydd iddi ynglŷn â chael ei throi o'r capel?'

'Naddo, yr un gair.'

'Felly, dan ni'n dau'n gwbod ei chyfrinach hi, ond does gin Nain 'run syniad ein bod ni'n gwbod yr hanas!'

'Yn gywir!'

'Dan ni damad gwell o eistedd yma. Gwell i ni fynd i mewn, ia? Os wyt ti'n hapus i ddod.'

'Wrth gwrs 'ny. Ma Nel a finne wedi cael amser da gyda'n gilydd ...'

'Pwy allai beidio â chael amsar da yn dy gwmni di?' gwasgodd Emrys ei llaw.

'Gad i fi roi trefen ar 'y ngwallt neu bydd Nel yn dachre meddwl ...'

''Mod i wedi dy ddragio di drwy'r llwyni!' chwarddodd. 'Beth am i mi gael rhoi sws fach i'r hogan ddel sy wrth f'ochor i?' meddai gan ei thynnu ato.

Ni wyddent, wrth ddisgyn o'r cerbyd, fod dwy lygad las wedi bod yn eu gwylio y tu ôl i'r llenni blodeuog, ac yn dal i'w gwylio â diddordeb anghyffredin.

'Wyddwn i ddim eich bod chi'n nabod Pawla, Nain,' dywedodd Emrys gan gusanu'r hen wreigan.

'Wyddwn inna ddim dy fod titha yn ei nabod hi, chwaith, 'ngwas i!' atebodd Nel gan roi pwt i'w fraich.

'A beth amdana i?' gofynnodd Paula. 'Feddyles i ddim am funed eich bod chi'ch dau'n perthyn. Wy'n credu bod y tri ohonon ni wedi cael ... beth ddweda i ...'

'¡Sorpresa!' gwenodd Nel yn ddireidus gan gydio'n dynn yn llaw Paula a'i harwain i mewn i'r gegin.

'Wrth gwrs, fe wedoch chi bod gyda chi ŵyr a'i fod e'n fachgen da a'i fod e'n ffeind wrthoch chi.'

'Dim byd drwg, 'ta?' meddai Emrys gan godi'i aeliau'n bryfoclyd.

'Na, dim byd drwg,' gwenodd Paula gan sylwi eto ar y

160

graith fach wen o dan ei ael dde. 'A dim ond eich canmol chi i'r cymylau mae Emrys wedi'i neud hefyd, Nel.'

'Nain ydy 'nheulu i!' dywedodd Emrys mewn llais crynedig, braidd. 'Fy mam ... fy nhad ... fy mrawd ... fy chwaer. A hitha ydy 'nghydwybod i hefyd!'

'Wy'n rhyfeddu at ei Gymraeg e, Nel, ac ynte heb fod yng Nghymru erioed.'

'Ydy, mae o wedi bod yno, siŵr iawn. Oedd o'n arfar mynd i Gymru bob prynhawn Sul! Dywad wrth Pawla, Emrys.'

'Fel hyn mae'i deall hi! Pan oeddwn i'n hogyn bach, mi oedd Nain yn fy rhoi i ar ei glin bob Sul, yn ddi-ffael, ac yn darllan hanas pobol fel ... Tomos Charles a ... Gruffydd Jones i mi a ...'

'Ia, dyna fo, a Daniel Owan ac O. M. Edwards,' ychwanegodd yr hen wraig â'i hwyneb yn sgleinio.

'Does dim rhyfedd bod hanes Cymru ar flaen ei fysedd e 'te. Mae e wedi cyfadde ei fod e'n ddarllenwr, credwch fi,' gwenodd Paula.

'Mae o wedi darllan y llyfra sy acw i gyd. Ei dad o oedd piau'r rhan fwyaf ohonynt. Mi fydda fo yn eu derbyn nhw gan ryw Gymdeithas neu'i gilydd draw yn yr Hen Wlad, wyddoch chi.'

'Fe sylwes i y dydd o'r bla'n bod gyda chi gyflenwad o gylchgrone hefyd.'

'Dach chi'n cofio *Cymru'r Plant?*' holodd Nel gan gydio yn llaw Paula.

'Wel, y ... a dweud y gwir, na'dw,' gwenodd, yn awyddus i beidio â thramgwyddo'r hen wraig annwyl.

'O, mi dach chi wedi colli llawar, 'ngenath i,' gofidiodd Nel. 'Hanas Bini Bo a Pinapigo, a helyntion Sambo, y gwas bach du. Dyna'r storïa cynta wnes i'u darllan i Emrys. Y fath hwyl gawson ni'n dau …'

'O, Nain, sgin Pawla ddim diddordeb yn y petha yna!'

'I'r gwrthwyneb,' atebodd Nel. 'Dw i'n ei gweld hi'n glustia i gyd!'

'Gwrando ydy'i gwaith hi!'

Yn benderfynol o fynd ymlaen â'i stori, trodd ei chefn ar Emrys a chlosio at Paula a dweud mewn hanner sibrwd, 'Pan oedd Emrys yn hogyn bach, mi oedd o'n licio sefyll ar ben rhyw stôl odro oedd gin i … a chymryd arno mai pregethwr oedd o, wyddoch chi …'

'O, Nain …' protestiodd Emrys.

'Mae e'n gallu pregethu, sdim dwywaith am 'ny,' chwarddodd Paula.

'Dilyn ei hen-daid ar ochr ei fam o. Roedd hwnnw'n Barchedig! Ac yn dipyn o fardd hefyd. Emrys Eryri oedd ei enw barddol o. Dos i 'nôl y llyfr o'i waith e, Em, i Pawla gael golwg arno.'

'Dyma fo'r llyfr,' meddai gan ddychwelyd o'r parlwr.

'Diddorol,' a dechreuodd ddarllen, "Pregethau a gyfansoddwyd gan y Parchg. D. Emrys Edwards" … A'r fath lawysgrifen. Anhygoel!'

'Ia,' cytunodd Nel, trowch rŵan at y drydadd bregath, "Tecel, ti a bwyswyd yn y clorianna ac a'th gaed yn brin".'

'Dyma hi … "Eneidiau annwyl, pa hyd y cloffwch rhwng dau feddwl ac yr oedwch gymryd gafael ym mantell cyfiawnder … ?" ' darllenodd Paula. 'Wy'n gweld nawr pa mor allweddol yw'r gair "cyfiawnder". Os o'dd e ar wefuse Emrys Eryri ddiwedd y bedwaredd ganrif ar bymtheg, mae ar wefuse gor-ŵyr iddo ar ddechre'r unfed ganrif ar hugen hefyd!'

'Mi wnath rhywun arall sefyll dros gyfiawnder,' torrodd Emrys ar ei thraws. 'Dada oedd hwnnw, yntê Nain?'

'Gair cry' ydy cyfiawnder,' atebodd Nel gan anwybyddu'r cwestiwn. Gafaelodd yn dynn ym mraich y sgiw bren a thorri allan i ganu,

' "A chyfiawnder pur a heddwch

Yn cusanu euog fyd..."

Ond 'chydig o gyfiawndar sydd yn y byd hwn, yntê?'

'Mae gyda chi lais swynol dros ben, Nel.'

'Dw i'n licio canu, yn enwedig emyna, yntê.'

Trodd yr wyneb hen hwnnw yn wyneb merch ifanc hardd. Croen fel hufen ac yn ddifrycheulyd ... llygaid glas a'r llygaid hynny'n llawn gobaith. Mewn cariad ... ac yn disgwyl plentyn yr un a garai ... Mor brydferth yn ei beichiogrwydd, ond mor gomon a gwrthodedig yng ngolwg y Pharisead o dad oedd ganddi a'r grefydd a goleddai.

'Ylwch, Nain,' meddai Emrys braidd yn frysiog, 'a nesoch chi adrodd hanas Dada wrth Pawla?'

'Mi ddeudis i dy fod ti wedi colli dy dad a'th fam pan oeddat ti'n hogyn ...'

'Ond nesoch chi ddim deud yr hanas? Yr hyn ddigwyddodd iddo.'

'Naddo ... wnes i ddim.'

Cododd Emrys ac aeth i sefyll o flaen y ffenest, â'i gefn at y ddwy ohonynt.

Dechreuodd Paula anesmwytho. Oedd ei dad wedi cyflawni hunan-laddiad neu rywbeth? Neu gwaeth fyth ... oedd e wedi llofruddio rhywun?

'Mae o'n hen hanas. Mi ddigwyddodd ... a dyna fo.' Nel dorrodd ar y distawrwydd, y pendantrwydd yn ei llais yn

163

awgrymu bod y bennod wedi'i chau.

'Nain, os na cha i ddeud yr hanas ... y gwirionedd, mi fydd mynyddoedd yr Andes yma'n gweiddi allan dros ... dros gyfiawnder ... dros y diniwed. Pawla, dw i isio i ti gael gwybod yr hanas. Dw i isio i Gymru gyfan gael gwybod beth ddigwyddodd i 'Nhad, ac nid yn unig iddo fo. Na, nid iddo fo'n unig ...'

Edrychodd Paula i fyw ei lygaid. Dau bwllyn mawr glas o ofid ac o artaith.

'Mae'r cwbwl yn dal yn ddirgelwch i fi. Ond os 'yt ti'n mo'yn i Gymru gyfan wbod yr hanes, mi alla i dy recordio di. Dyna beth licet ti i mi neud?'

'Cyfla dwi isio. Un cyfla i ddeud ...'

'Cymer ofal, 'ngwas i. Cymer ofal. Dan ni ddim isio gweld y fath beth yn digwydd eto, nag ydan?'

'Ond Nain, dyna pam mae hi mor bwysig 'mod i'n cael deud fy neud. Er mwyn 'y mhlant a phlant y plant. Er mwyn Archentina. Er mwyn y dyfodol.'

Cododd Paula a mynd draw ato a gafael yn ei law.

'O, dyna hyfryd,' dywedodd Nel yn sydyn. Cael eich gweld chi fel hyn. Mae gennoch chi gryn feddwl o'ch gilydd, yn ôl fel y gwela i! Sut yn y byd nesoch chi'ch dau fach gyfarfod, deudwch?'

'Cofio'r sgwter ... y motobeic?' gofynnodd Paula. 'Mi nath Emrys ei drwsio fe i fi ... wel, mi nath e drio,' gwenodd.

'Wel 'r argian! Pwy feddyliai y galla'r ffasiwn beth ddod â chi'ch dau at eich gilydd. "Trwy ryfadd ffyrdd mae'r Arglwydd Iôr yn dwyn ei waith i ben"! Newch chi aros am dipyn o swpar? Mae gin i wya ffres o'r ffarm a phoncyn bach gwyrdd i wneud *tortilla* i ni'n tri.'

164

'Does dim llawar o amsar ers i ni fyta, Nain. Cael picnig bach lawr wrth y llyn.'

'Mi wyt ti'n mynd i weld ei heisia hi, 'ngwas i. Dach chi'n dipyn o ffrindia, hyd y gwela i,' meddai'n ddireidus. 'Hen neu beidio, mae gen i lygid yn 'y mhen, wyddoch chi!'

'Be dach chi'n feddwl?'

'Wel, mi welis i chi drwy'r ffenast acw ... yn y pic-wp!'

'O, diyr,' dywedodd Paula gan ddisgwyl adwaith Emrys.

'Oeddach chi'n licio beth nesoch chi'i weld, dyna sy'n bwysig.'

'*¡Por supuesto!*' gwenodd yr hen wreigan, yn llawn direidi.

'Mae hynny'n golygu llawar i mi, Nain,' meddai Emrys gan gydio am yr ysgwyddau eiddil.

'Dach chitha'n golygu tipyn iddo fo hefyd, Pawla, cyn ei fod o'n dod â chi i Nantlwyd fel hyn. Wnes i ddim nabod Carmen yn iawn o gwbl ...'

'Stori arall ydy honna,' gwgodd Emrys gan roi ei fraich am ganol Paula.

'Ond gair o gyngor i ti, 'ngwas i, paid ti â'i thwyllo hi na'i siomi hi byth. A pheidiwch â thwyllo'ch gilydd.'

'Wnawn ni mo hynny. Beth bynnag, dim ond ffŵl twp fyddai'n twyllo rhywun fel Polagata!'

'Fel pwy, ddeudist ti?'

Chwarddodd Emrys wrth weld y dryswch yn wyneb Nel. 'Dyna fel dw i'n ei galw hi, weithia. Rhywbath rhyngon ni'n dau.'

'Y gamp fydd peidio â gadael i ddim byd fynd rhyngoch yntê, ar wahân i'r môr ... ac mae'r Atlantic yna yn fôr mawr, yntydy? Ac mi fydd yn rhaid i Pawla ei groesi fo ymhen fawr o dro.'

'Dan ni ddim wedi trafod petha felly ...' dechreuodd Emrys.

'Gobeithio y daw Rhagluniaeth â chi at eich gilydd, a hynny'n fuan.'

'Mi alwa i gyda chi cyn 'mod i'n mynd 'nôl i Gymru, Nel,' meddai Paula gan ei chofleidio. 'Wy'n addo.'

Wrth i'r Chevrolet fynd i gyfeiriad y dref, eisteddodd Paula yn ôl a dweud,

''Yt ti wedi etifeddu llyged glas dy fam-gu, ti'n gwbod. Dylwn i fod wedi gweld y tebygrwydd ... a sylweddoli pwy o't ti, hefyd.'

'Wel, 'y nghariad bach i, rwyt ti'n gwbod pwy ydw i, rŵan. Liciwn i fod wedi etifeddu ei hysbryd hi.'

'A'r gallu i beido â chwerwi? Ma rhyw dangnefedd yn perthyn iddi.'

'Mae'n rhaid mai Fo ... y Bod Mawr sy'n gyfrifol am hynny.'

'Ti'n meddwl?'

'Wel, ia siŵr iawn, Duw yn ei nefoedd, yntê.'

Safodd y cerbyd o flaen y *departamento* yn Stryd Molinari a diffoddodd Emrys yr injan. Estynnodd Paula am y llaw gadarn a ddaliai ar y llyw.

'Emrys ...'

'Ia, dw i'n gwrando.'

'Wy isie gofyn rhwbeth i ti ...'

'Gofyn di.'

'Beth ... beth o'dd arwyddocâd y rhosyn coch? Pam wnest ti roi un ar sil un o ffenestri'r Eglwys?'

'Pwy ddeudodd y fath beth wrthot ti?' gofynnodd yn syn.

'O'n i'n digwydd bod yno y bore Sul hwnnw. Fe weles i ti â'n llyged fy hunan.'

'Y Jiwdi fach!' gwenodd gan godi'r ael lle llechai'r graith fechan wen. 'Pam na fyddet ti wedi dweud wrtho' i yn gynt?'

'Wel, nawr bo ni'n nabod ein gilydd, wy'n ...wy'n teimlo y galla i ofyn i ti. Os nad wy'n gofyn gormod.'

'Bydda i'n arfer mynd yno ar yr un Sul, mwy neu lai, bob blwyddyn ...'

'Pabydd 'yt ti 'te? Catholic?'

'Nage. Dim ond bod yr Eglwys yn sicr o fod ar agor, yn wahanol i'r capel. Dw i wedi bod yn mynd yno ers dau ddeg pump o flynyddoedd ... yn ddi-ffael.'

'Oddi ar o't ti'n ddeg oed?'

'Ia. Nid y fi'n unig. Mae cefndar i mi yn Nhrelew ac ewyrth yn Cordoba, ia a rhai perthnasa yn Comodoro hefyd ... Mae'n arferiad gan bob un ohonon ni i osod rhosyn coch ... er cof ...'

'Er cof am bwy neu beth?' gofynnodd Paula'n dawel.

'Er cof am 'y nhad, yn un ...'

'Ac am dy fam, wrth gwrs.'

'Na. Mae gweddillion Mam yn gorwedd yn y fynwant, ond ... ond wn i ddim lle mae gweddillion Dada ... os oes 'na weddillion.'

'Pam?'

'Diflannu wnaeth o ... yn sydyn. Un munud mi roedd o efo ni, Mam a minna, a'r munud nesa, mi roedd o wedi mynd ... am byth.'

'Ma'r cwbwl yn dal yn ddirgelwch i fi.'

'Mi gei di'r hanas yn llawn gin i, dw i'n addo i ti.'

'Iawn.'

'Pawla?'

'Ie.'

'Os oeddat ti isio gofyn rhwbath i mi, dw inna isio

cyfadda rhwbeth i ti.'

'O, ie?' daliodd ei hanadl.

'Wnei di ddim digio wrtho' i, gobeithio.'

Edrychodd arno'n ansicr. 'Wel?'

'Mi gest ti draffarth efo'r beic modur ar ôl i mi roi sylw iddo …'

'Do. Sa i wedi anghofio, ond pam yn y byd 'yt ti isie sôn am hwnnw nawr?'

'Achos … achos mai fi oedd ar fai. Mi wnes i adael un peth bach yn reit llac … yn fwriadol, *eh*.'

'Yn fwriadol?' tasgodd. 'Beth o'dd yn dy feddwl di? 'Yt ti'n sylweddoli beth 'yt ti'n 'weud?'

'Ydw, mae'n ddrwg gen i, Polagata.'

'Galle rhywbeth fod wedi digwydd i fi. Gallen i fod wedi bod ar 'y mhen yn hunan am oriau yn y lle anghysbell 'na. Ac oni bai am Victor Ed …'

'Mi wn i, ond …'

'Ond beth?' hanner gwaeddodd. 'Dwyt ti damed gwell o gydio yn fy llaw i,' meddai'n bwdlyd.

'Mi wnei di fadda i mi, gobeithio, ond ro'n i am dy weld ti eto. Ro'n i wedi bod yn disgwyl i ti alw, ond nid fel yna buodd hi.'

'Do'dd gneud peth fel'na ddim yn gall …'

'Nac oedd, debyg … a dw i ddim yn dy feio di am …'

'Fy meio i! 'Yt ti wedi sbwylo pethe … wedi sbwylo popeth.'

'Paid â dweud hynna, Polagata. Mi ddwedson ni na fyddai gwyfyn yn mynd rhyngon ni, cofio?'

'Y pnawn 'ma o'dd hynny!'

'Falla, ond dydy'r diwrnod ddim ar ben eto. Na'n perthynas ni, gobeithio,' sibrydodd gan nesu ati. 'Dos i

mewn a rho gyllyll a ffyrc ar y bwrdd a dau wydryn. Ac mi
af inna i 'nôl *para llevar* a photelaid o win …'

'Ond …'

'Dim "ond" o gwbl,' perswadiodd. 'Mi ges i bris da am
werthu modur ddoe ar ôl gweithio arno drwy'r wythnos,
felly …'

'Felly, mae arian yn llosgi yn dy boced di!'

'Mae gin i ddigon o bres i dalu am swpar bach neis i
ddau.'

''Yt ti'n un da am drefnu, on'd 'yt ti?' meddalodd Paula.

'Wyt ti'n meddwl 'ny, wyt ti? Mi nawn ni fyta ac yfed
mewn heddwch. Ac wedyn, mi nawn ni ddal dwylo. Pob
dim ond siarad, *eh*? Er dw i isio cael gwbod am dy deulu
ditha, hefyd. Mi yfwn ni'r gwin i'r gwaelod … ac fe gei
anghofio am y blincin beic!'

Pennod 10

Yr oedd tridiau wedi mynd heibio ers iddi weld Emrys. Tridiau ers iddynt wagio'r ail botelaid o win ac arllwys eu calonnau. Nabod ei gilydd bob yn dipyn. Hi oedd yr un i agor y drws a sylweddoli bod yr hyn oedd yr ochr draw yn ddigon anodd i'r ddau ohonynt ddygymod ag ef mewn gwirionedd. Dyna'r math o effaith y câi gwin arni o'i fwynhau mewn cwmni da. Fel rheol, dim ond gan ffyliaid a phlant y ceid yr holl wir. Doedd hi ddim yn blentyn ac yn sicr ddim yn ffŵl, ond gallai ddweud â'i llaw ar ei chalon bod cymryd hanner potelaid o win yn sicrhau ei bod hi'n onest â hi ei hun yn ogystal ag â'i chynulleidfa.

Dechreuodd Paula drwy sôn am ei pherthynas â Cliff. Fe gwrddon nhw mewn cynhadledd ar gyfer y cyfryngau ac o'r funud yr hoeliodd ei lygaid newyddiadurol arni, fe'i dilynodd i bob man fel ci anwes. Roedd e wedi mynnu ei chael yn gariad ac yn gymar gwely iddo. A doedd hi ddim wedi gwrthwynebu … Roedd hi'n eitha hoff ohono ar y dechrau. Yn glyfar, yn egnïol ac yn uchelgeisiol, roedd Cliff yn rhywun i'w edmygu ac fe apeliai'r elfennau hyn i gyd at ei hysbryd anturus. Gydag amser, sylweddolodd ei fod yn golygu mwy i'w thad nag iddi hi, am resymau digon amlwg. Roedd Cliff yn Sais ac yn gyfalafwr o'i gorun i'w sawdl – eisin ar y gacen cyn belled ag yr oedd Luciano William Carter M.B.E. yn y cwestiwn.

Yr oedd hi, ar y llaw arall, wedi dechrau laru ar ei ffordd o feddwl a'i ffordd o fyw. Doedd e ddim yn ei deall nac yn barod, chwaith, i wneud yr ymdrech i geisio'i deall. Bwriad Cliff, yn y bôn, oedd ei chipio i Seland Newydd, yn ddigon pell o'i gwreiddiau Cymreig, lle y gallai hi esgor ar ddau neu dri o Simmondsiaid bach a'u magu'n uniaith Saesneg. Y ffaith ei fod mor ymwthgar ei bersonoliaeth ac yn ceisio ei newid i fod yn rhywun arall oedd wedi mynd yn dân ar ei chroen. Roedd agwedd Cliff, yn ddiarwybod iddo, wedi gwneud Paula'n Gymraes bybyr. Roedd cael codi'i phac wedi bod yn gyfle gwych i gefnu ar eu perthynas a hwyrach i gwrdd â rhywun gwahanol.

Trodd y gegin fechan yn Stryd Molinari yn gyffesgell. Roedd hi'n obeithiol y byddai yr hyn a gyflawnai yma yn arwain at ddyrchafiad ar ôl iddi ddychwelyd. O safbwynt cwrdd â rhywun arall, roedd hi wedi edrych ymlaen at gael cyfnod o sbort a sbri ... rhyw garwriaeth fach ffwrdd-â-hi ... dim byd difrifol, dim ond amser cofiadwy. A dyma hi, nawr, allan o'i chynefin, wedi syrthio mewn cariad am y tro cyntaf yn ei bywyd. Nid â rhywun-rhywun, ond ag e, Dewi Emrys Jones a oedd wedi mynd ar ei bengliniau o'i blaen, ac edrych i fyw ei llygaid.

Doedd dim rhaid iddi ofni, meddai fe, oherwydd deallai'n union fel y teimlai. Gwyddai beth oedd cael ei frifo ac roedd wedi tyngu llw nad edrychai ar yr un ferch byth eto. Ychydig o amser oedd wedi mynd heibio ers i Carmen ei adael ar ôl iddynt gyd-fyw am rai blynyddoedd. Fe fflamiodd allan o'i fywyd a'i adael yn swp sâl. Roedd hi wedi bod yn law a hindda arnyn nhw, ond doedd hi ddim wedi'i dderbyn e am yr hyn ydoedd ... ddim wedi'i ddeall e. Roedd hi'n perthyn i genedl arall ac i fyd arall. Yr oedd e'n ormod o Gymro iddi hi. Pe digwyddai iddynt anghydweld ynglŷn ag unrhyw beth, mi fyddai Carmen yn ei alw'n *galenso aburrido!*

Roedd hi wedi syrffedu ar wrando arno'n sôn am anturiaethau a gweledigaeth y Gwladfawyr cynnar. Nid anghofiai fyth y prynhawn hwnnw pan wnaeth hi droi ei chefn arno. Pacio'i dillad a'i holl drugareddau, towlu llestri i bob man a gweiddi nerth esgyrn ei phen. Roedd ei geiriau wedi diasbedain drwy ei glustiau. *¡Ándate a gales! ¡Ándate al diablo!* Dos i Gymru a dos i'r diawl! Fe gofiai'r tân yn ei llygaid a'r dirmyg yn ei llais.

Gan roi ergyd egnïol i'r drws, roedd hi wedi mynd gan ei adael yn friw. Fe gaeodd hi ddrws y tŷ a chau'r drws ar eu perthynas … Mynd yn ôl i fyw efo'i chwaer fu hanes Carmen. I Chile, i'w gwlad ei hun, ac i'w byd ei hun … A rŵan … pennod newydd. Y noson honno yn yr *asado?* Oedd, mi roedd e wedi sylwi arni. Pwy allai beidio â gweld hogan mor dlws â hithau? Ond fe benderfynodd fod yn oeraidd a phell. Fe benderfynodd ei hanwybyddu. Am fod arno ofn mentro rhag iddo gael ei siomi a'i frifo. Ofn yr âi ar ei ben i uffern unwaith eto.

Wyddai e ddim yn y byd pwy oedd y ferch hardd a eisteddai wrth ochor Mirta y noson honno, ond mi gafodd wybod yn reit handi, felly pan ddaeth Paula i'r *taller* y prynhawn hwnnw a tharfu ar ei *siesta*, fe wyddai pwy ydoedd! Mi fuodd yn swta ac yn anghynnes, o fwriad. Y gwir oedd ei fod wedi ei ffansïo ac yn gwybod bod yna gemeg yn bodoli rhyngddynt. Gwyddai y gallai syrthio mewn cariad â hi. Ysai wedyn am gyfle i'w gweld … unrhyw gyfle. Dyna paham y gwnaeth e gawl o'r motobeic … er mwyn iddi ddod yn ôl i'r *taller* a begian arno am help.

Nid felly y digwyddodd pethau. Ond mi ddoth cyfle annisgwyl ... diolch i'r tap dŵr poeth ... a arweiniodd at y swper yn y Puerta Cristal ... y coffi bach tlws i ddilyn yn y *confitería* ac yna y diwrnod bythgofiadwy hwnnw yn y Cwm, heb anghofio'u hymweliad â Nantlwyd. Roedd yr anochel wedi digwydd. Roedd e mewn cariad. 'Dw i ddim isio dy frifo di, 'nghariad bach i, na chael 'y mrifo, chwaith,' sibrydodd. 'Dan ni'n perthyn i ddau wahanol fyd. Dan ni fel dwy law ar wahân, yn estyn am ei gilydd dros y môr.'

'Ond os 'yn ni'n dau yn dewis bod gyda'n gilydd, wnaiff y môr mawr yna, na dim na neb, ein rhwystro ni,' yr oedd hi wedi ateb.

'Dyna dw i am ei gredu, hefyd,' oedd ei eiriau cyn iddo ei thynnu i'w gôl ...

Heddiw, wrth gnoi cil ar ei thost boreol a chael y coffi braidd yn chwerw, cysurodd Paula ei hun wrth feddwl am y posibiliadau. Bellach doedd 'na ddim Carmen. Doedd 'na ddim Cliff. Dim ond hwy ill dau, Emrys a hithau, a'r gobaith y caent fod gyda'i gilydd. Ond gyda'i gilydd ymhle? Roedd un peth yn sicr, byddai'n rhaid iddi hi fynd yn ôl i Gymru, at ei theulu, ei thŷ ac at ei gwaith.

Ac Emrys? Byddai'n aros yma lle'r oedd ei wreiddiau a'i waith ... a Nel. Gorau po gyntaf yr eisteddent i lawr, wyneb yn wyneb, i geisio rhoi'r darnau jig-so wrth ei gilydd. Rhaid oedd achub ar y cyfle. Heno amdani. Dylai Emrys fod wedi cyrraedd yn ôl o El Bolson erbyn tua saith, dyna ddywedodd ar y ffôn, ac erbyn iddo gael ei wynt ato, cael cawod a newid, mi fyddai ganddi bryd o fwyd yn barod iddo a mwy o win ac o gariad i'w rannu.

Fel yr ysai am gael rhannu ei chyfrinach gyda rhywun. Lynwen oedd y dewis amlwg, ond a fyddai hynny'n beth doeth? Yr unig beth oedd gan y ddwy ohonynt yn gyffredin oedd y ffaith eu bod yma i gyflawni gwaith: roedden nhw hefyd o'r un oed ac yn siarad yr un dafodiaith ddeheuol, ond a oedd peth felly'n ddigon o sail i Paula fedru ymddiried yn Lynwen? Nid bod angen poeni am gystadleuaeth. Roedd Emrys yn eiddo llwyr iddi hi, bellach, a doedd dim modd i Lynwen na Carmen na'r un ferch arall gael eu crafangau arno. Gwenodd a chydio'n hyderus yn y ffôn.

'Helô … Lynwen? Fi … Paula sy 'ma.'

'Hai-a! Shwd wyt ti?'

'Iawn. Licet ti ddod draw am ddishgled?'

'Bydde hynny'n neis. Wy'n rhydd rhwng pedwar a phump.'

'Grêt, ŵ. Fe gawn ni glonc fach pry'ny 'te.'

'Wy isie clywed popeth, cofia!'

'Sa i'n gwbod am hynny, chwaith!'

'Edrych mla'n. Y … ma gyda fi ddosbarth ar hyn o bryd …'

'O, sori, Lyns. Wela i di 'te.'

'Iawn.'

Teimlai'n esmwythach ei meddwl wedi trefnu amser a lle. Swniai Lynwen yn iawn a doedd dim unrhyw arwydd ei bod hi wedi pwdu. Fe ddywedai wrthi heddiw am Emrys. Eu bod nhw'n ffrindiau. Yn fwy na ffrindiau. Eu bod nhw'n gariadon.

Taflodd ei siaced am ei hysgwyddau ac i ffwrdd â hi i'r siop fara i 'nôl ychydig o *facturas* ac o dorthau bach. Roedd ganddi ddigon o jam cartref nid yn unig ar gyfer Lynwen, ond ar gyfer y dosbarthiadau Cymraeg i gyd!

Wrth syllu drwy ffenest y siop fara, gwelodd fod *yr efeilliaid erchyll* wedi cyrraedd o'i blaen ac yn sefyll wrth

174

y cownter. Wrth iddi ymuno â'r gwt, synhwyrodd Paula eu bod yn cael yr hwyl ryfedda yn trin a thrafod rhywun neu'i gilydd. Y cyfan yn Sbaeneg a'r iaith honno'n byrlymu dros eu gwefusau. Ond ar ganol sgwrs a swniai'n gyfrinachol, trodd Eva i edrych yn llechwraidd dros ei hysgwydd ...

'O, Pawla! Sut dach chi? Dyna *sorpresa!* Edrycha pwy sy yma, Elsta.'

'Dim ond rŵan roeddan ni'n siarad amdanach chi. Dyna ryfadd, yntê?' chwarddodd honno'n fursennaidd.

'Rhywbeth neis, gobitho!' gwenodd Paula yn ôl arnynt.

'Wel, siŵr iawn.' Ac allan â'r ddwy a gwên awgrymog ar eu hwynebau.

Roedden nhw'n gwybod rhywbeth. Rhaid bod rhywun wedi gweld Emrys yn gadael y *departamento* neu wedi eu gweld yn y Chevrolet neu ... Beth oedd ots? Roedd yn rhaid i bobol gael rhyw destun siarad. Byddai unrhyw newydd-ddyfodiad yn darged ac, yn ei hachos hi, mae'n debyg iddi fod yn bull's eye. Wel, bwl-shit iddyn nhw! Y bobol nad oedd ganddyn nhw ddim gwell i'w wneud na hel clecs a'u taenu ar hyd y lle fel gwas ffarm yn taenu dom da ar hyd a lled y caeau.

Daeth tro Paula o'r diwedd. Syllodd i lawr ar y teisennod hufen y tu ôl i'r cownter gwydr. Jest y peth at ddant Lynwen, meddyliodd. Dwy neu dair o'r rheiny a thair neu bedair o'r torthau bach, a byddai'n iawn. Gadawodd y siop fach â *"gracias, señorita"* yn canu yn ei chlustiau.

Byddai'n rhaid iddi brynu llaeth ffres a phaced o reis os oedd hi am fentro cynnau'r ffwrn yn nes ymlaen y noson honno. Trwy'i stumog, medden nhw, oedd y ffordd i galon dyn. Doedd hi erioed wedi gwneud pwdin reis, dim ond gwylio ei mam-gu yn ffwrno'r cig ar y rac waelod a'r reis ar y rac uwchben. Roedd tro cyntaf i bopeth ac, o leia, roedd ganddi gof da.

Wrth dalu am negesau yn yr archfarchnad daeth wyneb yn wyneb â Gabriela a'i gŵr Alfredo, oedd o'i go' y funud honno yn dweud y drefn am y llywodraeth. Dim ond bocs sebon roedd ei angen arno: cododd ei freichiau yn yr awyr a dechrau taranu am yr holl anhrefn – dim pensiwn ers deufis a hanner. Wedi bod yn sefyll yn y gwt hir yn y banc am ddwyawr gron, a dim yn y diwadd! *¡MIÉR ... coles!* *¡MIÉR ... coles!* Gynifer â thair neu bedair gwaith. A hithau wedi dod i'r casgliad y gallai Alfredo ddisgwyl ei bensiwn y dydd Mercher canlynol, brysiodd Gabriela i egluro mai mynegi ei siom a wnâi Alfi, a hynny mewn iaith gryfach na'r arfer. Fe wawriodd arni. Digwyddai yr un math o beth yn yr iaith Saesneg – sh ... sugar!

Wrth iddi wneud ei ffordd yn ôl at y *departamento* allai hi ddim peidio â meddwl gymaint o siaradwyr Cymraeg oedd yn byw gerllaw. Bob tro y câi achos i fynd i ganol y dref byddai'n siŵr o ddod ar draws rhywun yr oedd yn ei adnabod a chael cyfle i ddal pen rheswm yn y Gymraeg. Ac mor bell o Gymru, roedd y peth yn anhygoel. Ond wrth droi'r cornel tua Stryd Molinari, cyfarfu â rhywun arall a'i hadwaenai. Gwyddai pwy oedd yno cyn iddi droi i edrych, oherwydd roedd hi'n amhosib anghofio'r llais truenus hwnnw.

'¡Hola, señorita!'

Dim cardota y tro hwn. Dim ond sefyll yn ei unfan ac edrych arni. Hawdd gweld ei fod ar lwgu. Doedd dim rhaid iddo ddweud gair: siaradai ei lygaid gyfrolau.

Chwiliodd Paula waelod ei phoced ac estyn *peso* neu ddau iddo.

'*Es muy amable. Gracias, señorita,*' gwenodd yn ddiolchgar.

'*¿Cómo te llamas?*'

'Pedro ... Pedro Calfuclem,' atebodd gan edrych yn annwyl ar y ddau fag llwythog a gariai ei ffrind newydd.

Brysiodd Paula i edrych ar eu cynnwys. Doedd dim rhaid i Lynwen gladdu'r cwbwl. Estynnodd un o'r teisennod hufen iddo ac yna un o'r torthau bach.

Disgleiriai ei lygaid tywyll. Bochiodd y deisen mewn dim o dro. Yna cadwodd y dorth fach yn un o'i bocedi ac ar ôl bendithio Paula â'i lygaid, i ffwrdd ag ef dan hercian. Beth, tybed, y bwriadai ei wneud â'r dorth fach: ei chadw ar gyfer drannoeth ynte ei rhannu ag un arall o blant y stryd?

Pedro ... Pedro, druan ohono! A oedd yna ddyfodol iddo? Pe byddai ffawd yn garedig wrtho, hwyrach y byddai'n ddigon ffodus i gael y fraint o dorri lawnt rhyw hen ferch o Gymraes ... o ddwrhau ei blodau neu o roi cot o baent i'r relins o flaen ei thŷ. Yr oedd ei bobl ef yn gorfod llochesi yng nghesail y bryniau, a breuddwydio yn eu cytiau ieir o gartrefi am yr oes aur a fu yn hanes llwyth y *mapuche* dymhorau lawer yn ôl. Roedd y mewnfudwyr yn eu tro wedi cymryd eu tir a'i berchnogi. Ei phobol hithau yn eu plith ... y Cymry. Ond, ffoi rhag gormes y Sais fu hanes y Cymry cynnar hefyd.

Ychydig o newid a fu yn hanes y genedl Gymreig, mewn gwirionedd. Ac yn hanes Archentina, onid oedd Magi To Gwellt a'i siort wedi mynnu bod bechgyn Cymru yn mynd dros y môr yn eu cannoedd i ladd eu cefndryd oedd wedi eu magu yma ym Mhatagonia? A'r cyfan er mwyn dyrnaid o ynysoedd a buddsoddiadau personol Thatcher, wrth gwrs.

Oedd, roedd Emrys yn llygad ei le. Gair brwnt oedd

cyfalafiaeth, ond bu'n rhaid iddi groesi'r cefnfor i lawn sylweddoli hynny …

'Dy dro di oedd cysylltu,' meddai Lynwen wrthi'n ddiweddarach, gan lygadu'r danteithion oedd o'i blaen. 'O'n i ddim isie busnesa. 'Ta beth, shwd a'th pethe ddydd Sul, gwed?'

'Yn iawn,' gwenodd Paula.

'Dim ond iawn?'

'Wel, os 'yt ti am wbod – ardderchog! Fe fuodd hi'n daith ddiddorol dros ben.'

'Siŵr o fod, ond beth am y cwmni? O'dd y cwmni'n ddiddorol, hefyd?'

'Y … o'dd.'

'Wel, mas ag e. Pwy yw e 'te? Wy yn iawn wrth weud *fe* odw i?'

'Wyt.'

'O'n i'n meddwl 'mod i. Ga i weld nawr … Eduardo … Nestor … Diego … ?' dechreuodd Lynwen gyfri â'i bysedd.

'Gad i fi ofyn rhwbeth i ti, Lyns. Bydd yn onest nawr. Wyt ti wedi clywed rhyw siarad amdana i? Ti'n gwbod beth wy'n feddwl.'

'Wel, gan dy fod ti wedi gofyn … odw. Fe soniwyd amdanat ti'r bore 'ma, fel mae'n digwydd, pan o'n i ar yn ffordd mas o'r dosbarth, wrth gwrs. O'n i'n glustie i gyd pan glywes i'r gair "cariad"!'

'Mae'n anodd credu, ody. Ond 'na fe, beth arall 'yt ti'n 'ddishgwl? Wedi'r cwbwl, "Cymru Fach tu hwnt i Gymru Fach" yw'r lle 'ma! Pawb yn gwbod busnes pawb.'

'Os 'yt ti'n gofyn 'y marn i, sa i'n synnu'u bod nhw'n sìarad …'

'*Nhw* yw Eva a'i siort, sbo. 'Na ti hen glecast!'

'Ie, menyw ddansierus! Ond beth arall alli di 'ddishgwl, a tithe wedi ca'l sboner cyn bod ti'n troi rownd! Hei! Wy'n marw isie gwbod pwy yw e!'

'O'n i'n marw isie gweud wrthot ti, 'fyd, ers … ers cetyn nawr. Emrys yw ei enw fe …'

'Emrys!'

'Wir i ti. Dewi Emrys Jones …'

'Nefi wen! Lle cest ti afael arno fe? Mae e siŵr o fod yn fardd ag enw fel'na!'

'Mae e'n gallu gweud pethe neis, 'ta beth! Cadw garej mae e … gneud gwaith mecanic …'

'Wel i jiw, jiw! Wy'n gweld nawr. Nid y fe roddodd sylw i'r sgwter, ife?'

'Ie, 'na ti.'

'A rhoi sylw i ti'r un pryd, sbo!'

'O'n i ddim yn siŵr i ddechre, ond …'

'Ond beth?'

''Yn ni'n dachre deall ein gilydd …'

'Beth ma hynny fod i feddwl? Ychydig o Gymra'g sy 'da fe?'

'Mae'i Gymra'g e'n berffeth …'

'Peth od na fydde'r enw'n canu cloch.'

'Fe gest ti dy gyfle noson yr *asado* …'

'Beth?' crychodd Lynwen ei thrwyn.

'Cym off it, Lyns. Fe ofynnes i i ti pwy o'dd yn ishte y tu ôl i ti. Cofio? Ond ddangosest ti ddim tamed o ddiddordeb!'

''Falle bo ti'n lwcus,' chwarddodd Lynwen gan suddo'i dannedd i mewn i'r ail deisen hufen, 'neu mi allen i fod wedi'i ffansïo fe yn hunan, ti'n gwbod!'

'Wy wedi cwrdd â'i fam-gu,' meddai Paula, gan anwybyddu'r sylw.

'Waw! Ei dad a'i fam fydd nesa 'te.'

'Na, mae'r ddou wedi marw.'

'Fe fuon nhw farw'n ifanc 'te. Damwain, ife?'

'Sa i'n gwbod yn iawn.'

'Ti'n gwbod beth, mae e'n swno i fi fel 'set ti'n meddwl busnes. 'Yt ti wedi rhoi dy feddwl arno fe, on'd 'yt ti?'

'Y gwir yw, Lyns, wy'n dwlu arno fe!'

'Ti'n siŵr nad rhwbeth ar y rebound yw hyn?'

'Wy'n hollol siŵr. O'n i ddim wedi bwriadu iddo fe ddigwydd. Isie tipyn o hwyl o'n i, ond wy wedi cwmpo mewn cariad.

'Ond beth newch chi? Bydd rhaid i ti fynd 'nôl ...'

'Wy'n gwbod 'ny. A bydd rhaid i Emrys aros fan hyn,' ochneidiodd Paula.

'¡Qué será, será! O'n i'n ame bod rhwbeth yn y gwynt, ond freuddwydies i ddim ...'

'Freuddwydies inne ddim chwaith. Alla i ddim meddwl am fyw hebddo fe, ti'n gwbod. Mae e'n rîli gojys, mae e'n siarad Cymra'g ac mae e'n gallu troi ei law at bopeth ...'

'Wy'n gallu gweld ei fod e wedi dy droi di mla'n 'ta beth!' chwarddodd.

'Mwy o de?' gofynnodd Paula yn awyddus i droi'r sgwrs. 'A shwd ma pethe sha'r ysgol 'na?'

'Paid â siarad. Ti'n gwbod mai llogi stafell yn perthyn i'r Arabiaid 'yn ni. Pawb yn talu deg dolyr y pen.'

'Yr wthnos?'

'Mowredd, nage. Y mis. Ma 'na chwyddiant ma nawr, a ma'n nhw'n conan, methu dod o hyd i ddeg dolyr, ond wy'n gwbod am Gymry sy wedi bod yn barod i dalu can dolyr y mish er mwyn i'w plant nhw ddysgu Saesneg!'

'Am mai honno yw'r iaith aiff â'u plant nhw drwy'r byd, ife?'

'Fe ofynnodd un i fi a fydden i'n folon rhoi gwersi Saesneg i'w merch! Meddylia. A'r Cynulliad yn 'y nghyflogi i i ddysgu Cymra'g! 'Na ti wyneb!'

'Nid yr Eva yna, ife?'

'Nage, ond yr un tylwth! Ond dyna ni, diolch byth bod rhai yn wahanol. Mwy a mwy o blant bach yn dod i'r cylch meithrin, a gwranda ar eu henwau nhw – Nia a Catrin, Rhodri ac Elen, Evan a Lisa ac Owen. Ac un crwt wedi cael yr enw Eos!'

'Pavarotti'r dyfodol. Pavarotti Patagonia!'

'Pwy a ŵyr? Wy'n dal i synnu bod cyment o Gymra'g ar hyd y lle 'ma. Ti'n gwbod yn iawn fel ma pethe gatre 'da ni. Rhieni yn y gorllewin yn dal i feddwl bod eu plant yn mynd i golli mas wrth ga'l addysg Gymra'g. Mae 'na fwy o weledigaeth yn y de-ddwyrain, erbyn hyn.'

'Ti'n iawn.'

'Wel, bydd raid i fi fynd whap. Dosbarth Máxima nesa. Ti'n gwbod amdani hi'n iawn.'

'Odw. Mae hi i weld yn dipyn o haden. Fe lwyddodd hi i roi Eva yn ei lle, 'ta beth!'

'Do glei. Ond mae'n achosi tipyn o ofid i'r teulu, ti'n gwbod. Y broblem 'ma ynglŷn â byta. A nid hi yw'r unig un. Mae anorecsia ar gynnydd yn y wlad.'

'O'n i wedi ame. Fe ges i amser bant i neud ymchwil ar ffilm o'r enw *Lois*. O'dd hi'n anorecsic ...'

'Wy'n cofio gweld honno. Falle bydde gweld y ffilm yn rhyw help i'r teulu. Beth ti'n 'feddwl?'

'Mae'n anodd gweud. Bydde raid i ti drafod y peth yn ofalus. Ond fe bosta i gopi i ti ar ôl i fi fynd yn ôl. Gei di benderfynu wedyn.'

'Gwych! Y ... 'yt ti yn meddwl am fynd 'nôl 'te? A beth am lover-boy?'

'Wy'n ei ddishgwl e i swper heno. Meddwl cwcan rhwbeth bach neis.'

'Ma pethe'n poethi!'

'Wy'n meddwl ei recordio fe. Mae e isie sôn am gyfnod penodol yn hanes y wlad 'ma.'

'Ma pethe'n mynd o ddrwg i waeth yn y wlad ar hyn o bryd, yn enwedig yn y brifddinas. Yr Arlywydd hwn 'to ddim yn pleso ac ma sôn am ddibrisio'r *peso*, ac wn i ddim beth i gyd. So ti'n meddwl bydde hi'n well 'se Emrys yn codi'i gwt a mynd 'nôl 'da ti?'

'Falle ... falle bydde hi,' atebodd Paula. 'Ond ...'

'Ie, ond ... Wy'n deall. Hwyl i ti heno, 'ta beth. Falle caf i'r fraint o gwrdd â dy sboner newydd di ryw ddiwrnod!'

'Falle, wir,' gwenodd Paula'n wannaidd.

Ac wrth wylio Lynwen yn brasgamu'n hyderus i lawr y stryd, dechreuodd Paula feddwl a oedd hi wedi agor gormod o'i chalon y prynhawn hwnnw.

Pennod 11

'Wyddost ti be, mi oedd blas ddoe ar hwnna!' Gwthiodd Emrys y ddysgl wag o'r neilltu a chwerthin yn braf wrth weld yr olwg ddifrifol ar wyneb Paula. 'Nid dweud ei fod o'n hen ydw i, ond mi fydd pwdin reis wastad yn f'atgoffa i o'r hen ddyddia.'

'Pan o't ti'n grwtyn ac yn byw yn Nantlwyd gyda Nel?'

'Ia. Mi oedd pwdin reis ar y bwrdd bob dydd Sul.' Syllodd arni ar draws y ford ac estyn am ei llaw.

Beth nawr, meddyliodd Paula? Mae e'n mynd i ganmol pwdin reis ei nain! Petai e ddim ond yn gwybod am yr ymdrech wnaeth hi …

'Diolch i ti, Pawla. Mi wnest ti hwnna'n arbennig ar fy nghyfar i, debyg. Roedd o'n fendigedig. A mi wnes i gael blas ar y *lomito* a'r salad. Roedd y bwyd yn arbennig, ond mae'r cwmni'n well fyth!' gwenodd gan anwesu ei llaw.

'Paid, wir, neu fe fyddwn ni wedi troi'n ddwy jared o jam!' chwarddodd.

'Beth sy rŵan? Pam wyt ti'n chwerthin?' gofynnodd, gan godi un ael yn bryfoclyd.

'Dyna hi! Wy'n ei gweld hi'n blaen nawr …'

'Be?'

'Y graith fach wen 'na o dan dy ael dde di. Dyw hi ddim yn y golwg o hyd, dim ond pan 'yt ti'n cwestiyna rhwbeth. Mae'n magu chwilfrydedd yno' i …'

'*Curiosidad* ydy hwnnw?'

'Ie. Sut gest ti honna 'te? Pan o't ti'n fach ife ...?'

'Do'n i ddim mor fach â hynny. Roeddwn i'n ddeg oed. Felly dw i'n cofio'n iawn.'

'Sori Emrys, o'n i ddim wedi meddwl rhoi lo's i ti.'

Sylwodd Paula ei fod wedi gwelwi ychydig a bod poen yn ei lygaid.

'Ma'r graith fach wen, fel ddeudist ti, yn aros yn gwmni i'r graith arall ...'

Cofiodd fod Mirta wedi sôn am greithiau.

'Mae honno o'r golwg. Mae hi i mewn yn fan'ma, weli di,' ategodd gan roi ei law ar ei galon.

'O ... Em!' Cododd Paula o'i chadair a mynd i sefyll y tu ôl iddo. Clymodd ei breichiau am ei ysgwyddau a phlygu i gusanu ei war. 'Beth alla i neud i helpu?'

'Ro'n i ar fin gofyn hynny i ti,' atebodd Emrys gan godi ar ei draed. 'Ga i dy helpu di i glirio'r bwrdd?'

'Cei. Rho'r halen a'r pethe mân yna i gadw yn y cwpwrdd tra 'mod i'n dodi'r llestri yn y sinc.'

'Rhwbath arall, Polagata?' gwenodd. 'Beth am y llestri budr a'r ...?'

'Fe wna i'r rheiny ar ôl i ti fynd.'

'Fydd hynny ddim am sbel go lew, 'ta!'

Dilynodd hi at y sinc, rhoi ei freichiau amdani a'i throi i'w wynebu. 'Be dan ni'n mynd i'w wneud, Polagata?' gofynnodd yn daer gan edrych i fyw ei llygaid.

'Wy'n awgrymu ein bod ni'n mynd mla'n â'r cyfweliad yna. Am y tro, ife?'

'Ia, am y tro. Ond dydy hynny ddim yn fy rhwystro i rhag sibrwd yn dy glust. *Te amo ... Te quiero mucho, mi amor ...* Dw i'n dy garu. Dw i dy isio di ...'

184

'Pwyll piau hi, Emrys! 'Yt ti'n 'y nghynhyrfu i …'

'Ydw i?' gwenodd.

'Wyt ac 'yt ti'n gwbod 'ny! Mae'n well i ni beido achos … achos dyw e ddim yn mynd i helpu pethe lle ma'r cyfweliad yn y cwestiwn. Y BBC yw hwn, cofia!'

'Wn i. Ond y *Be Be Ce* neu beidio, dw i isio gofyn rhwbath i ti.'

'Ie?'

'Fe wyddost ti'n iawn, Pawla, be dw i'n 'feddwl ohonot ti, ond … ond oes gin i hawl i wybod sut wyt ti'n teimlo?'

'Ma pob hawl 'da ti,' sibrydodd wrth gael ei sugno i ddyfnder y llygaid glas, gonest. 'Ga i ei roi e fel hyn. Wy'n dy garu di, Dewi Emrys Jones, yn dy garu di'n fwy nag a feddylies i y gallwn i garu yr un dyn … '

Gwasgodd ei wefusau ar ei gwefusau hithau a'i chusanu'n angerddol.

'Os oes yna ddyn hapus yn Patagonia heno 'ma – fi 'dy hwnnw!' atebodd gan ddal i'w chofleidio. 'A rŵan … y tâp. Ymlaen â'r gwaith!'

'Gan bwyll – i fi ga'l 'yn anal a dod lawr i'r ddaear unweth 'to!'

'Siŵr iawn.'

'Wel, gellwn fi 'te! Cyn bo ni'n dachre recordio, oes angen rhyw eirfa arnot ti? Rhyw eirie Cymraeg dwyt ti ddim yn gyfarwydd â nhw, falle. Ma darn o bapur fan hyn os oes isie nodi rhwbeth.'

'*Bueno*,' meddai gan ddechrau ysgrifennu.

'*Abogados* …'

'Cyfreithwyr.'

'*Capitalistas* …'

'Cyfalafwyr.'

'*Socialista* …'

'Sosialydd.'

'*Refugio*… Beth ydy hwnnw? Lle i guddio, wyddost ti…'

'Lloches, falle? Mae'r gair Sbaeneg yn debyg i'r gair Saesneg.'

'O, ia? Beth ydy mwy nag un cadfridog?'

'Cadfridogion. Wy'n gweld bod gwleidyddion lawr 'na gyda ti. Nawr, paid â phoeni os daw ambell air Sbaeneg mas … y … allan. Iawn?'

'Iawn. Mi fydda i'n deud y gwir, Pawla, bob gair. Mae'n rhaid i mi.'

'Wy'n gwbod. Nawr, wyt ti am i fi dy holi di neu …?'

'Ydw. Hola fi'n galad achos mae gin i betha reit galad i'w deud wrth bobol yn yr Hen Wlad,' atebodd Emrys gan frathu ei wefus.

Aeth Paula i 'nôl y cyfarpar a'i osod ar y bwrdd. 'Mi fydda i'n dweud rhywbeth bach yn gynta … dy gyflwyno di ac yn y bla'n. Wedyn, ffwrdd â ni! Jest dwed rhywbeth er mwyn i fi ga'l lefel y llais …'

'Fel beth, rŵan?'

'Unrhyw beth 'yt ti'n mo'yn…'

'Noswaith dda i chi i gyd. Mae 'na Gymraes arbennig yn eistedd gyferbyn â mi, rŵan, a dw i awydd mynd i'r gwely efo hi …'

'E-m-r-y-s!'

'Oedd hwnna'n iawn?'

'Y llais, oedd! Ond cadw at y testun, *por favor!* Wy'n mynd i bwyso 'mys ar y botwm … Deg eiliad … pump… un…

'*Dyma fi, Paula Carter, yn eich croesawu chi i'r rhaglen olaf yn y gyfres* Adlais. *Yn ystod yr wythnosau sydd wedi mynd heibio, buoch yn gwrando ar bobol yn yr Andes, yn y Wladfa Gymreig, ym Mhatagonia, yn sôn am eu Cymru nhw dros yr Iwerydd. Yn cadw cwmni i mi heno y mae dyn ifanc, sy'n wreiddiol o'r Cwm Hyfryd hwnnw y mae cymaint o sôn amdano. Nage, nid Manuel Martinez, neu Gustavo Guttierez ond, yn hytrach, rhywun sy'n dwyn yr enw Dewi Emrys Jones. Croeso. Ga i eich galw chi'n Emrys, oherwydd dyna sut 'ych chi'n cael eich adnabod, fel dw i'n deall ...'*

'*Cewch, siŵr iawn.'*

'*A chithe'n byw mor bell o Gymru, sut gawsoch chi enw felly?'*

'*Jones gan fod fy nghyndeidiau'n dod o Gymru. Dewi ar ôl fy nhad ... Dewi Ricardo Jones, ac Emrys ar ôl hen daid i mi.'*

'*Ac yn lle cawsoch chi'ch geni? A phryd?'*

'*Cyn bo hir, mi fydda i'n dri deg pump oed – ddim mor ifanc, eh? Ces i 'ngeni yma yn yr Andes, Talaith Chubut, Ariannin. Ac yma dw i wedi byw ar hyd yr amsar.'*

'*A heb fod i Gymru erioed?'*

'*Dibynnu be dach chi'n 'feddwl. Mi o'n i'n arfar mynd i Gymru bob Sul pan oeddwn i'n hogyn bach – Nain, hitha yn fy rhoi i ar ei glin ac yn darllan hanas Cymru i mi. Ond na, fues i erioed yno go iawn.'*

'*A'r gwreiddiau? Lle mae'r rheiny, tybed?'*

'*Dim ond yn yr Hen Wlad. Rhai yn y gogledd a rhai yn y de. Mi ges i fy magu fel Cymro bach gan fy nhad a fy mam … a Nain, wrth gwrs. Rhwng y tri ohonynt mi neson nhw ofalu fy mod i'n siarad Cymraeg o'r crud.'*

'Mae'ch Cymraeg chi yn, wel, yn rhyfeddol! Mi fydd pawb yng Nghymru yn synnu at y ffaith eich bod chi mor rhugl ac mor gywir. Beth, fyddech chi'n ddweud, sy'n gyfrifol am hynny?'

'Siarad yr iaith ar yr aelwyd, wrth gwrs, a gwrando ar y teulu'n ei siarad hi. Ar ben hyn, roedd 'na draddodiad darllan yn y cartra. Ro'n i'n medru darllan a sgwennu Cymraeg cyn i mi fynd i'r ysgol ddyddiol, ysgol y wlad.'

''Ych chi'n sôn am yr ysgol ddyddiol: oedd 'na ysgol arall yn bodoli?'

'Yr Ysgol Sul. Roeddwn i'n mynd i honno am flynyddoedd. Ac roedd pob dim yn Gymraeg yn fan'no.'

'A'r ysgol ddyddiol? Beth oedd y sefyllfa o safbwynt y Gymraeg yno?'

'Roedd hi'n stori wahanol. Sbaeneg i gyd. Falla roedd pedwar neu bump o blant oedd yn dod o dras Gymreig, yn ôl eu henwa … eu cyfenwa, ond Castellano *oedd eu mamiaith. Sgin i ddim llawar o atgofion melys am y dyddia cynnar achos mi wnes i ddiodda tipyn yn seicolegol. Y plant a'r athrawon yn fy ngwawdio i. Gorfod i mi ddysgu iaith y wlad yn reit handi, er mwyn medru chwara efo ffrindia newydd ac er mwyn derbyn … y …'*

'Eich addysg?'

'Ia, dyna chi … '

'Roedd cael eich gwawdio yn brofiad creulon, siŵr o fod.'

'Oedd, mi roedd yn hunllef! Ond doedd o ddim hannar mor greulon â beth ddigwyddodd i blant Cymru. Dim ond gwawd ges i, ond mi neson nhw gael eu cosbi am siarad eu hiaith eu hunain yn eu gwlad eu hunain!'

''Ych chi'n cyfeirio at y Welsh Not nawr, wrth gwrs.'

'Neu at bren y gorthrwm, fel y bydd Dafydd Iwan yn ei alw yn un o'i ganeuon.'

'Dafydd Iwan? 'Ych chi'n gwybod amdano fe, hefyd?'

'Wedi cael y fraint o'i nabod o, yma yn yr Andes, pan ddoth o draw i ganu. Dw i'n edmygu pobol fel ynta, pobol sy wedi brwydro dros statws i'r Gymraeg, ia, y fo a'r Doctor Gwynfor Evans, oedd yn barod i golli'i fywyd er mwyn i bobol Cymru gael y ... canal 4 ... be dy'r gair rŵan?'

'Sianel?'

'Dyna fo. Sianel Deledu Gymraeg.'

'Dw i'n synnu fwyfwy at gymaint yr 'ych chi'n ei wybod am hanes Cymru.'

'Mae hanas Cymru a hanes Ariannin wedi bod yn bwysig i mi erioed. Mae angen i ni i gyd wybod beth sy'n digwydd yn ein hoes ni a beth ddigwyddodd yn y gorffennol ... '

'Cymro ydych chi, felly, Emrys?'

'Nage ... Archentino ydw i. Archentwr sy'n digwydd bod yn siarad Cymraeg. Wedi'r cyfan, hon ydy'r wlad sy wedi fy mwydo i a rhoi addysg i mi.'

'Mae gyda chi un droed ym mhob gwersyll, felly, mewn ffordd o siarad?'

'Oes, debyg. Dan ni bobol Patagonia yn teimlo

weithia ein bod ni wedi ein trawsblannu mewn gwlad dros y môr. Dw i'n anghytuno â'r farn honno sy'n deud mai cachgwn oedd y bobol ddaeth yma gant pedwar deg o flynyddoedd yn ôl ... Digon gwir mai dianc neson nhw, ond dianc am eu bod yn cael eu gormesu. Doeddan nhw ddim mwy na esclavos *eh ... yn gaeth ... yn gaeth ...'*

'Yn gaethweision?'

'Exacto. *Yn y pwll glo a'r chwaral. Cael bywyd calad o dan y meistri tir. Y plant yn cael eu cosbi yn yr ysgol am siarad Cymraeg ... Roeddan nhw wedi cael llond bol ar swpian sana'r Saeson a ...'*

'Hm. *Nid gwleidydd mohonoch chi, nage, er eich bod chi wedi'ch trwytho mewn hanes?'*

'Gwleidydd ... politico? Nage. Mecanic *dw i. Ac yn un o'r bobol hynny sy'n ddigon ffodus i fod mewn gwaith. Dan ni'n mynd trwy gyfnod anodd – andros o anodd. Dan ni, y bobol gyffredin, ddim yn gallu gwneud dim i wella'r sefyllfa. Os na chawn ni ddynion gonast i'n harwain, bydd petha'n mynd o ddrwg i waeth.*

'Dydy pethau ddim yn dda yn y brifddinas ar hyn o bryd – protestio ar y strydoedd a'r banciau'n gwrthod rhyddhau arian ...*

'Mae petha'n ddigon drwg yma, ond mae'n waeth yn Buenos Aires. Mi welis i yn y papur newydd y dydd o'r blaen ei bod hi'n cael ei galw'n Baradwys Seicotherapia! Cannoedd ar gannoedd o bobol wedi drysu achos ... wel, achos yr ansicrwydd sy yn y wlad.'

'Mae'n amlwg eich bod yn poeni o ddifri am y sefyllfa.'

'Ydw. Am y wlad ac yn arbennig am y dalaith dw i'n perthyn iddi ...'

'Talaith Chubut. Mae honno'n anferthol, yn ôl dw i'n 'ddeall.'

'Mi fasa Cymru fel gwlad yn gallu mynd i mewn i dalaith Chubut ryw ddeg o weithia!'

'Bobol annwyl!'

'Mi roedd gan Chubut gobernador gonast ar un adag. Roedd o'n deud y dydd o'r blaen, petai o'n medru hel hannar cant o ddynion gonast, mi alla fo godi'r dalaith ar ei thraed unwaith eto. Mae'n debyg bod fy nhad, yn ei ddydd, yn meddwl yn uchal iawn ohono fo.'

'Oedd eich tad yn wleidydd?'

'Nac oedd. Athro oedd o, ond mi roedd ganddo ddaliada gwlei ... gwleidyddol. Roedd o'n ddarllenwr mawr, yn feddyliwr mawr ac yn siaradwr mawr! Daliada ddoth o Gymru oedd ganddo fo, fel daliada ei dad, a'i daid o'i flaen. Roeddan nhwtha wedi dod o dan ddylanwad pobol fel Robat Owan, y Drenewydd. Y fo, ia, wnaeth sefydlu y cwmni ... masnachol ... cydweithredol cynta.'

'Sosialydd oedd eich tad, felly?'

'Ia, sosialydd Cymreig. Roedd safon byw ei gyd-wladwyr yn boen enaid iddo. Nath o ddechra hawlio cyfiawndar a thegwch i bawb. Codi'i lais yn erbyn cyfal-af-iaeth y byd cynta ...'

'A'r canlyniad? Beth oedd hwnnw?'

'Ga i ddeud fel ... fel dw i'n cofio petha ... '

'Wrth gwrs. Ewch ymlaen.'

'Un noson, union bum mlynadd ar hugain yn ôl,

mi roedd y tri ohonom, 'y nhad a mam a minna, yn eistadd i gael swpar. Yn sgwrsio ac yn chwerthin fel y byddan ni'n arfar. Yn sydyn, neson ni glywad y twrw mwya dychrynllyd y tu allan. Ergyd i'r drws a dyma bump o filwyr yn rhuthro i mewn ... bob un yn cario gwn. Neson nhw fynd yn syth at fy nhad gan anwybyddu fy mam a minna. Tri o'r sowldiwrs yn cydio ynddo tra bo'r ddau arall yn dechra troi'r holl dˆy wyneb i waered. Lluchio llyfra ... papura ... Chwilio dyddlyfr fy nhad er mwyn cael cyfeiriada, rhifa ffôn ei ffrindia fo ... unrhyw wybodaeth. Pan ... pan ddechreuodd o brotestio mi ... mi neson nhw roi ergyd iddo ... ac un arall ... ac un arall nes bod y gwaed yn llifo o'i geg o. Pan welis i hyn, mi ... mi wnes i ruthro at un ohonyn nhw, ond mi wnath o 'ngwthio i i ffwr', ac mi ddigwyddais i fwrw 'mhen yn erbyn cornel y bwrdd ... y peth nesa ro'n i yn ei wybod oedd 'mod i'n gwaedu fel mochyn ... Mi allwn i fod wedi colli'n llygad, meddan nhw. Mae'r graith yn dal yno. Mi wnath pob dim ddigwydd mor sydyn wedyn. Mwgwd am ben fy nhad ... fy mam yn cael ei tharo wrth iddi geisio mynd ato ... hitha'n syrthio'n swp i'r llawr. 'Nhad yn gweiddi JUSTICIA! JUSTICIA! Cyfiawndar! Ergyd arall i'w asenna ... a'i lusgo allan. Yna neson nhw ei gipio fo ...'

'Mae'n stori erchyll a dweud y lleiaf. Dw i'n edmygu'ch dewrder chi yn adrodd hanes mor frawychus o greulon. Eich tad yn cael ei gipio, chithe'n cael eich clwyfo, a'ch mam, druan, beth ddigwyddodd iddi hi?'

'Mi wnes i gredu eu bod nhw wedi ei lladd hi. Dw

i'n cofio rhedag at y ffenast. Roedd hi'n dechra nosi ...
ond mi welis i gar Falcon mawr gwyrdd y militari yn
diflannu o'r golwg. Yna mi ddoth fy mam ati hi ei hun
a dechra crio. Crio a chrio fel ... fel babi ...'

'Mae'n rhaid bod profiad mor erchyll wedi gadael
ei ôl arni.'

'Mi gafodd effaith arswydus arni hi ac arna i. Y
cyfan wnath hi am fisoedd o'dd gweu. Gweu ... gweu ...
gweu. Oni bai am Nain mi fasan ni'n dau wedi llwgu.
Yna, mi ddechreuodd gerddad at y ffenast, yn ôl ac
ymlaen, yn ôl ac ymlaen ... ddydd a nos ... yn disgwyl
Dada i ddod adra ... Disgwyl ei weld, disgwyl clywad ei
lais. Disgwyl tan y munud olaf. Ond ddaeth o ddim
adra. Ac ymhen llai na chwe mis, roedd hi wedi ...
wedi marw. Yn ddeg oed, felly, mi o'n i'n amddifad.
Oni bai am Nain, sef mam fy nhad, wn i ddim beth
fyddai wedi digwydd i mi. Hitha roddodd gartra a
lloches i mi ... '

'Mae hyn yn artaith i chi, Emrys. Fe allwn ni
ddirwyn y cyfweliad i ben os 'ych chi'n dymuno.'

'Dim o'r fath beth! Dw i isio i bobol Cymru gael
gwybod y gwir. Nid dim ond fy nhad, Dewi Ricardo
Jones, wnath ddiflannu. Erbyn diwadd y saithdega,
roedd tri deg mil a mwy o bobol debyg iddo wedi cael
eu cipio ...'

'Mae hynny'n anghredadwy! Pwy neu beth oedden
nhw, y bobol yma?'

'Fel fy nhad, mi oeddan nhw'n bobol â
convicciones yn perthyn iddyn nhw. Argyhoeddiada,
ia? Yn bobol o bob oed ... hen ... ifanc. Dynion ...
merchaid ... Yn feddylwyr i gyd. Pobol broffesiynol yn

y gymdeithas. Athrawon fel fy nhad … doctoriaid …
cyfreithwyr … políticos. *Arweinwyr. Ia, arweinwyr*
oedd yn trio rhwystro cynllunia cythreulig y
capitalistas! *Y … cyfalafwyr.'*

'*Ond onid terfysgwyr oedden nhw? Pobol beryglus?'*

'*Amball un, o bosib. Ond sosialydd Cymreig oedd fy*
nhad. Llais yn yr anialwch yn gweiddi dros
gyfiawndar i bawb – i bawb yn ddiwahân.'

'*A weloch chi fyth mohono wedyn. Pum mlynedd ar*
hugain, a ddaeth eich tad fyth yn ôl. A'r lleill? Ddaeth
yna rai yn ôl o gwbwl?'

'*Prin iawn. Cael eu taflu i'r môr … cael eu llosgi …*
Ar ôl cael eu cam-drin, wrth gwrs. Gadal rhywrai yn
hannar marw, fel yn hanas un o gyfeillion fy nhad.
Sbaenwr, o ran ei wreiddia, wedi priodi â Chymraes …
Wedi ei guro fo'n ddidrugaradd, mi neson nhw roi
mwgwd am ei ben o, a'i gludo fo i ryw fan anghysbell
ar y paith. Duw sy'n gwbod am faint o amsar y buodd
o'n … eh … yn inconsciente, *ond pan ddoth o ato'i*
hun, mi nath o ddilyn y pyst oedd yn cario trydan. Eu
dilyn nes iddo gyrraedd rhyw dyddyn, lle y buodd o'n
ddigon ffodus i gael … lloches, ia? Misoedd … misoedd
yn dibynnu'n llwyr ar bobol y tŷ tan iddo fo fedru
sefyll ar ei draed a dechra ar y daith hir adra. Ei wraig
yn ei guddio fo. Y drysa i gyd dan glo. Ôl sgidia'r
sowldiwrs yn dal ar ei gorff o a'i ysbryd wedi'i
ddarnio …'

'*Ac mi fuodd e fyw i ddweud ei stori. Ga i ofyn a*
ydy o'n dal yn fyw?'

'*Trwy drugaredd, nac ydy. Mi fuodd o fel cabatsien.*
Byth yn mynd o'r tŷ. Dychryn ar y sŵn lleiaf. Roedd

byd yn oed sûn yr heledera *– y cwpwrdd rhew – yn ei atgoffa fo o symudiada'r milwyr ...'*

'Ond eich milwyr chi oedden nhw, wedi'r cwbwl!'

'Ia, ein milwyr ni. Ond gan bwy y cafodd y Cadfridogion eu hyfforddi? Gogledd America oedd y tu ôl i'r cyfan. Doedd hi ddim isio gweld Archentina'n codi fel un dyn ... Felly ffwr' â nhw – y meddylwyr ... yr arweinwyr ... Ac nid yn unig Archentina. America Ladin o'r naill ben i'r llall ... Victor Jara ... Oscar Romero ... Mae Dafydd Iwan yn cyfeirio atyn nhw yn ei ganeuon ...'

'Jara o Chile a Romero o Colombia, ie?'

'Dyna fo. A phetai o, Dafydd Iwan, yn gwybod am yr hyn ddigwyddodd i fy nhad, Dewi Ricardo Jones, mae hi'n ddigon posib y basa fo wedi cyfansoddi cân er cof amdano ynta, hefyd!'

'Mewn gair neu ddau, beth fyddech chi'n galw y bobol yma – merthyron neu derfysgwyr neu beth?'

'Mi faswn ni'n eu galw nhw yn Warchodwyr Tlodion y Byd!'

'Mae terfysgaeth a therfysgwyr yn eiriau y byddwn ni'n eu clywed yn aml y dyddiau hyn yn rhy aml. Mae Gogledd America, er enghraifft, yn dal i alaru ar ôl y drychineb o golli'r ddau dŵr yn Efrog Newydd. Mae'n siŵr i'r digwyddiad erchyll hwnnw eich ysgwyd chi i'r byw hefyd.'

'Do. Ac eto, fel un o feibion y trydydd byd, roeddwn i'n disgwyl i rwbath ddigwydd. Yn disgwyl i ryw anghenfil estyn ei bawen a tharo'n ôl. Maen nhw'n dal i alaru dros y tair mil a gollodd eu bywyda, ydan. Ond gofyn ydw i – pwy wnath alaru dros y tri deg mil a

mwy o Archentwyr ddiflannodd oddi ar wyneb y
ddaear yn y saithdega? Y miloedd ar filoedd wnath
golli eu bywyda yn Vietnam? Yn Panama? Heb
anghofio Rhyfal y Malvinas.'

'Yn wythdeg dau, ie? Roedd hwnnw'n gyfnod
anodd i chi.'

'Oedd, yn enwedig i ninna yn Chubut. Hogia
Cymru'n cael ordars i ladd eu cefndryd yma yn
Patagonia. Taswn i wedi bod rhyw flwyddyn yn
hynach mi fyddwn i wedi cael fy hun yng nghanol y
rhyfal ac yn ymladd yn erbyn rhyw Jones arall. Mi
neson ni, neu'n hytrach, ein Cadfridogion ni, sathru
ar gynffon y Llew y pryd hwnnw, rhaid cyfadda!'

'A beth am yr Ariannin, nawr? Y wlad 'ych chi'n ei
charu mor angerddol? Oes 'na ddyfodol iddi hi?'

'Dan ni wedi sôn am anhrefn, am dlodi ac am
ddiffyg pres, ond y gwir amdani ydy bod y wlad hon
yn gyfoethog – yn ddrewllyd o gyfoethog! Mae 'na
ddigonadd o fwyd ar gyfar pawb. Cig a grawn ...
ffrwytha a llysia heb eu hail heb anghofio'r gwin, a'r
olew, y gas *... eh ... nwy, ia? A'r aur. Mae cwmni o*
Loegar ar ôl hwnnw. A dyna'r dŵr ... digon o ddŵr
glân i ddisychedu Affrica gyfan. Dw i'n gwbod hynny
... ac mae'r Estados Unidos a Lloegar, wrth gwrs, yn
gwbod hynny. Dyna pam maen nhw'n cadw llygad
arnon ni yma. Rhaid i ni gael arweinyddion gonast ...
pobol sy'n credu mewn trefn. Mewn cyfiawndar. Fel yr
hen Gymry gynt. Petai ugain mil ohonyn nhw wedi
dod yma yn y lle cyntaf dw i'n credu'n wirioneddol y
bydda petha'n wahanol i'r hyn y maen nhw heddiw.'

'Dewch o 'na, Dewi Emrys Jones, 'ych chi'n gor-

ramantu nawr. Yn gwneud i'r hen Gymry ymddangos fel bodau perffaith. Onid dwyn oddi ar y brodorion gwreiddiol wnaethon nhw mewn gwirionedd?'

'Dim o'r fath beth! Y llywodraeth roddodd y tir yn rhodd i'r Cymry ac mae pawb yn gwybod bod perthynas dda wedi bodoli rhwng yr Indiaid a'r Cymry o'r cychwyn cyntaf.'

'A beth am heddiw?'

'Does neb yn ben. Archentwyr ydan ni i gyd. Y Cymry, pobol o'r Eidal, Sbaen a Thwrci ... '

'A'r "petha bach duon"?'

'Mae'n gas gin i'r ffordd yna o siarad ... '

'Rwy'n gallu gweld eich bod yn anesmwytho, ond mae'n wir, on'd ydy? Dyna sut mae amryw o'r Cymry'n cyfeirio at yr Indiaid.'

'Dydy pawb ddim yn gneud. Ond mae 'na elfen o bitïo yn y dywediad. Dydyn nhw ddim cystal eu byd â'r gweddill ohonom, digon gwir, ond nid arnon ni Gymry Ariannin y mae'r bai am hynny ... '

'Ac o safbwynt y Gymraeg hithau? Ydy'r iaith yn mynd i fyw yma ... yn mynd i oroesi?'

'Rhaid i chi yn yr Hen Wlad gofio nad ydy'r hyn dach chi'n ei alw'n Wladfa, yn bodoli o gwbwl. Miloedd o Archentwyr sydd yma, yn dal i fedru'r iaith ac yn dymuno i'w plant ac i blant eu plant ddal i'w siarad hi. Efo'r help dan ni'n ei gael o draw mae gin i ddigon o ffydd y bydd y Gymraeg ar ein gwefusa ni ac yn ein calonna am flynyddoedd lawar i ddod...'

'Dewi Emrys Jones – diolch yn fawr iawn i chi. Mae hi wedi bod yn bleser cael eich cwmni chi. Ac i chithe'r gwrandawyr, mae'n siŵr y byddai o ddiddordeb i chi

wybod, mai Nel, sef Señora Elena Lewis de Jones,
Nantlwyd, y wraig honno y buoch yn gwrando arni
rai wythnose yn ôl, yw mam-gu - neu nain - Dewi
Emrys, ac iddi hi yn bennaf y mae'r diolch am feithrin
y doniau amlwg hynny ym mherson ei hŵyr.
Gobeithio i chi fwynhau'r daith i Batagonia ac y bydd
Adlais yr Andes *yn aros yn y cof. Diolch am wrando a*
hwyl fawr i chi gyd.'

Diffoddodd Paula y peiriant recordio a chodi o'i sedd.
Cerddodd yn araf, sefyll o flaen Emrys ac eistedd ar ei
arffed. Rhedodd ei bysedd trwy ei wallt, chwilio am y graith
fach wen o dan ei ael ac wedi iddi gael hyd iddi, fe'i
cusanodd. 'Em ... o, Em,' llefodd ar ei ysgwydd. Gafaelodd
yntau yn ei dwylo ac ymollwng.

Pennod 12

Yr oedd gan Paula gant a mil o bethau i'w gwneud yn ystod y dyddiau nesaf. Roedd yr wythnosau wedi hedfan a chymaint o bethau wedi digwydd iddi, pethau cwbwl annisgwyl. Yn saff yng nghrombil y peiriant recordio, roedd ganddi gasgliad amhrisiadwy. Gem o gyfres. Hawdd oedd rhag-weld mai dyna fyddai barn pawb amdani, gan gynnwys y beirniaid mwyaf llawdrwm.

Nid yn unig yr oedd hi wedi gallu cyflawni ei gorchwyl, ond, o fewn byr amser, fe ddaeth o hyd i'r pishyn mwya golygus a welodd hi erioed, ac roedd wedi cwympo mewn cariad ag ef. Ac Emrys â hithau. Waw! Roedd hi yn ei seithfed nef. Ond buan y byddai'n rhaid iddi ddod oddi yno. Roedd Emrys yn iawn pan ddywedodd y byddent fel dwy law ar wahân, yn estyn am ei gilydd dros y môr. Ond am ba hyd, wyddai hi ddim. Roedd Nel, beth bynnag, yn gwbl ffyddiog y byddai'r ddwy law yn un ryw ddiwrnod. Byddai'n rhaid gadael y cyfan i ragluniaeth. Ymddiried ... gobeithio'r gorau ... a disgwyl yn amyneddgar. Ond doedd pethau ddim yn gweithio fel'na. Beth am rai o'i chyd-fyfyrwyr a adawodd bopeth i ragluniaeth? Lle o'n nhw nawr? Yn dal i ymchwilio i raglenni rhywun arall, neu yn athrawon borin' yn byta, yfed a chysgu plant pobol erill ...

Fe fu draw i Nantlwyd brynhawn ddoe. Roedd hi am weld Nel unwaith eto a chael cyfle i'w chofleidio. Golwg ddigon llwydaidd gafodd hi arni, serch hynny. Mi gymerodd at Nel o'r funud gyntaf y'i gwelodd wrth ddrws y bwthyn. Pwy allai beidio ag ymserchu mewn cymeriad mor annwyl? Os oedd hi'n annwyl ac yn enillgar y bore cyntaf hwnnw, roedd hi'n anwylach fyth erbyn hyn, a Paula'n gwybod mai hi oedd mam-gu Emrys.

Cyn iddi ymadael â Nantlwyd, mynnodd Nel fynd i ryw ddrâr ac wedi iddi chwilmantan drwy bentwr o bapurau, fe ddaeth o hyd i lun bychan du a gwyn. Llun o Emrys ydoedd, yn fachgen amddifad deg oed, yn gwneud ymdrech deg i wenu. Ond roedd ei lygaid yn ei fradychu ac yn dweud wrth bawb a fynnai edrych iddynt ei fod yn hogyn wedi ei glwyfo. Fe swynwyd Paula gan yr un llygaid y noson yr aeth hi i'r *asado* ac fe'u gwelodd, hefyd, yn llawn dagrau wrth iddo ddianc o'r Eglwys y bore Sul hwnnw. Gwyddai pam, erbyn hyn. Ac mi wyddai pam, hefyd, y bu i'r un llygaid dywallt deigryn ar ôl iddi ddiffodd y peiriant recordio. Rudd wrth rudd, roedd ei dagrau hi a'i ddagrau yntau wedi rhedeg i'w gilydd a blas halen y môr ar gusanau eu hangerdd.

Gorchwyl boenus oedd ffarwelio â Nel. Fel y byddai wedi hoffi mynd â hi gyda hi i Gymru, er mwyn iddi gael sangu daear gysegredig yr Hen Wlad a chyflawni ei phererindod ddaearol. Cael troedio llwybrau'r llenorion a'r beirdd, yr enwogion a gyflwynodd i sylw ei meibion ac i'w hŵyr yn nyddiau ei febyd. Anodd credu y byddai hi, Paula Carter, y ferch freintiedig, uchelgeisiol a oedd â'i holl fryd ar ei gyrfa gyfryngol, yn medru cael ei llorio'n llwyr wrth iddi ddod wyneb yn wyneb ag enaid mor fawr. Daeth lwmpyn i'w gwddf pan edrychodd i'w llygaid glas a gafael yn ei llaw fach esgyrnog. Gafael ynddi, o bosib, am y tro olaf.

Edrychodd yn hir ar y llun bychan yn ei llaw ac yna ei roi i gadw yn ofalus. Ar y daith o Gymru, llun o Cliff fu'n nythu ymhlith ei heiddo mwyaf personol. Ond yn awr, gydag amser ymadael yn prysur nesáu, y llun bychan a roddodd ym mhlyg ei blows sidan borffor yn y cês ar gyfer y daith hir yn ôl i Gymru.

Yr oedd Lynwen wedi galw yn ystod y prynhawn, i holi ynglŷn â'r datblygiadau diweddaraf. Man a man ei bod hi'n gwbl agored, meddai. Oedd, roedd pobol wedi dechrau siarad, yn enwedig ar ôl deall na fyddai Paula yn cyd-deithio gyda hwy ar y bws i Drelew. Fe synhwyron nhw yn syth fod rhywbeth yn y gwynt! Yn ôl un o'r criw, a doedd dim angen dweud pwy oedd honno, yr hen sarff â hi, roedd Emrys yn mynd i Gymru gyda hi! Mynd yno er mwyn pluo'i nyth, oedd e, wrth gwrs! Cyn i Lynwen ddweud yr un gair arall roedd Paula wedi ei sicrhau nad oedd gronyn o wirionedd yn hynny. Ni wyddai beth a ddeuai o'u perthynas yn y diwedd oherwydd roedden nhw ill dau yn derbyn y byddai'n rhaid i Paula fynd yn ôl i Gymru. Dyna pam ei bod hi am deithio i lawr i'r Dyffryn yn y cerbyd gydag Emrys a mwynhau'r Eisteddfod yn ei gwmni.

Ar ei phen ei hun unwaith eto, eisteddodd Paula ar erchwyn y gwely. Allai hi ddim peidio â meddwl am y wên fach hunanfodlon a groesodd wyneb Lynwen, pan aeth ati i egluro'r sefyllfa gymhleth wrthi. Tybed a oedd poen meddwl Paula yn rhoi mymryn o bleser i Lynwen? Pwy a wyddai beth oedd ei bwriad? Merch o Gymru ... yn siarad Cymraeg ... yr un oed ... Mi fyddai Lynwen yn dal yma am dipyn eto a digon o gyfle ganddi i fynd i chwilio am Emrys ...

Yr unig sicrwydd a feddai Paula y funud honno oedd

201

gydag Emrys yr oedd am fod. Gydag ef yr oedd am dreulio gweddill ei bywyd. Ond yn lle? Yma, yng ngwlad y *mañana* lle'r oedd bywyd mor ansicr? Neu yng Nghymru? Yng nghanol prinder neu yng nghanol digonedd? A fyddai hi'n gallu dygymod â byw am weddill ei hoes mewn rhan o'r byd a oedd, i bob pwrpas, mor bell o bob man? Mi fyddai'n rhaid iddi roi heibio moethau bach fel bwrw'r Sul ym Mharis neu Rufain neu dreulio mis ar gwch pleser ei thad yn Puerto Banus. A fyddai hi'n gallu byw yma a bod yn rhan o'r trydydd byd?

A beth am Emrys? Beth pe digwyddai yntau fynd i Gymru? Ai cael ei ddadrithio a wnâi? Sylweddoli bod y math o Gymraeg a siaradai yntau heb fod yn annhebyg i hen berson ar beiriant cynnal bywyd. Ai boddi a wnâi yn y môr o Saesneg o'i gwmpas ym mhob man? Oni fyddai'r Cymro hwn a fynegai ei hun yn y Gymraeg a ddysgodd ei nain iddo ym Mhatagonia yn gyff gwawd i bobol y banciau a'r swyddfeydd a'r siopau? Mi fyddai Dewi Emrys Jones fel pysgodyn allan o ddŵr. Fel Crocodile Dundee wedi cefnu ar ei gynefin.

Sut yn y byd yr ymgodymai â'r fratiaith o'i gwmpas… ar y strydoedd, ar y radio ac ar y teledu. Y Gymraeg sâl a siaredid ar y sianel honno y bu yn agos i arwr iddo farw er ei mwyn? Heb sôn am y to ifanc a'u hacenion rhyfedd a'u lingo, yn "no way … lyfli … rîli … gwd … grêt … lysh … cŵl a fi'n lyfo ti"! Cerdded strydoedd Pontyfelin ac, er clywed Cymraeg gan y rhan fwyaf o'r boblogaeth, cael ei ddrysu'n lân gan y dafodiaith leol. Digon gwir ei fod wedi cyfarwyddo â geiriau fel "cwpla" a "mas", a "cŵlo", er mawr ddifyrrwch iddo, ond sut ar y ddaear wnâi e ddygymod â geiriau fel "wilia" … hwpo … hala … wado … wmbo …

bechingalw" a" sa i'n" hwn a "sa i'n" llall?

Dylai ambell raglen radio a theledu ei blesio, ac fe gâi wrando ar ddigon o fwletinau newyddion gydol y dydd. Byddai'n teimlo'n fwy cartrefol ar y Sul. O enau y Parchedig Moses Powell yn Siloam y câi glywed iaith y nefoedd ar ei gorau. Deuai ambell berl dros ei wefusau a llefarai bob amser yn bwyllog ac mewn llais melfedaidd, dwfn gan ddarllen ei gynulleidfa, yn hytrach na'i bapur. Nid yn unig yn areithiwr, roedd hefyd yn feddyliwr mawr. A byddai ei egwyddorion yn siŵr o apelio at Emrys. Mae'n debyg iddo ymwrthod ag uchelgais bersonol er mwyn aros yn was Duw. 'Dewis byw ar ryw welltyn, yn hytrach na gloddesta ar borfeydd breision ...' Pregeth Wncwl Dai o'r Sedd Fawr oedd honna pan ddeuai'n amser codi cyflog y gweinidog. Wrth gwrs, nid dim ond gwasgar bendith o'i bulpud o Sul i Sul a wnâi'r hen Foses. Yn wahanol i weinidogion eraill y cwm, fe oedd y cyntaf un i weini cysur i'r claf ac i'r sawl oedd mewn profedigaeth. Doedd gan Paula'r un amheuaeth na fyddai Emrys yn barod i fynd i wrando ar un a fyddai byth a hefyd yn ysgrifennu i'r wasg o blaid y difreintiedig. Ac yntau'n gyn-löwr, roedd wedi bod gyda'r cyntaf i amddiffyn hawliau'r glowyr pan gaewyd y pwll glo olaf yn y cwm rai blynyddoedd yn ôl. Sosialydd o Gristion ... sosialydd Cymreig, fel Emrys ei hun.

Ond arhosai maen tramgwydd arall ... Beth fyddai Emrys yn ei feddwl o'i thad? A ddychrynai wrth ei weld yn ei siwtiau crand designer labels a ffromi pan wibiai heibio yn ei Porsche lliw arian? A beth am yr iaith ar ei wefus? Beth am farn ei thad am Emrys? Dillad cyffredin amdano. Jobyn cyffredin. Dwylo ac ôl gwaith arnyn nhw. Heb feddu gair o'r iaith allai agor drysau iddo. Hwyrach y byddai ei mam yn fwy rhesymol, yn enwedig wrth iddi deimlo cusan y fath bishyn 'hanswm' ar ei boch.

Mi allai fod yn siŵr o un peth. Fe gâi Emrys groeso breichiau agored gan ei mam-gu. Hawdd oedd ei dychmygu yn estyn am y llestri Country Roses … yn mynd ati i dywallt cwpaned o de iddo … yn mynnu ei fod yn profi ei tharten fale. Trefnu, wedyn, ei fod e'n cael annerch y gangen leol o Ferched y Wawr … hwyluso'r ffordd iddo gael cwrdd â'i ffrindiau yn y Clwb Bowls … ei dywys o dŷ i dŷ ar hyd a lled y pentre, a mynd ag e ar ei braich i'r oedfa hwyrol yn Siloam …

Ysgydwodd Paula ei hun o'i meddyliau pan glywodd injan y Chevrolet yn rhuo y tu allan. Gadawodd bob dim a rhedeg nerth ei thraed i agor y drws.

'Sut mae seren 'y mywyd i, heddiw?' gofynnodd Emrys iddi, gan ei sgubo oddi ar ei thraed.

'Ti sy'n gyfrifol. 'Yt ti wedi deffro pob dim yno' i!'

'Ac mi wyt titha 'di rhoi modd i fyw i mi! Dw i ddim isio dy golli di, Polagata.' Syllodd o'i gwmpas yn sydyn. 'Wyt ti wrthi'n pacio, neu be?'

'Neud 'y ngore.'

'Oes 'na le i mi yn nacw?' gofynnodd gan lygadu'r cês mawr glas.

''Yt ti wedi ffito i mewn i'r dim i'r bag bach du. Dere i weld.' Aeth Paula i blygion ei blows sidan borffor ac estyn y llun bychan yr oedd wedi'i osod yno.

'¡*Che!*' meddai gan sbio arno'n syn. 'Yn lle goblyn gest ti hwn?'

'Nel roiodd e i fi. Bues i draw yn ffarwelio. O'dd hi'n anodd, cofia … achos wy'n meddwl y byd ohoni.'

'Mae Nain wedi gwirioni efo titha hefyd. Nid hi ydy'r

unig un, wyddost ti,' gwenodd gan ei gwasgu ato.

'Wy'n gwbod 'ny,' atebodd. 'O, Emrys, drycha ar y llun yma. Ma'r llyged yn gweud y cwbwl …'

'Dw i'n falch 'mod i wedi dweud y cyfan wrthot ti, Pawla, a dy fod ti'n deall … yn fy neall i a phob dim y gwnes i 'ddiodda.'

'A phobol Cymru, Em, fe fyddan nhw'n cael clywed dy stori di cyn hir. Fe fyddan nhw'n dy ddeall di … '

'Wn i ddim am hynny. Yr unig beth dw i'n wybod ydy dy fod ti'n medru ymateb mor berffaith!' atebodd gan roi'r llun ar ymyl y gwely. 'Tyd. Tyd yma!'

'Hei! Gan bwyll. Mae dy grys di'n saim i gyd. Mi fydd 'y mlows i'n …'

Ond roedd hi wedi colli'r dydd oherwydd cyffyrddodd ei wefusau â'u rhai hi ac fe'i cusanodd yn dyner.

'Tamaid i aros pryd, ia? Mae gin ti ormod o lawar o betha ar chwâl ar y gwely 'ma! ¡Che! Be 'dy hwn, llun arall?' gofynnodd gan blygu i'w godi.

Ond achubodd Paula y blaen arno. Gafaelodd yn y llun a cheisio ei guddio.

'Tyd o 'na … Llun ohonat ti'n hogan fach, ia? Gad i mi weld.'

Cipiodd y llun o'i llaw yn chwareus. Aeth y ddau yn fud am funud.

'Cliff … Cliff yw hwnna.'

Un olwg frysiog arno. 'Tipyn o bili-pala, *eh*?' chwarddodd. Ond pan welodd yr olwg ar wyneb Paula aeth ati i ymddiheuro yn ddiymdroi. 'Mae'n ddrwg gin i.'

'Yn ddrwg 'da ti amdana i, amdano fe, neu am yr hyn wedest ti?' Ac yna torrodd allan i chwerthin. 'Paid â phoeni, ma croeso i ti i'w alw fe'n unrhyw beth fynni di. Naiff e mo dy glywed di, na dy ddeall di, chwaith! Gobeithio ydw i wna i mo'i weld e byth eto.'

'Mae "byth" yn swnio'n derfynol iawn.'

'Ody, mae e, ond dealla un peth, Em. Wy isie i ni'n dau, ti a fi … ni'n dau, i fod gyda'n gilydd … am byth.'

'¡Yo también!' sibrydodd gan gymryd arno frathu llabed ei chlust. 'Rŵan, 'ta, y motobeic. Dw i wedi dod i'w 'nôl o. Mi wnes i lwyddo i gael prynwr.'

'O, gwych!'

'Mi wnes i 'ngora, ond mae arna i ofn mai colli pres wnei di,' gofidiodd Emrys. 'Cant o *pesos* yn llai nag y gwnest ti dalu amdano. Fydd hynny'n iawn?'

'Wrth gwrs bydd e. Sdim problem. Ychydig o bunnoedd yn llai, dyna i gyd!"

'Mae o wedi addo dod â'r pres heno 'ma, ar yr amod 'mod i'n rhoi sylw i gar ei frawd o. Taro bargian, ia?'

'Bydd hiraeth arna i ar ôl yr hen sgwter 'na. Hwnnw ddaeth â ni at ein gilydd yn y lle cynta. Cofio?'

'Sut allwn i beidio â chofio, dwed? Y ferch dlysa welis i erioed yn dod i darfu ar fy *siesta* i! A sôn am *siesta*, dw i'n mynd adra am awr o gwsg cyn ailafael yn 'y ngwaith. Mae 'na wely yma, ond dw i'n ama gawn i lonydd i gysgu yn hwn!'

'Cer o'ma 'nei di, cyn 'mod i'n dy glymu di'n sownd iddo fe!'

'Mae hynny'n swnio'n neis. Dw i'n cael fy nhem—'

'Bant â chi, Mistar Jones…'

'Â thwll yn ei drôns! ¡Bueno! ¡Bueno!' meddai wrth weld clustog yn hedfan tuag ato. 'Wyt ti'n cofio 'mod i'n mynd i wneud swpar bach i ni'n dau heno 'ma, on'd wyt ti, 'nghariad bach i?'

'Odw,' gwenodd Paula. ''Yt ti am i fi ddod â rhywbeth gyda fi?'

'Dim byd. Finna fydd y *cocinero* heno a mi ofala i dy fod ti'n cael *asadito* i'w gofio!'

'Mm ... edrych ymla'n,' gwenodd gan roi clatsien fach i'w ben-ôl wrth iddo fynd i gasglu'r sgwter o'r sièd. Allai hi ddim diodde edrych arno'n llwytho'r sgwter i'r Chevrolet. Byddai hynny'n gyfystyr â ffarwelio'n derfynol â ffrind. Ac mi fuodd y mashîn wnïo, fel y'i galwyd gan Emrys, yn ffyddlon tu hwnt iddi, wedi i'r mecanig mwya medrus yn y dre gael ei ddwylo arno!

I ffwrdd ag e o'i golwg. Pennod arall wedi'i chau ... Aeth yn ôl i'r ystafell wely lle bu'n hel meddyliau gydol y bore ... Parhau â'i phacio ... mynd i'r twll yn y wal ... draw am dro i weld Mirta i gynnig esboniad iddi pam na fyddai'n cyddeithio gyda'r criw ar y bws. Fyddai dim angen egluro iddi, mewn gwirionedd. Os oedd rhywun yn deall y sefyllfa, Mirta oedd honno. Hi achubodd ei chroen y dydd o'r blaen wrth wneud esgus ar ei rhan, pan fethodd Paula â mynd i'r te parti a drefnwyd i ffarwelio â hi. Chwarae teg i Mirta. Roedd hi wedi bod yn ffrind da o'r diwrnod cyntaf y cyfarfu Paula â hi yn y maes awyr ...

Ailddechreuodd blygu rhai o'i phethau a'u gosod yn drefnus yn y cês.

*   *   *

Eisteddodd Paula ar soffa fechan, ac er bod honno wedi gweld ei dyddiau gorau, roedd hi'n hynod o gyfforddus. Crwydrodd ei llygaid o'r naill ben o'r ystafell i'r llall. Llyfrau ... llyfrau ... a mwy o lyfrau. Llyfrau ym mhob man, a dim golwg eu bod yno i hel llwch. Doedd dim ôl llwch yn unman, chwarae teg. Wrth gwrs, roedd Juana wedi bod yn glanhau gydol y bore ac, o edrych ar y lle, fyddai neb yn amau mai llety hen lanc ydoedd.

Neidiodd yn sydyn wrth iddi deimlo rhywbeth oer yn cyffwrdd â chefn ei throed. Edrychodd i lawr a gwelodd mai'r labrador du oedd yno, yr un a fu'n cyfarth mor ffyrnig arni ar ei hymweliad cyntaf â'r garej. Dyna lle'r oedd e'n rhwto'i drwyn yn ei throed ac yn gwneud ymdrech deg i wthio'i dafod i mewn drwy'r twll ar flaen ei sandal. Teimlodd ias i lawr ei hasgwrn cefn. Roedd hi'n dwlu ofon cŵn fel arfer, ond ci Emrys oedd hwn. Ysgydwai ei gynffon fel pe bai e'n rhoi sêl ei fendith ar y cyfan oedd yn digwydd.

'¡Ándate! Carlos … ts … ts,' meddai Emrys. 'Wedi clywad ogla'r cig mae o. Dydy o ddim fel arfar yn cael dod i'r tŷ, yn enwedig ar ôl i Juana fod yn golchi'r llawr.'

'Elli di ddim ei feio fe, o'dd y cig 'na'n …'

'Gwynto'n ffein, ia? Mae gin i gof da, weli di!' chwarddodd Emrys.

'Oes, mae e. Nid dim ond yn gwynto'n ffein o'dd e, ond o'dd y cig 'na'n toddi yn 'y ngheg i.'

'Chei di ddim cig fel yna yng Nghymru.'

'Na cha', wy'n gwbod 'ny. Na rhywun fel ti i'w goginio fe, chwaith.'

'Beth am aros er mwyn y cig, 'ta, os nad er mwyn y *cocinero?*'

'Emrys …'

Roedd e wedi diflannu i rywle. Un da oedd e am ddiflannu. Ond y tro hwn dychwelodd yr un mor sydyn. Llamodd fel ewig a disgyn ar ei bengliniau o'i flaen, a hen gitâr yn ei gôl.

'Pwy feddylie?' chwarddodd Paula.

'Bwyd da … gwin da … cwmni merch ddel o'r enw Polagata! A sŵn gitâr. Fedra i ddim meddwl am ddim byd gwell. Be liciet ti i mi chwara? Rhwbath clasurol i ddechra?'

Amneidiodd Paula arno'n freuddwydiol a lled-orwedd ar y soffa.

'Gwaith Maximo Diego Pujol o Buenos Aires. Mae o wedi ennill nifar o wobra am ei waith ac wedi cael ei anrhydeddu. *Bueno* … y *Tango!*'

Caeodd Paula ei llygaid. Roedden nhw mewn cwch … gyda'i gilydd … yn hwylio ar fôr tawel digyffro … yr haul uwchben yn machlud … ond y wawr ar dorri yn eu hanes hwy ill dau … hwylio tua Chymru yn llawn cyffro. Y môr yn ymchwyddo a'r tonnau'n curo'n ddidrugaredd yn erbyn y cwch … a hwythau'n cael eu hysgwyd o'u breuddwydion …

Agorodd ei llygaid yn sydyn a syllu ar y bysedd chwim yn symud mor gelfydd dros linynnau'r gitâr, yr un bysedd oedd wedi symud dros ei chorff hithau ac wedi meithrin cytgord rhwng y ddau ohonynt, y bysedd oedd wedi mynd â hi i fyd lle nad oedd neb yn bodoli ond hwy ill dau.

'Oeddat ti'n ei licio fo?'

'Sdim geirie 'da fi … yn Gymra'g, beth bynnag. *¡Magnífico! ¡Estupendo!*
¡Otra, por favor, señor!'

'Mi wyt ti isio mwy, wyt ti, 'nghariad bach i?'

A'r tro hwn, ar ôl ychydig gordiau, dechreuodd ganu … *'Creo en angelitos …'*

'Wel bois bach!' meddai Paula'n syn. '"Abba! Credaf mewn Angylion"!'

Gwenodd Emrys arni ac wedi iddo ganu llinell neu

ddwy, rhoddodd y gitâr o'r neilltu. 'Tyd at y bwrdd,' meddai gan gydio yn ei llaw. 'Rhaid i ni siarad, wyddost ti, am yr hyn sydd o'n blaena ni.'

Emrys oedd y cyntaf i dorri ar y distawrwydd. 'Mae'n rhaid i ni ddod i ryw fath o ddealltwriaeth, Pawla ...'

'Wy'n gwbod. Alla i ... alla i ddim aros yma, Emrys. 'Yt ti'n gwbod 'ny. Ac 'yt ti'n gwbod pam ...'

'Ydw. Mae gin ti dy waith ... a dy deulu ... a dy dŷ. Mewn geiria erill, mae gin ti bob peth. A beth am y posibilrwydd o gwrdd â'r Cliff yma?'

Ysgydwodd Paula ei phen. 'Ti wy'i isie, Emrys. Ond fyddi *di* ddim gyda fi.'

'Dim ond yn yr ysbryd!' chwarddodd yntau'n sychaidd. 'Y gwir ydy bod gin i wyneb y diawl i ddisgwyl i ti aros yma. Troi dy gefn ar dy gydnabod, dy eiddo ... ac ar dy wlad.'

'Mi fydda i'n ôl,' sibrydodd.

'Yn ôl am wylia bach, falla. Peth arall ydy byw yma, wyddost ti. Mae'n amsar drwg ar y wlad ... mae yna ddiodda o'n blaen ni yn sicr. Mae'r arwyddion yno i gyd. Matar o amsar fydd hi rŵan cyn bod Archentina'n mynd ar chwâl yn llwyr. Mi wnei di fadda i mi, on' gnei?'

'Maddau?'

'Ia, am fod mor hy â thybio y medret ti ... y medret ti gefnu ar y byd cynta. Byw yma yng nghanol y llwch a'r tlodi a'r holl ansicrwydd. Nid byw, yn gymint, ond crafu byw ...'

'Emrys ...'

'Ia.'

'Alla i ddim meddwl am fyw hebddot ti. Fydd 'na ddim ystyr i 'mywyd i, os na fyddi di'n rhan ohono fe. Wir i ti. 'Yt ti'n meddwl y gallet ti ... adael y garej ... a'r ci? A Nel? Gadael dy wlad? Y cwbwl er 'y mwyn i?'

Gafaelodd Emrys yn ei dwy law ar draws y bwrdd ac edrych i fyw ei llygaid melfed brown. Yna, cododd a mynd at y ffenest a syllu drwyddi fel pe bai'r ateb yn yr awel a chwaraeai ym mrigau'r helygen. Trodd a cherddodd tuag at y bwrdd lle'r oedd Paula yn dal i eistedd. 'Neswn, pe bai'n rhaid i mi,' meddai.

''Set ti'n 'y nilyn i i Gymru … fe allet ti ga'l gwaith …'

'Efo help dy dad!' gwylltiodd. 'A bod mor hapus â phry mewn cachu!'

'Dim o'r fath beth. Sa i mor siŵr a fydde gyda ti hawl i gael dy gyflogi, ond mae 'na waith gwirfoddol y gallet ti'i neud … gwaith dyngarol fel …'

'A disgwyl i ti fy mwydo a 'nilladu i! ¡Díos mío! Mi dw i isio gofalu am anghenion fy ngwraig …'

'Dy wraig? Dy wraig, ddwedest ti? 'Yt ti'n gofyn rhwbeth i fi, Em?'

'Siŵr iawn. Wyt ti'n meddwl y medret ti fyw gweddill dy fywyd efo rhywun fel fi?'

'Nid meddwl. Gwbod! 'Sen ni'n priodi, gallet ti ga'l pasbort Prydeinig a gyda'r holl sgilie sy 'da ti fe …'

'Y *pasaporte* efo'r llew â'r goron am ei ben!' wfftiodd. 'Mae'n ddigon hawdd siarad, wyddost ti.'

'Ond siarad sy raid i ni. Ddwedest ti hynny dy hunan. A falle taw fi ddylai fod yn gofyn am faddeuant nawr … am … am ddisgwyl i ti adael pawb a phopeth a dod ar 'yn ôl i i Gymru a …'

'Mi allwn i ddod draw am gyfnod. Byddai pobol y ffarm yn fodlon cael Nain i aros efo nhw am dipyn a mi allwn i roi'r busnas yng ngofal Federico. Fo fydd yn gofalu am y gwaith yn y *taller* pan fydda i'n gorfod teithio. Ac mi alla fo ofalu bod Carlos yn cael ei fwydo ac yn cael amball *paseo* bach,' byrlymodd yn ei flaen. *¡Che!* Mi fydda'n bosib, on' basa?'

'Byse glei!'

'Dan ni'n poeni gormod hwyrach. Dw i isio credu bydd pob dim yn iawn yn y diwadd …'

'Licwn i gredu 'ny 'fyd.'

'Mae gin i un newyddion da i ti, beth bynnag,' cellweiriodd Emrys.

'Wir?'

'Does 'na ddim llestri i'w golchi heno 'ma! Mi ddaw Juana ben bora fory, eto. Felly …'

'Felly, beth?'

'Tyd i eistadd ar y soffa acw. Nawn ni anghofio am yfory, ia? Heno sy'n bwysig.'

Pennod 13

Roedd hi'n fore eithriadol o braf pan ddechreusant ar eu taith, a haul ac awyr las Patagonia yn eu gogoniant. Yn dra gwahanol i'r siwrnai ddolennog i'r Cwm, roedd y ffordd i'r Dyffryn yn syth ac yn wastad. Mor wastad mewn mannau fel y gallai Paula dyngu ei bod yn symud ar ystyllen sgleiniog, ddiderfyn. Ar adegau roedd hi'n gwbl argyhoeddedig ei bod yn gweld y môr yn ymagor o'i blaen. Rhith ydoedd, oherwydd gwyddai na fyddent yn debygol o weld y môr am rai cannoedd o filltiroedd.

Gan fod oriau o deithio o'u blaenau, dyma benderfynu peidio ag oedi mwy nag oedd raid. Dim ond arafu o dro i dro i edrych ar bethau o bwys. Roedd y tirwedd yn anghyffredin o iraidd a gwyrdd ac, yn ôl Emrys, y trwch eira a gafwyd yn y gaeaf oedd yn gyfrifol am hynny.

'Mi wyt ti'n lwcus,' gwenodd arni. 'Mi gei di *comentario espectacular* heddiw 'ma! Be ydy hynny yn Gymraeg, dywad?'

'Y... sylwebaeth ysblennydd, am wn i.'

'Dw i'n dysgu. Wli acw. Nant y Pysgod.'

'Ie, wir? Lle cafodd Llwyd ap Iwan ei lofruddio?'

'Dyna fo.'

'Fe aeth Mirta â fi i'r fynwent y dydd o'r blaen ac fe welson ni ei fedd e.'

'Un glên 'dy Mirta ...'

'Wel, dyna i ti ryfedd achos 'na'n gywir beth ddwedodd hi amdanat ti!'

'Hỳ!' chwarddodd. 'Mae hi wedi bod fel chwaer fawr i mi. Yn beth dw i'n ei alw yn *protectriz* …'

'Wy'n gwbod beth 'yt ti'n 'feddwl.'

'Dan ni'n perthyn … wel, o bell beth bynnag! Wnest ti sylwi ar y fodrwy sy ar ei bys bach hi? Un ar ôl Mam. Nain roddodd hi iddi am fod mam Mirta wedi bod mor ffeind wrthon ni …'

'Chwarae teg iddi.'

'Mae gen titha fodrwy heddiw hefyd. Aur o'r Hen Wlad, tybad?'

'Ie, fel mae'n digwydd, o ardal Dolgellau. Anrheg ben-blwydd gan fy rhieni pan o'n i'n ddeunaw oed.'

'Nid fo, Cliff, wnaeth ei phrynu hi i ti, 'ta?'

'Nage. Ar y bys arall oedd e am roi un! Ond …'

'*Afortunadamente* wnaeth o ddim!' gwenodd a'i chyffwrdd yn ysgafn.

Gwenodd hithau yn ôl arno. 'Dan ni ddim yn bell rŵan o'r lle roedd yr hen Gymry yn ei alw'n Mynydd Cwtsh,' aeth yn ei flaen. 'Mi fuon nhw'n cloddio am aur yn fan'cw ar un adag. Maen nhw'n deud bod David Lloyd George wedi bod draw … wedi meddwl buddsoddi yn y cwmni …'

'Wel, yr hen gadno ag e!'

'Ia, ond cael ei siomi wnaeth o. Mae'n wir bod aur i'w gael yno, ond dim cymaint ag oeddan nhw wedi'i dybied.'

'Dw i ddim wedi dy weld ti'n gwisgo modrwy. 'Yt ti'n berchen un o gwbwl?'

'Ydw. Mae modrwy Dada efo fi. Doedd hi ddim ar ei fys o y noson honno, pan … pan neson nhw ei gipio fo. Ond be wna i â modrwy, a 'nwylo i mewn saim, byth a hefyd?

214

Beth am dy dad ditha? Fydd o'n gwisgo un?'

'Mae e wastad yn gwisgo dwy fodrwy. Fe etifeddodd e un o'r modrwyon ar ôl un o'r *sanmartanos* fuodd yn gweithio yn rhywle yn Ne America 'ma. Un bert iawn yw hi, hefyd. Emrallt!'

'Colombia, debyg iawn. O'r fan honno mae'r *esmeralda* yn dod. Ond dyna fo, mae gwledydd America Ladin, bob un, yn enwog am rwbath. Arian o Bolivia … aur o Peru …'

'"Pe meddwn aur Periw" …' torrodd Paula allan i ganu.

'Rwyt ti fel Nain, rŵan!'

Chwarddodd Paula. 'O'n i'n arfer canu'r geirie 'na yn yr Ysgol Sul pan o'n i'n groten fach!'

'Yn byw mor bell oddi yma ac yn gwbod am y cyfoeth oedd ar gael draw dros y môr! Ond dyna fo, mae pawb yn gwybod bod yr holl aur ac arian oedd yn perthyn i America Ladin erbyn hyn yn addurno eglwysi a phalasa crand Ewrop …'

'Dyna hanes y byd, Em. Ma trachwant dyn wedi achosi diflastod ym mhob man. Hen, hen beth ydy e, yn mynd 'nôl i ardd Eden!'

'Ac mae'r sarff efo ni o hyd, *eh*? Wli fel y gwnest di 'y nhemtio inna!'

'Gan bwyll. Dyw hynny ddim yn deg!' chwarddodd.

'Nag'dy, Polagata?' pryfociodd.

'Wy wedi darganfod beth yw ystyr Paradwys, beth bynnag,' gwenodd.

'A finna!' atebodd Emrys gan gyffwrdd â'i phen-glin.

Ymhen awr, roedden nhw wedi cyrraedd tref fechan, ddi-bwys yr olwg.

'Dyma Teka!' cyhoeddodd Emrys.

'Teka! Nid y man teca o bell ffordd! Dyw'r enw 'na ddim

yn taro'r lle o gwbwl!' meddai Paula wrth weld y llwch mân yn chwyrlïo dros y lle fel blawd llif.

'Tlawd yr olwg erioed. Mae gin i gyfaill sy'n athro mewn ysgol fach yma. Teithio'n ôl ac ymlaen, bob dydd ...'

'Yn y gaeaf, 'fyd?'

'Ydy, siŵr, drwy'r eira a'r rhew.'

'Heb weld 'run enaid byw! Erbyn meddwl, dim ond un car 'yn ni wedi'i weld y bore 'ma.'

'Dau!' gwenodd Emrys. 'Mi wnest ti gau dy lygid am rai munudau, wyddost ti. Gysgist ti'n iawn neithiwr?'

'Ddim yn dda. Troi fel gwahadden drwy'r nos ...'

'Yn meddwl amdana i?'

'Yn meddwl amdanon ni. Ni a'r daith a phopeth.'

'Ti ydy'r peth cynta sy'n dod i'm meddwl i yn y ...'

'Paid â rhoi gormod o dy feddwl arna i jest nawr, 'ta beth. Rho dy feddwl ar dy waith,' dychrynodd wrth edrych ar y cloc. 'Hei! Gan bwyll ... cant pedwar deg!'

'Cant pedwar deg *kilometros*. Naw deg milltir yr awr ydy hynny. *¡No te preocupes!* Does neb y tu ôl i ni ... a neb y tu blaen.'

'O'n i ddim yn sylweddoli dy fod ti'n mynd mor glou, chwaith, achos mae hi mor gyfforddus yma,' meddai Paula gan ymestyn ei choesau.

'Rŵan 'ta, dyma ni ... Pampa de Agña. Pant yr Anial, mae'n debyg, oedd yr enw roth y Cymry arno.'

'Ma hynny wedi digwydd yng Nghymru 'fyd. Mae 'na ddigonedd o enghreifftiau o enwau Cymra'g wedi cael eu Seisnigeiddio.'

'Dw i ddim yn synnu a'r holl Saeson yn llifo i mewn. Rŵan, weli di'r ffordd yn ymestyn o'n blaenau ... mor syth. Pum deg *kilometros* heb yr un tro na chodiad tir!'

'Jiw! Sdim byd tebyg gyda ni yng Nghymru.'

'Fasat ti'n licio dreifio? Rŵan mae dy gyfla di.'

'Dim diolch yn fawr!'

'Os oeddat ti'n gallu reidio motobeic drwy'r dre acw, dw i'n berffaith siŵr y medret ti ddreifio fan hyn, *eh*.'

'Drycha, yn y pellter. Mae 'na lorri neu rwbeth yn dod …'

'Na, bws ydy o. *Coche-cama*. Deall?'

'Credu 'mod i.'

'Taith dri neu bedwar diwrnod, falla, heb aros i gysgu yn unlla.'

'Gei di gyfle i gysgu o gwbwl, heno?'

'Awr neu ddwy ar y mwyaf.'

'Druan ohonot ti. Pa mor amal fyddi di'n mynd i Puerto San Julián?'

'Unwaith y mis fel arfar. Ddwywaith weithia. Dibynnu os bydd angan rhanna ar gyfar rhyw fodur neu'i gilydd. Dw i'n lwcus o Gabriel, mae o'n dod efo fi i dalaith Santa Cruz bob amsar. Dreifio am yn ail. Mae'r nos yn gallu bod yn hir fel arall …'

'Byddi di wedi blino'n lân fory, rhwng popeth.'

'Wedi hen arfar. Wnest ti gofio *confirmar* y gwesty? Egluro mai arnat ti yn unig fydd angan lle heno …'

'Do, fe wnes i 'ny bore ddo … Mi fues i'n lwcus i ga'l lle, medden nhw. Mae 'na griw o Gymry wedi dod draw ar gyfer y Steddfod 'leni. Pobol yr Orsedd yn eu plith.'

'Wrth gwrs. Welis i rwbath yn y papur y dydd o'r blaen. Roeddan nhw'n cynnal rhyw seremoni fore ddoe. Wyt ti'n nabod yr Archdderwydd o gwbwl?'

'Gwbod amdano, odw. Mae e'n fardd enwog ac yn weinidog.'

'Dim ond beirdd a gweinidogion sy yn yr Orsedd, 'ta?'

'Wel,' chwarddodd Paula, 'ma pob math o adar brith yn yr Orsedd!'

'Mi fyddi di'n nabod rhai ohonyn nhw, falla.'

'Bydda, siŵr o fod. Ti'n gweld, mae pawb yn nabod pawb yng Nghymru!'

Roedd y bws yn dod yn nes ac yn nes. Clamp o fws. Arafodd Emrys a hoelio'i holl sylw ar y ffordd.

'Mi wnei di'i deimlo fo'n mynd heibio i ni. Mae'r gwynt, wyddost ti, yn dod o'r ochor dde.'

Gwir a ddywedodd oherwydd wrth i'r bws wibio heibio iddynt teimlodd Paula'r Chevrolet, er trymed oedd, yn cael ei sgubo, os nad yn cael ei godi, o'r ddaear.

'Ych a fi! 'Na brofiad dychrynllyd.'

'M,' ydoedd unig sylw'r gyrrwr profiadol wrth ei hochr.

Caeodd Paula ei llygaid ac aeth cwsg yn drech na hi. Edrychodd Emrys arni trwy gil ei lygad a gwenodd. Gadael llonydd iddi hi fyddai orau … iddi gael cysgu, a breuddwydio, efallai. Cyn bo hir roedd hi'n pwyso'i phen ar ei ysgwydd. Gallai ogleuo ei gwallt. Ogla gwallt merch. Ogla gwely o rosmari, neu ogla gardd o floda wedi cawod o law. Roedd o wedi gwirioni arni. Hi oedd wedi dod â phwrpas yn ôl i'w fywyd. Allai o ddim dychmygu byw hebddi, bellach. Nid cymar gwely yn unig, ond rhywun i rannu ei feddyliau a'i freuddwydion. Ychydig o bethau'r byd y gallai o eu cynnig iddi. Doedd ganddo ddim tŷ crand na llawar o bres yn y banc, er bod ganddo rywfaint wrth gefn. Dim Porsche fel ei thad. Dim swydd uchal fel ei chyn-gariad. Dim un math o sicrwydd i'w gynnig iddi hi na bywyd o foethusrwydd. Oedd o'n deg â hi? A oedd o'n disgwyl gormod ganddi? Rhyw baradocs o beth oedd eu perthynas. Yn agos, ac eto, mor bell. A chyn pen fawr o dro, nid mur

218

fyddai yn eu gwahanu, ond môr mawr, creulon. Ond wrth iddi hedfan dros ddyfroedd yr Iwerydd, mi fyddai, hefyd, yn ailymuno â llif cyllidol y byd cyntaf. Sut oedd pontio'r fath agendor? Tybed a allai fentro ar ei hôl? Gafaelodd yn un o'r casetiau a oedd wrth law a'i fwydo i'r recordydd ... Cerddoriaeth dawel ... cerddoriaeth i leddfu poen meddwl a gwewyr enaid.

'Mm. Mozart!' meddai Paula rhwng cwsg ac effro.

'Do'n i ddim yn bwriadu dy ddeffro di, 'nghariad i.'

'Am faint odw i wedi bod yn cysgu, gwed?'

'Ryw hannar awr, ddeudwn i. Mae'n dipyn o daith, cofia.'

''Yt ti'n nabod gweithie Mozart?'

'Roedd o'n dipyn o ffefryn gan fy rhieni ... Edrycha draw fan'cw ... Rhyd yr Indiaid! Dyna lle byddai'r hen Gymry'n aros i bedoli'r ceffyla ac i drwsio'r wagenni, wyddost ti. Siop y gof, mewn geiria erill.'

'Wy'n gallu'u dychmygu nhw nawr. Cyrraedd yn llawn cyffro, ar ôl teithio ... am faint, dwed?'

'Wythnosa! A ninna wedi cymryd oria! Ac mewn pic-wp sy'n gyfwerth â chant a hannar o geffyla! Dan ni'n mynd i ddisgyn yma i ni gael ymestyn ein coesa.'

'O, 'na neis.'

Roedd hi'n braf cael disgyn, ond ar ôl bod mewn paradwys o le fel yr Andes, roedd y lle hwn yn bell o fod yn wledd i'r llygad. Mor noeth a llwm yr edrychai a'r llwch yn chwyrlïo'n gwmwl o'u hamgylch. Ac eithrio rhyw fws bychan a dau fodur a oedd ar fin mynd i'r fynwent geir, doedd neb yn y golwg. Wrth iddynt nesáu at ryw adeilad, gallent weld pedwar neu bump o fechgyn ifanc, eu breichiau ymhleth, yn pwyso'n hamddenol yn erbyn wal. Indiaid bob un, gwallt cyn ddued â'r frân a dannedd fel eira o wyn. Dechreusant gyffroi o weld dau ddieithryn yn cerdded tuag atynt.

Ymddangosodd hen ŵr o rywle. Dyn bychan o gorffolaeth ydoedd, het frethyn am ei ben ac am ei ganol gortyn cryf yn cadw'i drowsus rib yn ei le. Yn wahanol i'r criw ifanc cegog, yr oedd ei ddannedd ef yn felyn ac yn anwastad fel hen gerrig beddau. Edrychodd yn hir ar Paula a mwmial rhywbeth o dan ei anadl.

'Mae o'n chwil!' rhybuddiodd Emrys, gan afael yn ei braich. 'Mae o wastad yn chwil. Paid â chymryd yr un sylw ohono.'

'Y … oes 'na le y galla i fynd iddo i 'molchi? Tŷ bach?'

'Oes, siŵr. Ond paid â disgwyl gormod, *eh*. Falla mai twll fydd yno.'

'Twll? Ti'n tynnu 'nghoes i!'

'Ddim o gwbwl. Dw i'n mynd i brynu potelaid o ddŵr oer i ni.'

Cerddodd Paula ar hyd llwybr caregog yn dilyn ochr yr adeilad. Ar y drws pinc o'i blaen roedd arwydd aneglur: *Damas*. Agorodd y drws gwichlyd ac i mewn â hi i'r cwtsh drewllyd. Ych! Yno, yng nghanol y llawr, roedd twll crwn heb fod yn fwy na phlat bara menyn! Oedodd am funud i ystyried sut yr oedd hi'n mynd i ddod i ben â'r weithred angenrheidiol. Diolchodd ei bod yn gwisgo sgert: byddai wedi bod yn bur anodd mewn trwser llaes. Mynd yn ei chwrcwd, doedd dim ffordd arall amdani. Dim papur … dim sôn am ddŵr a sebon. Ymbalfalodd yn ei bag bach a chael hyd i'r wet-wipes a gludodd gyda hi bob cam o faes awyr Gatwick. Yna chwistrellodd ychydig o bersawr y tu ôl i'w phengliniau ac i ffwrdd â hi, allan i'r awyr iach.

''Na ti le mochynnaidd,' cwynodd gan grychu ei thrwyn.

'Y tro nesa, mi gei di'r paith cyfan i ti dy hunan!' meddai Emrys yn gellweirus.

Cyn ailgydio yn y daith i'r Dyffryn aeth y ddau am dro bach a sefyllan yng nghysgod stwmpyn o goeden i yfed y botelaid ddŵr ar ei phen. O fewn munudau, roedd Emrys yn ôl wrth y llyw, a Paula'n dynn wrth ei ochr ac mewn hwyliau da unwaith eto.

'Wli! Wli!' meddai Emrys yn gyffrous. 'Ar y dde. Edrycha fan'cw ... Estrys a'r rhai bach yn dilyn.'

'Rhai gwyllt 'yn nhw?'

'Ia. Mi fyddai pobol yn eu ffermio pan oedd y plu'n werthfawr. Mae'n anodd credu, ond mae'n debyg y byddai'r Indiaid yn barod i gyfnewid plu am dorth o fara!'

'Trwco.'

'*Truco?* Gêm o gardia ydy *truco* i ni.'

'Paid â gofyn os yw e yn y geiriadur neu beidio! Gair ddysges i'n blentyn yw e. Fel plant, bydden ni'n trwco pensil du am bensil coch neu afal am losin. Ond 'yt ti'n iawn yn dweud 'cyfnewid'.

'O'r diwadd! Dacw hi'r hen afon. Camwy neson nhw'i galw hi, ond yr enw Chubut sy wedi aros ...'

'Mi fydd y daith 'ma'n aros gyda fi 'fyd. Ma'r paith yn lle hardd.'

'Mae o'n gallu bod yn hardd, ydy.'

'Sdim enaid byw i weld 'ma, 'ta beth!'

'Ychydig iawn o bobol sy'n byw ar y paith. Rhai'n cadw defaid. Amball un yn cadw gwarthag. Oes chwant bwyd arnat ti?'

'Fydde ddim ots 'da fi ga'l rhwbeth i fyta, wir.'

'Wrth yr afon fan hyn, dw i'n meddwl,' awgrymodd Emrys gan dynnu i mewn wrth ochr y ffordd.

'Mae'n braf 'ma,' meddai Paula.

'Cerddodd y ddau law yn llaw at yr afon ac eistedd ar ei glannau i fwyta ychydig o frechdanau ac i yfed o gynnwys y fflasg.

'Rhagor o de?'

'Sa i'n meddwl.'

'Mae digon o dwmpatha draw fan'cw!'

Chwarddodd y ddau yn braf, a cherdded ar hyd y Camwy cyn ailgychwyn ar eu taith. Ac ymlaen â hwy am filltiroedd dan ganu a siarad a chwerthin.

'Dyma i ti fan delfrydol i ffilmio Western … y … ffilm gowboi,' meddai Paula. 'Wy'n gallu dychmygu John Wayne yn dod i lawr y llechwedd 'na ar ei geffyl a'r Indiaid ar ei ôl!'

'Mi ddoth rhywrai o Holi-wd yma, beth amsar yn ôl. Y diawliaid, maen nhw'n gweld eu cyfla i wneud pres allan o'r wlad 'ma byth a hefyd.'

'Ond bydde'r creigiau 'ma'n werth eu gweld ar y sgrin fawr, cred ti fi.'

'Dyffryn yr Allorau … dyma fo!'

'Mae'r creigiau 'na'n anferthol … a drycha ar y lliwiau. Mae'r daith 'ma'n mynd i aros gyda fi am byth!'

'Fel finna, felly,' gwenodd Emrys gan roi pwt i'w braich.

'Rhyfedd na fyddai rhywun wedi meddwl am wneud ffilm epig am hanes yr hen Wladfawyr. Y glanio ei hunan ac, yn ddiweddarach, y daith i'r Andes. Welest ti'r ffilm honno, *Brave Heart?*'

''Dy'r geiria yna'n golygu dim i mi, mae arna i ofn.'

'Mel Gibson yn portreadu William Wallace …'

'*¡Sí. Corazón Valiente!* Yn ymwneud â hanas Sgotland. Hm. Y Saeson yn torri'i ben o ac yna'i freichia a'i goesa ac yn eu claddu ym mhedwar pegwn y wlad!'

'Ie, yn ôl yr hanes.'

'Ond dyna fo, mi neson nhw dorri pen Llywelyn a chwara *fútbol* efo fo ar strydoedd Llundan!'

'Dyna o ble ma'r ymadrodd "chwerthin am ben" yn tarddu.'

'O, ia?'

'Beth bynnag, mi wnaeth *Corazón Valiente*, fel wyt ti'n ei galw hi, roi yr Alban ar y map! A wy'n siŵr bydde ffilm am yr ymfudo i Batagonia yn gallu gneud yr un peth i Gymru.'

'A dyna ti hanas Glyndŵr. Mi alla Anthony Hopkins actio rhan hwnnw. Cymro ydy o, yntê?'

'Y ... ie,' atebodd Paula heb ddatgelu na allai hwnnw, er mai yng Nghymru y'i ganwyd, siarad gair o'r iaith oedd ar eu gwefusau hwy y prynhawn hwnnw.

Ymhen hir a hwyr, croesodd Emrys y ffordd a throi i'r chwith.

'Ble 'yt ti'n mynd?' holodd Paula wrth weld eu bod yn gadael y ffordd fawr ac yn dilyn llwybr caregog.

'Aros di, mi gei di weld rŵan.'

Gwelodd Paula rywbeth a ymdebygai i gofgolofn, yn codi fel nodwydd fain o'u blaenau.

'Dyffryn Kelkein! Neu fel mae o'n cael ei nabod, bellach, Dyffryn y Merthyron. Wyt ti'n gwybod yr hanas, debyg?'

'Wrth gwrs 'mod i,' atebodd Paula. 'Gorfod i fi wneud tipyn o ymchwil cyn dod.'

'Yn fan'cw, weli di, mae'r ffos y neidiodd ceffyl John Daniel Evans. Mi fasa fo wedi cael ei ladd, fel y tri arall, oni bai iddo fentro.'

'¡Malacara!'

'Rwyt ti *yn* gwbod dy betha!'

'Ydw, syr! Ac fel mater o ddiddordeb i ti, o'dd rhieni John Daniel Evans, y *baqueano*, yn cadw ffarm fach yn agos i 'nghartre i, hynny yw, cyn iddyn nhw symud i fyw i Aberpennar … man geni rhai o dy hynafiaid di!'

'*¡El mundo es un pañuelo!* Gweithia hwnna allan.'

'Y … mae'r byd … mae'r byd …'

'Rwyt ti hannar ffordd yno. Nisiad fel sy gin i am 'y ngwddw heddiw 'ma ydy *pañuelo*, felly …'

'Mae e 'da fi … ffordd o weud bod y byd yn fach! Ie?'

'Yn hollol.'

'Mae 'na ryw dawelwch rhyfedd o gwmpas y lle 'ma. Mae'n codi 'm bach o arswyd arna i.'

'Tyd i ni gael mynd o'ma,' meddai Emrys gan roi ei fraich amdani.

Ymlaen â hwy i le o'r enw Dôl y Plu a galw am betrol mewn gorsaf fechan. Disgyn eto am rai munudau ac edrych o'u cwmpas a gweld llwybr yr hen reilffordd a oedd yn arfer ymestyn bob cam o Ddôl y Plu hyd at Borth Madryn.

'Dan ni'n agosáu. Fyddwn ni ddim yn hir rŵan,' meddai Emrys. 'Dan ni wedi gneud y rhan fwyaf o hirdaith Edwin. Dan ni bron … Pam wyt ti'n chwerthin?'

''Yt ti'n f'atgoffa i o Dad, nawr. Cofio pan o'n i'n groten fach ac yn mynd ar daith hir yn y car, mi fyddai fe wastad yn dweud bob yn hyn a hyn – "Won't be long now. Nearly there". 'Run geirie â ti! Treial twyllo rhywun i gredu bod pen y daith yn nesu …'

'Wel, dw i ddim yn dy dwyllo di o gwbwl, cred fi. Dan ni wedi cyrraedd y Dyffryn, 'y nghariad i. Mae'r ffermydd yn dechra dod i'r golwg.'

'Wy'n gweld y coed poplars … a'r coed helyg 'fyd.

224

Arwydd bod 'na Gymry 'ma, wedest ti.'

'Neu o leia, wedi bod.'

'Jiw! Pentre sy draw fan'na? O's Cymry'n byw 'na tybed?'

'Oes, rhai. Ond mae'r bobol ifinc yn symud o'na. Mynd i chwilio am waith. Beth sy'n digwydd wedyn ydy bod pobol o Bolivia ac o Chile yn dod i fyw yma ac yn cipio'r ffermydd ...'

'Mewnlifiad! Dyna fel mae hi yng nghefn gwlad Cymru.'

'Mewn-lifiad? Gair da. Pobol yn llifo i mewn. Dw i wedi clywad am y sefyllfa draw. Saeson â llawar o bres yn prynu tai ac yn symud i fyw i Gymru.'

'Dwyt ti ddim wedi ca'l gwybodaeth fel'na mewn llyfrau hanes ...'

'Naddo. Mae Mirta wedi bod yn cael amball gopi o'r *Cymro*, ac felly dw i wedi cael cyfla i ddarllan am brotestiada Cymdeithas yr Iaith a'r mudiad newydd hwnnw ... y ... be ydy'i enw fo ...'

'Cymuned. Sôn am fod â bys ar byls!'

'Be?'

'Ffordd o weud dy fod ti'n gwbod beth sy'n mynd mla'n yn y byd! Hei! Beth sy ar y bwrdd mawr 'na wrth ochor y ffordd? Wy'n ei weld e nawr. Tŷ Te Caerdydd! Mi fuodd y Dywysoges Diana fan'na, on'do?'

'Do. Hannar brechdan a hannar cwpanad o de, felly maen nhw'n deud, a'r byd i gyd yn gwybod! Ond dyma'r crud, wyddost ti. Ond i ti gerddad i lawr y stryd fawr, mi gei di Gymraeg ym mhob tŷ, bron.'

'Wir?'

'Mae'r lle yn enwog am rwbath arall, hefyd. Os wyt ti isio cael dy fyta'n fyw, wel, dyma'r lle!'

'Oes 'na gathod gwyllt 'ma 'te?'

Chwarddodd Emrys yn braf. 'Nac oes, am wn i. Meddwl am y *mosquitos* oeddwn i!'

'Rhyfedd, ond ddes i ddim ar eu traws nhw yn yr Andes o gwbwl.'

'Dim ond un mosgito mawr, ia, a hwnnw'n dy ddilyn di i bobman!'

'Ie,' chwarddodd Paula, 'a finne heb roi'r un clywten iddo chwaith. On'd yw e'n fosgito bach lwcus 'te?' meddai gan gydio'n chwareus yn ei glust. 'Odyn ni'n aros fan hyn?'

'I be? I fi gael rhoi pigiad bach i ti?'

'Hei! 'Yt ti'n dechre camfihafio nawr! Meddwl o'n i y bydde fe'n gyfle i weld tipyn o'r lle, gan fod cyment o Gymra'g 'ma.'

'Wnawn ni ddim colli amsar rŵan. Mi ddeuda i be, mi wnawn ni ddod yma y tro nesa y byddi di'n ymweld ag Archentina!'

'Pryd fydd hynny tybed?'

'Wel, be am bicio draw i'r Hen Wlad i brynu dillad ha', a dod yn ôl ar dy union?'

'Jocan 'yt ti, ontefe?'

'Ia, debyg. Ond falla …'

'Falle beth?'

'Falla, y dof i … ar dy ôl di. A chyn i ti ddeud dim … dw i o ddifri.'

Ymlaen â hwy mewn distawrwydd pur y tro hwn. Er pelled y daith ac er mor flinedig y teimlent, yr oedd y ddau ohonynt am i'r siwrnai barhau. Ymlaen i ble, doedd dim gwahaniaeth. I Dir y Tân … i Ushuaia … Ymlaen i bellafoedd y ddaear. I'r pegwn eithaf un … Unrhyw le, cyhyd â'u bod gyda'i gilydd. Ond yr oedd cyrraedd Trelew, fel yr oeddent ar fin gwneud, yn golygu un peth, ac un peth yn unig: roedd y boen o orfod wynebu bywyd ar wahân yn dod yn nes.

'Mae'r strydoedd 'ma'n llydan!' meddai Paula o'r diwedd.

'Ydan. Weli di'r stordy mawr yn fan'cw? Dyna lle bydda i'n prynu rhanna ar gyfar y ceir modur. Wrth gwrs, bydd rhaid i fi deithio'n bellach heno 'ma, *lamentablemente!* Panad rŵan a rhyw ymborth bach ysgafn. Mae 'na hen hotel rownd y gornal. Coffi da yno. Be wyt ti'n 'ddeud?'

'Ti sy'n nabod y lle.'

Disgynnodd y ddau o'r cerbyd a cherdded cam neu ddau nes iddynt ddod wyneb yn wyneb â'r gwesty. Rhyw *Ichabod* o le oedd hwn eto. Wedi bod yn lle llewyrchus ar un adeg, ond ei furiau a'i ffenestri yn gweiddi am sylw erbyn hyn. I Paula, roedd cerdded i mewn i'r adeilad fel ymweld â salŵn mewn ffilm gowboi. Gallai ddychmygu Clint Eastwood yn brasgamu at y bar, yn traflyncu trebl wisgi ac yn syllu'n ddrwgdybus o'i gwmpas.

Dewisodd Emrys fwrdd wrth y ffenest a chawsant sylw parod cyw o weinydd. Ar ôl archebu dau goffi mawr a brechdanau trwchus wedi'u tostio, edrychodd y ddau i lygaid ei gilydd a dal dwylo dros y bwrdd. Estynnodd Emrys am y llaw â'r croen llyfn, a dechrau cusanu blaen ei bysedd.

Daeth llais main fel mellten o ddisymwth o rywle nes i Paula ac Emrys dasgu yn eu seddau.

'Caton pawb! Paula Carter!' sgrechodd perchennog y llais dros y lle. 'A ma gyda ti gwmni 'fyd, wy'n gweld.'

Dyna lle safai Hannah Wynne Roberts o Rydyglais, mor uchel ei chloch ag erioed. Ac mor lliwgar. Cyn-athrawes iddi ac aelod o'r Orsedd.

'O, helô, Miss Roberts. O'n i ddim yn dishgwl eich gweld chi 'ma.'

'Fe wedws dy fam-gu wrtho' i am gadw llygad mas amdanot ti. A dyna fi wedi dy weld ti. Ti a …' Roedd ei llygaid fel dwy soser yn ei phen fel pe bai wedi gwneud darganfyddiad pwysig.

'Y… dyma Emrys. Emrys … dyma Miss Roberts o'dd yn arfer dysgu Arlunio i fi yn yr ysgol slawer dydd …'

'Ac o bwy bart 'ych *chi*'n dod, os ca i ofyn?' gofynnodd fel bollt gan ymestyn ei gwddw hir a sgwaru ei hysgwyddau.

'O'r Cwm,' atebodd Emrys gan godi ar ei draed ac estyn ei law iddi hi.

'O'r Cwm? P'un fydde hwnnw … Cwm Tawe … Cwm Aman … Cwm Gwendraeth …?'

'Hannah Wynne! Hannah Wynne! Yffach gols, dewch yn glou, newch chi,' galwodd rhyw fenyw a thôn ei llais yn awgrymu ei fod ar fin boddi. 'Ma'r dyn 'ma'n siarad Spanish â fi a sda fi ddim amcan beth mae e'n 'weud, ŵ …'

'Gwell i fi fynd. Ma Dilys yn swno'n despret! Mi fydda i'n siŵr o'ch gweld chi 'to … eich dou,' gan godi ei haeliau, cyn hanner trotian i ymuno â'i ffrind oedd yn methu â phenderfynu ai eistedd ynte codi yr oedd am wneud.

Rhoddodd Paula ei llaw wrth ei cheg rhag iddi chwerthin allan. ''Yt ti'n dipyn o gadno 'fyd, on'd 'yt ti? Estyn dy law iddi hi, fel bydde Cymro'n neud, a wedyn dweud dy fod ti'n dod o'r Cwm! Bydd hi'n mynd drwy enwau'r cymoedd yn ei chwsg heno!'

'Meddwl wnes i nad oeddat ti isio iddi chwalu'r hanas …'

'Ti'n iawn. Mi fydd hi ar y ffôn i Mam-gu, beth bynnag, cyn nos.'

'Yn deud ei bod hi wedi gweld rhyw ddyn digywilydd

yn gafael yn dy law di ac yn cusanu dy fysedd di …'

'Sylwodd hi, ti'n meddwl?'

'Sylwi? Siŵr iawn. Wnaeth hi ddim tynnu ei llygid oddi arnon ni o'r munud y gwneson ni gerdded drwy'r drws 'na. Ro'n i'n credu mai un o Gymry Trelew oedd hi. Mae rhai ohonyn nhw'n gallu bod yn fusnelyd, wyddost ti.'

'Y glecast 'na, o bawb!'

'Mae hi'n dal i edrych draw. Wedi newid lle â'r ddynas arall, hyd yn oed, rhag iddi hi golli dim byd!'

'Wir!' chwarddodd Paula. 'Mae sôn amdani erio'd, mae'n debyg. Jest â marw isie dyn …'

'Tyd i ni gael rhoi gwerth ei harian iddi hi, 'ta!' gwenodd Emrys gan godi Paula i'w thraed, clymu ei freichiau amdani a'i chusanu'n angerddol. 'Rŵan, ffwr' â ni, neu mi fydd hi draw eto! A phaid â gneud 'run fath â gwraig Lot, *eh*!'

'Bydd Mam-gu wedi cael gwbod y cwbwl mi elli di fentro!' meddai Paula, wrth i'r ddau ohonynt frasgamu heibio i'r ffenest.

'Dwyt ti ddim yn poeni am hynny, wyt ti?'

'Pw! Na'dw i.'

'Mi fyddi di'n medru cyffesu'r cyfan wrth dy nain ymhen diwrnod neu ddau! Rwyt ti am ddeud amdanan ni, on'd wyt ti?'

'*Sí, señor,* wrth gwrs 'mod i. Fe gaiff hi wbod 'mod i wedi cwrdd â rhywun wy isie rhannu gweddill 'y mywyd gyda fe.'

'A dy rieni, 'nei di sôn amdana i wrthyn nhwtha?'

'Gwna, wrth gwrs.'

''Nei di ddeud gymint dw i yn dy garu di, Polagata?'

'Os gwnei di fihafio,' gwenodd gan wasgu ei law.

Neidiodd y ddau i'r cerbyd drachefn a mynd yn eu blaen

nes iddynt ddod at westy lled newydd yr olwg ar ochr orllewinol y dref.

'Dyma fo, dy westy di. Cofia orffwys, rŵan. Piti na fyddwn i'n gallu dod efo ti, ond mae gin i gymint o betha i'w gneud cyn 'mod i'n galw 'nôl amdanat ... picio i'r stordy ynglŷn â rhai rhanna ... galw yn swyddfa Aerolineas i weld bod y trefniada hedfan yn dal 'run fath.'

'Wy'n becso ... yn poeni amdanot ti â'r holl bethe sy ar dy blat di ... a'r daith hir heno, eto ...'

'Mi fydda i'n iawn, paid â phoeni. Dim ond galw efo Gabriel fydd gen i wedyn. Dw i isio gneud cymint fyth ag y medra i, er mwyn cael diwrnod cyfan yn dy gwmni di yfory, a noson gyfan ar ben hynny,' gwenodd.

'Emrys?'

'Ia.'

Cymer ofal ar y ffordd 'nei di. Dim ond dy fod ti'n galw 'nôl 'ma erbyn tua chwech. Mae'n ddyletswydd arna i fod yn y Steddfod i gefnogi'r parti llefaru a minne wedi'u gadael nhw lawr.'

'Wrth gwrs. A rhaid i minna'u cefnogi nhw, hefyd, gan mai fi oedd yr un wnath dy gadw di rhag mynd i'r ymarferion!'

I mewn â hwy i gyntedd y gwesty ac at y dderbynfa, gan lusgo'r bagiau o'u hôl.

'Señorita Carter,' dywedodd Emrys wrth y dyn boliog y tu ôl i'r ddesg.

'Sí, señor. Tiene reserva,' atebodd yn gwrtais gan fynd drwy'r rhestr enwau o'i flaen. 'Habitación 119.'

'Gracias.' Yna gan droi i edrych ar Paula, meddai, 'Mi wnaiff yr hogyn acw fynd â'r petha i'r llofft. Dilyn o at yr ascensor. Fe ffarwelia i â thi am rŵan 'lly.'

'O'r gore,' gwenodd Paula.

A chyda chusan sydyn ar ei boch, roedd e wedi mynd.

* * *

Roedden nhw yno mewn pryd ar gyfer y seremoni agoriadol. Y llwyfan wedi ei addurno'n drawiadol, a'r ddwy faner y naill ben iddo, fel pe bai un yn talu gwrogaeth i'r llall. Wrth edrych o gwmpas y gampfa enfawr, synnodd Paula at gymaint o bobol oedd wedi dod ynghyd.

Croeso yn y ddwy iaith o'r llwyfan. Gweddi ddwyieithog i ddilyn cyn bod pawb yn codi fel un dyn i ganu'r anthem genedlaethol neu'r *himno nacional*. Neb yn symud bys na bawd. Cyflwyniad hir, hir ar y piano cyn dechrau canu. Aeth Paula i'w bag llaw a thynnu cerdyn bychan ohono, y cerdyn a roddodd Mirta iddi ar ddiwrnod cyntaf ei hymweliad â Phatagonia. Taflodd gip ar y geiriau a syllu'n hir ar Emrys wrth ei hochor. Safai yntau fel sowldiwr heb sylwi ar neb na dim. Canu'r anthem oedd yn bwysig a'i chanu fel gwlatgarwr.

Cael eistedd o'r diwedd a dilyn y rhaglen. Canu gwerin Archentina oedd yr eitem gyntaf a chafodd Paula gyfle i weld eu traed chwimwth yn dawnsio'r *tango*. Yna, dechreuodd y cystadlu. Unawd ... Deuawd ... Grŵp Offerynnol ... Dawns Werin Gymreig ... Beirniadaeth ... Adroddiad yn Gymraeg ... Adroddiad yn Sbaeneg. Y tro hwn, roedd gwraig ganol oed yn taflu ei breichiau yn yr awyr, ac yn codi a gostwng ei llais am yn ail ... yna cloben o fenyw'n ymuno â hi yn y bloeddio ac yn symud fel llong hwyliau ar draws y llwyfan. Cafwyd eitem offerynnol arall. Yna, daeth gŵr ifanc o denor i ganu un o'r ffefrynnau. Ac o'r diwedd, y Partïon Llefaru. Parti un … dau … tri. Y tri pharti yn lleisio'n dda … yn cydsymud …

'Yr Andes sy â hi,' sibrydodd Paula yng nghlust Emrys.

'Dibynnu ar y beirniad.'

'Os na chân nhw'r wobor gynta, byddan nhw wedi cael cam!'

'Sylw peryglus!'

'¡Sh!¡Por favor!' meddai llais o'r tu ôl iddynt. Hen wraig mewn cadair olwyn. Hwyrach mai ei hwyres oedd y soprano ifanc oedd yn canu.

Rhywbeth ysgafn o'r diwedd – sgets. Edrychai un o'r merched yn debyg i Máxima. Ie, dyna pwy ydoedd. Hi oedd y fodel! Roedd yn amlwg bod y gynulleidfa yn edmygu ei Chymraeg, ond aeth ias ar hyd a lled y neuadd pan dynnodd ei siaced a gwelwyd mor denau ydoedd, a'i hesgyrn yn ymwthio o dan ei chnawd.

Tro'r dawnswyr eto. Yna'r feirniadaeth y buont yn disgwyl amdani gyhyd.

'O'r diwadd,' meddai Emrys.

Daliodd Paula ei hanadl ac estyn am law Emrys. Pwyso a mesur. Parti Delfina wedi dehongli yn dda … Parti Carolina wedi cyflymu gormod tua'r diwedd … Parti Lynwen … ie, y parti hwnnw yn llawn deilyngu'r wobr!

'Ma'r beirniad yn gwbod ei gwaith!' meddai Paula gan neidio i fyny ac i lawr yn ei sedd.

'Diolch am hynny! Bydd y cystadlu'n mynd ymlaen tan wedi hannar nos wyddost ti. Tyd, mi awn ni i ddathlu ein dau. Mi gei di gyfla i longyfarch y merchaid yfory.'

Cododd y ddau o'u seddau yn dawel fach, ond gwg a gawsant gan y selogion, gan gynnwys y wraig yn y gadair olwyn.

Wrth iddynt ymlwybro tuag at yr allanfa, gallai Paula deimlo'r llygaid yn treiddio drwyddi. Roedd pobol yr Andes a'i chyd-Gymry yn hoelio'u golygon arni. Criw o drigain a mwy o ymwelwyr o'r Hen Wlad, a Hannah Wynne yn eu plith.

'Mi fyddan nhw wrthi am oriau eto,' meddai Paula wrth adael maes y gad.

'Sí, señorita, ond hen ddigon i ni, am heno. Dan ni'n dau fach yn mynd i gael swpar i'w gofio!'

Pennod 14

Cerddai Paula yn ôl ac ymlaen yng nghyntedd y gwesty, gan edrych ar ei horiawr ac ar y cloc oedd ar y wal am yn ail. Yna aeth i eistedd ar y soffa ledr. Digon gwir mai hir oedd pob aros! Roedd y nos wedi bod yn hir, hefyd. Gwely dierth. Ar ei phen ei hun, mewn lle na fu ynddo erioed o'r blaen. Swpera gydag Emrys tan berfeddion nos ... a gorfod ymwahanu oddi wrtho. A oedd pob dim wedi mynd yn iawn ar y daith? Gafodd e gwsg o gwbwl? Pryd deuai i'w mofyn? Dechreuodd bilio ewin ei bys bach. Roedd hynny'n arferiad ganddi pan oedd ar bigau'r drain. Clic! Tasgodd rhyw ddarn bychan o'i hewyn yn yr awyr a glanio ar y llawr teils. A dyna lle'r ydoedd â'i phen am lawr, pan glywodd lais cyfarwydd.

'A sut mae Polagata, y bore braf hwn?' Eisteddodd Emrys yn ei hymyl ar y soffa a'i chusanu ar ei grudd.

'O, Em, wy mor falch i dy weld ti. O'n i'n dachre meddwl pob math o bethe. Wy wedi bod yn becso amdanot ti, ti'n gwbod. Aeth popeth yn iawn ... y daith a ... ?'

'Do, ardderchog. Dw i'n lwcus iawn o Gabriel. Mi wnath o ddreifio'r rhan fwya o'r ffordd a deud y gwir. A dyma fi'n ôl yn ddiogel.'

'Diolch am hynny. Chysges i fawr ddim nithwr ...'

'Mi wnei di gysgu heno, 'ta beth. Mi wna i ofalu am hynny achos mi fyddwn ni efo'n gilydd, on' byddwn?'

gwenodd arni. 'Wel, sut mae'r gwesty?'

'Cyfforddus. Brecwast diflas, ond cwmni da.'

'Cwmni?'

'Dyn o Abertawe a …'

'O, ia?' crychodd Emrys ei drwyn.

'A'i wraig sy'n aelod o'r Orsedd. Pobol ddiddorol iawn. Y tro cynta iddyn nhw ddod i'r Wladfa, ond nid y tro ola, medden nhw.'

'Gobeithio bydd hynny'n wir am rywun dw i'n nabod, hefyd! *Che!* Dw i wedi penderfynu mynd â ti i lan y môr. Llai nag awr o daith. Mynd yn hamddenol. Be wyt ti'n 'ddeud?'

'Beth am yr Eisteddfod? Ma honno'n dachre am ddeg!'

'Fydd y Cadeirio ddim tan bedwar y pnawn 'ma. Digon o amsar i gael cerddad ar y traeth a chael cinio bach a …'

''Yt ti wedi 'mherswadio i'n barod,' chwarddodd Paula.

'Mae Gabriel wedi gofyn i ni fynd draw am swpar heno 'ma. Ti'n ffansïo mynd? Basa'n braf i ti gael cwarfod â nhw.'

'Pam lai?'

'Dw i'n siŵr y byddi di'n licio Ana ei wraig o hefyd, a'r hogan fach.'

'Bydde hynny'n neis. Odyn nhw'n siarad Cymra'g?'

'Mae o'n eitha rhugl, ac mae Ana'n deall tipyn. Mae hitha hefyd yn dod o dras Gymreig. Ond am yr hogan sy efo nhw, Maria, mae honno'n medru'r Gymraeg yn well na'r ddau efo'i gilydd. Wyth oed ydy hi!'

'Ffrwyth y dosbarthiade Cymra'g?'

'Ia, dyna fo. Rŵan, dan ni'n colli amsar. Dw i am fynd â ti i'r union fan lle dechreuodd y daith, fel petai. Porth Madryn!'

'Mae'n rhaid i fi fynd i'r twll yn y wal yn gynta, i godi arian.'

'Twll yn y wal,' chwarddodd Emrys. 'Dyna beth dach chi yng Nghymru yn galw *Cajero Automático?'*

'Paid â chwerthin. Mae e'n ffrind da i fi!'

'Gobeithio y cei di sylw ganddo, achos roedd 'na gynffon hir o flaen y banc pan es i heibio ar fy ffordd yma.'

'O diyr.'

'A bydd yn ofalus o dy fag llaw. Mae 'na fechgyn yn mynd o gwmpas ar eu beicia, meddan nhw, ac yn cipio pob dim fedran nhw.'

'Fydd dim angen i fi boeni tra bo ti wrth f'ochor i,' gwenodd.

'Na fydd, atebodd gan roi ei fraich am ei chanol.

'Awn ni, 'ta?'

Gadawodd y ddau y gwesty a cherdded i gyfeiriad y Banc Cenedlaethol. Trwy lwc, dim ond rhyw ddeg oedd yn disgwyl, erbyn hynny, ond aeth yn agos i awr cyn i Paula fedru bwydo'r cerdyn i'r peiriant. Pob un yn ei dro, yn trio tynnu arian. Trio a thrio. Yn ofer. Dim pres. Dim byd. Dim heblaw siom. Daeth ei thro hithau o'r diwedd. Mynd drwy'r mosiwns arferol a dyma'r doleri'n disgyn yn syth bìn i'w llaw.

'Rwyt ti'n lwcus mai draw mai dy gyfri di,' meddai Emrys. 'Mae'r lladron yna sy wrth y llyw yn y brifddinas wedi pocedu'r cyfan, weli di. Y diawliaid fel ydan nhw!'

'Dere. 'Yn ni damed gwell o ...'

'Pawla fach, sut mae disgwyl i ti ddeall?'

'Emrys! Dyma'n diwrnod ola ni gyda'n gilydd. Paid â gadel i'r wlad a'i phrobleme ddod rhyngon ni. Dere i ni ga'l mwynhau beth sy ar ôl.'

Cerddodd y ddau fraich ym mraich yn ôl at y gwesty lle'r oedd y Chevrolet yn disgwyl amdanynt.

'Nawr 'te, *fi* sy'n trefnu nawr. Wy ddim yn dod yr un cam gyda ti os na cha i lenwi tanc y Chevrolet. Iawn?'

'Sdim angan i ti, wir …'

'Oes. Reit, draw i'r garej 'na fan'na.'

'Rwyt ti'n hogan benderfynol!'

'Wy'n lico ca'l yn ffordd, weithe,' gwenodd Paula, wrth weld Emrys yn ufuddhau ac yn troi trwyn y cerbyd am y pwmp petrol.

'Diawch! Mi roedd sychad arno,' meddai Emrys gan anelu am y ffordd a arweiniai am Borth Madryn.

'Beth 'yt ti'n 'ddishgwl ar ôl yr holl deithio? Hei! Ma enwau'r strydoedd yn ddiddorol fan hyn. Cadvan Hughes … Joseph Jones … Waw! Aaron Jenkins … perthyn i ti!'

'Ia,' atebodd Emrys yn falch.

Ychydig o gerbydau eraill oedd yn mynd yr un ffordd â hwy unwaith roedden nhw wedi gadael y dref. Eisteddodd Paula yn ôl i fwynhau'r sylwebaeth. Hanes y Cymry'n adeiladu rheilffordd o Fadryn i Drelew. Sylwi yng nghwrs y daith ar res o fryniau yn dwyn yr enw Bryniau Meri, wedi eu henwi ar ôl y plentyn cyntaf a anwyd i'r Cymry ym Mhatagonia.

'Mae tipyn o wahaniaeth rhwng y lle 'ma a'r Andes,' meddai Paula wrth weld y tir twmpathog o boptu iddynt.

'Dyma i ti'r paith eto. Y cyfan mor sych. Doedd 'na ddim dŵr ym Madryn, wyddost ti. Dyna pam nath yr hen bobol symud i mewn i'r tir a chwilio am yr afon.'

'Y Camwy oedd honno?'

'Ia, yr un y buon ni ar ei glanna ddoe. Mae pobol Madryn yn dal i ddibynnu ar yr hen afon, a dibynnu ar yr Andes am eu trydan.'

'Ar yr Andes?'

'Wel, ar yr argae, yntê. Mae 'na ffatri *aluminio* yma ac mae angan llawar o drydan ar gyfar y gwaith hwnnw.'

'Porth Madryn sy draw fan'na?'

'Ia, dacw fo … '

'Mae e'n f'atgoffa i o'r Costas yn Sbaen gyda'r fflatiau uchel 'na … un bloc ar ôl y llall.'

'Y Sbaeneg 'nei di glywad yma. 'Chydig iawn o Gymry sy'n byw ym Madryn erbyn hyn. Lle i dwristiaid ydy o.'

'Mae'r ffaith bod modd gweld morfilod 'ma'n denu pobol i'r lle, sbo. Welwn ni rai ti'n meddwl?'

'Wn i ddim am hynny, ond falla 'nawn ni weld amball forlo ar y traeth.'

'Jiw! Mae 'na long anferth wrth y cei … dwy ohonyn nhw!'

'Andros o fawr, *eh*. O Japan, hwyrach. Maen nhw'n dod yma'n aml. Rŵan 'ta, dw i'n mynd i ddreifio mor belled â'r gofgolofn yna. Weli di hi?'

'Ma honna'n wahanol i'r lleill wy wedi'u gweld. Merch, ie?'

'Y Gymraes! Dyna hi â'i chefn at y môr … wedi troi ei chefn ar Gymru ac yn edrych tuag at y wlad o'dd hi'n mynd i … be 'dy'r gair … ?'

'Mynd i fabwysiadu, falle?'

'*¡Exacto!*'

'Mae'n drawiadol iawn, 'ta beth. Pryd gath hi'i chodi, tybed?"

'Yn chwe deg pump, adag y canmlwyddiant,' atebodd Emrys gan gloi'r cerbyd. 'Mi gei di weld cofgolofn arall, dim ond i ni gerdded y traeth ar ei hyd!'

'Mi wnaiff les i ni'n dou,' atebodd hithau gan gydio yn ei fraich.

'Wyt ti'n mynd i dynnu dy sandala?'

'O, odw, er nad yw hi'n gynnes iawn. Wy isie teimlo'r tywod o dan 'y nhraed.'

Law yn llaw ac yn droednoeth dyma nhw'n dechrau cerdded y traeth tywodlyd gan geisio osgoi'r cregyn mân a'r gwymon. Rhedeg, weithiau, gan gwrso'i gilydd am yn ail. Loetran i edrych ar y tonnau a'r ewyn gwyn. Oedi i gofleidio ac i edrych i fyw llygaid ei gilydd. Aros am gusan melys fel gwin y wlad. Dau gariad, un munud awr, yn wryw a benyw ...

Y ddau oedolyn yn troi'n ddau blentyn wrth iddynt luchio tywod i bob man a thaflu cerrig mân i'r môr ... Yna carlamu yn eu blaenau fel ebolion mynydd nes colli'u gwynt yn lân cyn ymdawelu eto ym mreichiau'i gilydd.

Daethant wyneb yn wyneb â'r ogofâu hynod a fu'n gartref dros dro i'r criw o Gymry a ymfudodd yma yn chwennych rhyddid a hawl i fyw.

'I feddwl bod un hen daid i mi, ac ynta'n hogyn pedair oed ar y pryd, ymhlith y fintai,' ochneidiodd Emrys.

'Ac i feddwl bod gorwyr iddo yn sefyll yn yr union fan heddi ac yn siarad yr un iaith ag ef!'

'Fasa fo byth yn coelio! A beth pe bai o'n codi'i ben a gweld bod yr Archentino bach hwn wedi cael hogan o'r Hen Wlad yn gariad iddo?'

'A'r Gymraeg ar wefuse'r ddou ohonon ni ... '

'A'r gobaith y bydd ein plant ni'n ei siarad hi hefyd,' meddai Emrys gan ei gwasgu ato. 'Mi fasai'n braf cael teulu ... dau neu dri neu ... '

'Hei! Gan bwyll, 'nei di. Un peth ar y tro,' chwarddodd Paula.

Edrychodd Emrys ar hyd y traeth.

'Mi fydda i'n teimlo rhyw ias yn mynd i lawr f'asgwrn cefn wrth edrych ar yr ogofâu 'ma.'

'Ma rhwbeth sanctaidd amboutu'r lle, on'd oes e? O leia 'yn ni wedi diosg ein sandale oddi ar ein traed!'

'Tyd, mae'r awel braidd yn fain. Mi awn ni i fyny dros y twmpath yna er mwyn i ti gael golwg go iawn ar y gofgolofn.'

'Iawn. Beth yw'r enw sy ar hon?' holodd Paula wrth iddynt nesáu ati.

'Yr Indio! Yn wahanol i'r Gymraes, sy'n wynebu'r tir, mae'r brodor â'i wyneb tua'r Iwerydd. Gan dy fod ti mor hoff o farddoniaeth, mae 'na gerdd i'r Indio. Mi enillodd rhyw ddynas y gadair amdani yn Eisteddfod y Cwm. Roeddwn i yno.'

'Ti'n cofio peth ohoni?'

'Llinell neu ddwy, ydw. Gad i mi feddwl ...

"Â'i law yn gysgod uwch ei aeliau trwm
Fel chwilio'r pellter, disgwyl am a ddaw
Ar donnau'r môr i geisio gloywach nen;
O'i flaen, Iwerydd fel diderfyn daith
O'i ôl, mae blodau gwyllt a swyn y paith ..."

Dyna i gyd dw i'n 'gofio.'

'O, mae'n hyfryd. Licwn i gael copi o honna.'

'Mi ga i un i ti o rywla. *Bueno*, 'nôl â ni'n reit handi, eh.'

'Ma gyda fi un llun ar ôl cyn i fi orffen y ffilm ... '

'Gad i mi dynnu un ohonat ti 'ta ... a chofia di anfon copi i mi. *Una sonrisa por favor, señorita.*'

'Mae'n anodd gwenu a ninne'n gwahanu.'

'Yfory fydd hynny, 'nghariad i. Mi ddylsa tro bach o gwmpas y siopa ddod â gwên fach i'r wyneb tlws yna!'

'Bydd e'n gyfle i brynu rhwbeth bach ar gyfer y groten fach ... Maria, erbyn heno.'

'Os wyt ti'n mynnu.'

Roedd hi'n braf yn y tŷ bwyta. Bwrdd i ddau, a ffenest i'r môr. Gan fod cyflenwad arbennig o bysgod ffres ar gael, dyma ddewis plat-y-dydd, sef brithyll wedi'i goginio ar y maen, salad a sglodion. A hanner potelaid o win gwyn.

'Lle da 'dy hwn am fwyd.'

'Swnio fel 'set ti wedi bod 'ma o'r bla'n.'

'Do, unwaith. Ond doedd y cwmni ddim tebyg!' atebodd gan godi ei wydryn. '¡Por el futuro!'

'I'r dyfodol!'

'¡Por nosotros!'

'I ni!'

* * *

Prin ugain munud i gymryd cawod a chael gwared ar y gronynnau tywod. Ar ras wyllt: roedd yn rhaid iddi wneud yn berffaith siŵr bod y dogfennau mewn trefn ganddi – y tocynnau hedfan ... y pasbort ... a'r ffurflen felen honno y gorfu iddi ei llenwi ar yr awyren. Nawr oedd yr amser i wneud hynny, er bod gwaelod ei gwallt heb sychu'n iawn a bod y lliain bàth yn dal amdani. Dim ond picio i 'nôl potelaid o win ar gyfer y swper heno oedd raid iddo fe neud. A phrynu tusw o flodau i wraig y tŷ. Dylsai fod wedi hen gyrraedd 'nôl erbyn hyn. Doedd hi ddim wedi arfer gadael pethe tan y funud ola. Ond roedd y daith i Fadryn wedi bod yn fendigedig. Fydde hi ddim wedi colli'r profiad am y byd.

Ble yn y byd oedd e? Roedd hi wedi gobeithio y byddai yma i'w helpu i wisgo'i mwclis. Roedd hi'n anodd gwneud hynny heb gymorth. Ta waeth ... Gwisgodd y sgert a'r top a'r siaced ysgafn. Ychydig o golur. Persawr. Ac roedd hi'n barod. Dechreuodd ei ffordd i lawr y grisiau er mwyn bwrw golwg ar ei llun yn y drych a lenwai'r wal ar yr ochr chwith.

'Mi oeddwn i wedi meddwl dy helpu di i wisgo.' Erbyn hyn roedd e hanner ffordd i fyny'r staer ac yn dringo dwy ris ar y tro. 'Roedd y traffig yn ddifrifol! Mae golwg ddifrifol ar wyneb rhywun, hefyd. Wyt ti'n iawn?'

'Odw,' atebodd hithau braidd yn gwta.

'*¡Todo bien!* Rwyt ti'n edrych yn hyfryd ... ac yn gwynto'n ffein!'

'Ac 'yt ti wedi mynd yn real Hwntw!' gwenodd. 'Hwre, cymera'r allwedd er mwyn i ti ga'l esgus ar ymolch!'

'Ydw i mor fudur â hynny? Fydda i ddim chwinciad. Wyt ti am ddod i fyny?'

'Dewi Emrys Jones! Petawn i'n dod lan nawr, sa i'n credu, rywsut, y bydden ni'n dou yn gadel y stafell 'na tan bore fory!'

'Ti'n iawn,' cytunodd wrth lithro heibio iddi, gan ei chyffwrdd yn ysgafn ar ei phen-ôl.

Erbyn iddynt gyrraedd y gampfa a chael gafael ar ddwy sedd, roedd seremoni'r Cadeirio ar fin dechrau. Gorseddogion y Wladfa yn eu *ruanas* glas golau yn ufudd ddilyn yr Archdderwydd a'i dîm o ddeugain. Gweddi'r Orsedd. Beirniadaeth. Oedd, roedd yna deilyngdod! Galw ar y buddugol ... dair gwaith. O'r diwedd, dyma ferch yn codi ar ei thraed. Cymeradwyaeth fyddarol.

'Dw i'n credu ei bod hi'n perthyn i fi ... o bell, yntê,' sibrydodd Emrys wrth i'r bardd gael ei chyrchu i'r llwyfan.

Yn ei aur, o'i gorun i'w sawdl, plygodd yr Archdderwydd i'w chusanu a'i gwahodd i eistedd yn hedd ei chadair. Roedd pob copa walltog wedi dotio at y ddefod.

Gan fod y cystadlu'n debygol o fynd ymlaen tan ddau y bore, cyhoeddwyd y byddai egwyl o awr a hanner a chyfle i bawb a fynnai hynny fynd am de yn y neuadd gyferbyn â'r Gampfa. Wrth iddynt ymuno â'r gynffon o bobol, teimlodd Paula rywun yn rhoi pwt iddi ar ei hysgwydd. Trodd i weld Lynwen yn gwthio'i ffordd rhwng dwy wraig oedd wedi ymgolli yn eu sgwrs.

'Shwd wyt ti? Wedi cyrraedd yn saff, 'te? Weles i mo dy liw di ddoe!'

'Wel, o'n i 'ma. Fe glywes i'r llefaru. O'dd ych parti chi'n wych. Llongyfarchiade!'

'O'n i'n falch dros y merched, yn fwy na dim, ar ôl yr holl ymarfer 'na …'

'*Fi* ydy'r un sy'n gyfrifol bod Pawla wedi … wedi colli'r …'

'Mae'n flin 'da fi,' eglurodd Paula gan dorri ar ei draws. 'Fe ddylwn i fod wedi'ch cyflwyno chi. Dyma Emrys … Lynwen Tomos, yr athrawes o Gymru.'

'Shw mae?' meddai Lynwen gan fesur pob modfedd ohono.

'Mae'n dda gin i gwrdd â chi, o'r diwadd!' ymatebodd Emrys a'i chyfarch â chusan.

'Wy'n synnu a rhyfeddu na fyddech chi'ch dou wedi cwrdd â'ch gilydd cyn nawr,' meddai Paula wrth weld y boddhad ar wyneb Lynwen.

'Ia,' cytunodd Emrys. 'Sgennoch chi ddim moto-beic, debyg!'

'Nac oes,' chwarddodd Lynwen. 'Dyna chi syniad!

Gallwn i brynu'r un sy 'da Paula, falle …'

'Rhy hwyr,' gwenodd Paula. 'Mae Emrys wedi'i werthu fe, on'd 'yt ti?' meddai gan ei bawenu'n chwareus.

'Ydw, ond mi fydda i'n cael rhai ail-law i mewn weithia, hynny ydy, os bydd gennoch chi ddiddordeb. Mi wnewch chi fy ffeindio i yn Mitre. *El Celta* ydy'r enw.'

'Fe gofia i hynny,' gwenodd arno'n awgrymog.

Yn rhy awgrymog wrth fodd Paula. 'Na beth oedd wyneb! Dim ond ychydig wythnosau yn ôl, roedd hi'n wfftio'r syniad o brynu sgwter … ac yn gwadu bod gyda hi unrhyw ddiddordeb mewn dynion. Hy! Berwai ei gwaed wrth feddwl amdani'n closio at Emrys …

'Dw i'n rhyfeddu at eich Cymraeg chi, wir!'

Dyna hi'n dechre 'to! Damo hi! Peth od na fydde hi'n ei gymell e i fynd ati i gael gwersi preifat. O'dd hi'n teimlo fel mynd lan ar y llwyfan 'na a gweiddi arni i gadw draw. Ond fydde hynny ond yn tanlinellu ei hansicrwydd … Gwenu, dyna'r cynllun gorau. Gwenu'n neis … a gobeithio y caen nhw wared arni'n weddol handi.

Erbyn hyn roedden nhw wedi cyrraedd y neuadd fwyd a phawb am y cyntaf yn chwilio am le i eistedd.

'Lynwen! Lynwen!' galwodd Mirta mewn llais awdurdodol. Dan ni wedi cadw sedd i ti draw fan'cw wrth y wal.' Yna trodd at Paula â winc ddireidus. 'S'mae, Pawlita? Mae gin ti gwmni, dw i'n gweld!'

'O, mae'n well i fi'i siapo hi, sbo,' meddai Lynwen, yn gyndyn. 'Trueni hefyd a …'

'Paid â becso, 'yn ni'n deall yn iawn. Mae'n naturiol dy fod ti isie bod gyda'r criw, on'd yw hi, Em?' pwysleisiodd Paula.

'Ydy, debyg iawn, ond bechod bod yn rhaid i chi fynd,

hefyd,' ychwanegodd Emrys.

'Mi ddaw cyfle eto … dan ni'n siŵr o gwrdd yn yr Andes. Fe fydda i'n eich nabod chi y tro nesa!'

'Mae lle i ddou … wrth … wrth y ford draw fan'na!' meddai Paula gan faglu, bron, dros ei geiriau.

Ond cyn iddi arwain Emrys i ffwrdd fel ci bach, dyma Lynwen yn mentro rhoi ei phig i mewn unwaith eto.

'*Mucho gusto*, Emrys,' gwenodd.

'*Igualmente*,' gwenodd yntau'n ôl arni a'i gwylio'n cerdded ymaith.

Yr oedd Paula wedi cyrraedd y bwrdd o'i flaen ac wedi dechrau sgwrsio â rhyw bâr o Gymru oedd yn eistedd gyferbyn. Gogs oedden nhw, ond doedd dim gwahaniaeth am hynny. Roedd yn rhaid iddi gael siarad â rhywun er mwyn trio anghofio yr hyn yr oedd newydd ei weld a'i glywed. Hanner trodd ei phen oddi wrth Emrys a oedd newydd eistedd wrth ei hochr ac ychwanegu rhywbeth-rhywbeth at y sgwrs. Yn ei meddwl roedd hi'n ail-fyw'r profiad chwerw o weld Lynwen ac Emrys yn edrych ar ei gilydd … o glywed y tynnu coes … ynghyd â'r awgrym cynnil y gallent gyfarfod eto. Ac i goroni'r cyfan, dau air o Sbaeneg, mewn acen berffaith – gwir allwedd i'w galon? Roedd yna ddyn cymharol ifanc yn eistedd yr ochr arall i Paula. Cymro o Gaerdydd, wel, dysgwr yn ôl ei acen. Gwisgai bâr o sbectol drwchus ac roedd ei fwstás fel llwyn o dan ei drwyn. Tipyn o arogl chwys, ond pa ots? Roedd hi'n mynnu tynnu sgwrs ag e. Hanner Cymraeg, hanner Saesneg.

'How very interesting!'

'Bara menyn, Pawla?' estynnodd Emrys y plat iddi.

'Dim diolch.' Gwyrodd ei phen unwaith eto. 'You were saying…?'

'Beth am ddarn o deisen blât? Ti'n licio riwbob?'

'Na. Ma riwbob yn gadel dincod ar 'y nannedd i!' gan droi at y Cymro eto, 'Yes, I agree with you …'

'Rhagor o de?' gofynnodd y ddynes radlon oedd yn gweini.

'Hanner cwpaned. Gwan, os yn bosib … Diolch.' Yna trodd i'r Saesneg unwaith eto. 'I hope you enjoy the rest of your stay…'

'Teisen hufen? Wnei di gymryd darn bach efo dy de?' cymhellodd Emrys.

'Sawl gwaith mae'n rhaid i fi weud wrthot ti? Dw i ddim isie dim byd!'

'Wel, o leia dydy'r hufen ddim wedi suro!'

'Beth wyt ti'n ceisio'i awgrymu?' gofynnodd Paula o dan ei hanadl a gorfodi gwên ar y dyn o'r brifddinas.

'Dim, dw i ddim yn awgrymu dim byd,' atebodd Emrys yn bwyllog, gan gyffwrdd â'i braich. 'Wyt ti isio rhwbath…?'

'¡Sî! Weda i wrthot ti be wy isie. Llonydd! Wy isie llonydd. Deall nawr?' Cododd o'i sedd a heb air arall o'i phen dechreuodd gerdded i gyfeiriad y drws.

'Paula! Paula!'

Yn sefyll ysgwydd yn ysgwydd â hi wrth y fynedfa oedd Miss Hannah Wynne Roberts, yn jinglarins i gyd.

'O, 'na neis 'mod i wedi'ch gweld chi 'to cyn bo chi'n mynd. Bues i ar y ffôn gyda'ch mam-gu nithwr ac o'n i'n gweud …'

'Blydi-hel! Sdim llonydd i ga'l!' Ac allan â hi drwy'r drws gan adael y Gymraes emog yn geg-agored, tan i Emrys ruthro heibio iddi.

'Hei! Hei!' galwodd ar ei ôl. Ma'ch lady-friend chi mas fan'na. Beth sy arni wy ddim yn gwbod. Fe hastodd heibio i fi fel … fel … cath wyllt, ŵ. Dyw e ddim busnes i fi, ond …'

246

Erbyn i Emrys gyrraedd yr allanfa a mynd allan i'r briffordd, doedd dim sôn am Paula. Edrychodd i bob cyfeiriad. Oedd hi wedi mynd yn ôl i'r neuadd drwy'r drws arall? Yna fe'i gwelodd yn brasgamu yn y pellter tua chanol y dref. Beth ar y ddaear oedd wedi dod drosti? Doedd dim amser i'w golli. Rhedodd nerth ei draed at y man lle'r oedd wedi gadael ei gerbyd. Cychwyn yr injan. Troed ar y sbardun. Roedd o fewn dau gan metr iddi hi... bron wrth ei sawdl.

'Polagata!' gwaeddodd drwy ffenest y Chevrolet. *'¡Te amo! ¡Mi amor!'*

Rhuthrodd hi yn ei blaen gan esgus nad oedd wedi ei glywed.

'Aros, wnei di … aros! Rhaid i ni siarad, wyddost ti.'

Arhosodd yn ei hunfan. Roedd hi'n crynu drwyddi. 'Ti'n meddwl 'ny?' gofynnodd a'i llais ar dorri.

'Fyny â ti. Fyny â ti!' cymhellodd Emrys gan daflu drws y cerbyd ar agor iddi.

Roedd car yn canu ei gorn y tu ôl iddynt a'r gyrrwr yn colli amynedd. Dringodd Paula i fyny a gwyro ei phen heb yngan yr un gair. Gyrrodd yntau yn ei flaen mewn distawrwydd, yn ofni dweud sill rhag i bethau fynd o ddrwg i waeth.

Edrychodd Paula drwy'r ffenest. Yno, yn ei hwynebu, yr oedd clamp o gofgolofn i'r gŵr yr enwyd y dref ar ei ôl. Roedd ei fraich estynedig fel pe bai'n eu cymell i gymodi. Llaw fawr agored un o sylfaenwyr y Wladfa Gymreig yn cymell … cymell …

Fel pe bai wedi darllen ei meddyliau, symudodd Emrys ei law tuag ati yn ara … hyd nes iddo gyffwrdd â'i llaw hithau.

247

'Llaw oer, calon gynnas,' sibrydodd wrthi.

'Dyna'r ystrydeb,' atebodd a difaru wedyn.

Heb fod yn bell o'r *Terminal*, roedd yna ddarn o dir agored a llyn bychan yn rhan ohono.

'Dan ni'n dau'n mynd i gerddad ychydig,' dywedodd Emrys gan ddiffodd yr injan, 'a dan ni'n mynd i siarad ... a chlirio'r awyr!' Disgynnodd Paula'n ufudd a heb yn wybod iddi, roedd ei llaw wedi ymblethu yn llaw Emrys. 'At y goeden acw, ia?'

Dim ond hanner canllath oedd ganddynt, dim mwy. Ond i Paula, roedd yn debycach i hanner milltir.

'Rŵan 'ta. Mae'n rhaid i un ohonon ni dorri'r iâ.'

'M.'

'Dan ni'n dau o dan straen. Mae fory'n agosáu...'

'Ody.'

'Dwyt ti ddim isio 'ngholli inna ac, yn bendant, dw i ddim isio dy golli di. Ydw i'n iawn?'

'Wyt.'

'Dan ni wedi ffraeo dros ddim byd, dyna'r gwir. Rŵan 'ta, os wyt ti'n ofni 'mod i'n meddwl dechra cael perthynas efo'r athrawas yna ar ôl i ti fynd 'nôl i Gymru, rwyt ti'n gneud clamp o gamgymeriad!'

'Ond o't ti'n fflyrtan gyda hi gynnau fach ac yn ...'

'Trio bod yn gwrtais, dyna i gyd. A beth oeddat ti'n 'wneud wrth y bwrdd, 'ta?'

'Ca'l sgwrs fach.'

'Efo'r hen fwnci hanner a hanner 'na!'

Ysgydwodd Paula ei phen a thorrodd allan i chwerthin.

'Nawr pwy sy'n genfigennus? Dwyt ti ddim yn meddwl am funed 'mod i wedi ffansïo'r drewgi 'na, wyt ti?'

'Dw i ddim yn gwbod beth i feddwl ... '

'Dere 'ma,' sibrydodd. 'Cwtsha fi ... dal fi'n dynn ...'

'Dw i'n licio gorchmynion fel'na,' gwenodd Emrys a'i chofleidio. 'Dan ni fel plant, wyddost ti. Plant wedi cael tegan newydd.'

'Maen nhw'n dweud taw llinell denau iawn sy rhwng cenfigen a chariad.'

'Sî. Ond be sy'n bwysig ydy ein bod ni'n ymddiried yn ein gilydd. Tyfu wnaiff ein cariad ni, wyddost ti. Mae'n rhaid i ni gredu hynny â'n holl galon. Wyt ti'n well, rŵan?'

'Odw,' ochneidiodd Paula, wy'n well.'

Roedd hi'n agosáu at hanner awr wedi saith pan ganodd Emrys gloch y drws yn stryd Berwyn.

'Rhif 1282!' dywedodd Paula. 'Dyna'r flwyddyn y collodd Cymru ei hannibyniaeth!'

'Wel, ia siŵr. Wnath hwnnw ddim croesi 'meddwl i.'

Agorodd y drws, a dyma ben bach cyrliog tywyll yn ymddangos.

'Sut wyt ti, Maria?' gofynnodd Emrys gan ei chodi yn ei freichiau a'i throi yn ôl a blaen fel siglen. 'Lle mae Papá?'

'Dyma fi,' atebodd Gabriel, gŵr tua deugain oed, o bryd eitha golau, ac yn prysur foeli.

'A dyma Pawla,' meddai Emrys gan ollwng Maria yn ofalus.

'Dan ni wedi clywad lot o sôn amdanoch chi! Mae *rhywun* wedi bod yn galw ar y ffôn gryn dipyn yn ddiweddar, yn deud fel dach chi wedi newid ei fywyd o.'

'Er gwell, gobitho.'

'Mae o'n edrych yn ddyn hapus iawn i mi, beth bynnag. Dewch, pasiwch.'

I mewn i'r tŷ â hwy, a Maria'n dawnsio o'u blaen ac yn gweiddi 'Mamá! Mamá! Mae Tio Em wedi dod!'

Pan aethant i mewn i'r gegin, sylwodd Paula ar ei hunion ar y tebygrwydd rhwng Maria a'i mam. Roedden nhw ill dwy yr un ffunud. Gwallt cyrliog tywyll a llygaid lliw cnau cyll.

'Croeso,' gwenodd gan gofleidio Paula a phlannu cusan cyfarch ar ei boch.

'Mae Ana isio i ni eistedd wrth y bwrdd,' dywedodd Gabriel. 'Swpar cynnar heno gan gofio bod taith o flaen Pawla yfory!'

'Cyn i ni eistedd,' meddai Paula, 'wy isie rhoi rhwbeth bach i Maria.' Aeth i'w bag ac estyn y parsel iddi.

'O! diolch.' Cymerodd y parsel a'i ddatod ar unwaith a phan welodd y cynnwys dechreuodd ddawnsio o'r newydd. 'Pengwin! Pengwin!' llafarganodd. 'Dw i'n licio fo, dw i'n licio fo!' Yna aeth i sefyll o flaen Paula a dweud yn swil, 'Dw i'n licio chi, hefyd.'

Gwenodd Paula arni. 'Mae e'n gallu cerdded, ti'n gwbod. Tro'r allwedd sy yn ei gefn e.'

'Goriad, cariad,' eglurodd ei thad.

Dyma droi'r allwedd ryw bum gwaith, gosod y pengwin ar y llawr teils, a chael yr hwyl ryfeddaf wrth ei weld yn cerdded ling-di-long rhwng eu traed.

'Mae o'n andros o neis!'

Chwarddodd pawb wrth glywed adwaith yr un fach.

'Wyt ti'n licio fo, Tío Em?'

'Yndw, yn fawr iawn.'

'Wyt ti'n licio Pawla yn fawr, hefyd?'

'Wrth gwrs 'mod i,' chwarddodd Emrys.

'Ydach chi'n mynd i briodi?'

'*Basta*, Maria!' protestiodd ei mam, ond ni chymerodd y ferch fach â'r llygaid lliw cnau cyll yr un sylw o'r cerydd.

'Dw i isio *tía* newydd. Dw i isio *tía* sy'n siarad Cymraeg fel Pawla. Doedd Carmen ddim yn gallu ...'

'At y bwrdd, bawb!' Bloedd o enau Gabriel, yn rhag-weld bod ei ferch fach annwyl yn bwriadu trin a thrafod un o gyn-gariadon ei gefnder.

'Mi rwyt ti'n siarad Cymraeg yn ardderchog, Maria,' winciodd Paula arni. 'Yn llawer gwell na rhai plant yng Nghymru.'

'Dw i'n medru *castellano* hefyd, ond mae'n well gin i siarad Cymraeg,' gwenodd gan gofleidio'i thegan newydd.

'Bloda i ti, Ana,' dywedodd Emrys, 'a photelaid o Cabernet i titha, Gabrielito.'

'Doedd dim angen, wir i ti ...'

'Dw i ddim isio clywad dim rhagor, *eh*. Edrycha ar y gymwynas wnest ti â fi neithiwr ... Fyddwn i byth wedi gallu gyrru'r holl ffordd 'na, wyddost ti.'

'Gwell i ni fyta, ia?' awgrymodd Ana gan ddechrau gweini.

Wrth gael blas ar y swper dechreuodd Paula werthfawrogi'r cwmni a rannai'r un bwrdd â hi. Teimlai rywsut ei bod hi'n adnabod y teulu bach ers blynyddoedd. Yn ddiweddarach fe gludodd Maria yr albwm teuluol o'i briod le a'i ollwng ar ei harffed. Gwenodd Paula. Ni chofiai faint o weithiau y bu'n rhaid iddi gymryd arni fwynhau edrych ar luniau gwyliau hwn a'r llall. Ond roedd y rhain yn wahanol. Roedd hi'n awchu am gael gwybod mwy amdanynt, a hwythau'n meddwl gymaint o Emrys. Llun priodas Ana a Gabriel ... roedd hi'n amlwg eu bod mewn cariad ... llun o Maria yn wythnos oed ... yn dri mis ... ac yna'n flwydd oed. Yn cerdded ... yn rhedeg ar y traeth un haf yn Playa Unión a'r tonnau'n chwyrlïo tuag ati. Maria, eto ... yn yr ysgol yn ei brat wen ... yn y mabolgampau ... ac yn yr eisteddfod ... Yn canu ac yn dawnsio ... yn ennill ar yr unawd o dan wyth oed yn steddfod y bobol ifanc y llynedd. Yn gwenu fel heulwen haf ... ac mor debyg i'w mam.

Tybed a gâi Paula fod yn fam ryw ddydd? Mam i groten fach fel hon? A gâi hi'r pleser o fynd â'i merch i lan y môr ... ei gwisgo mewn dillad swanc a'i gweld yn perfformio ar lwyfan? Roedd amser yn cerdded ... Roedd Paula'n ddeg ar hugain oed ac mewn cariad. Byddai'n rhaid iddi ffarwelio â'r cariad hwnnw ... mewn mater o oriau. Arswydodd wrth feddwl am y peth ...

'Dach chi am ddod 'nôl i Archentina, Pawla?' gofynnodd Maria, wrth weld Emrys yn codi ac yn helpu Paula i wisgo'i siaced.

'Efallai, Maria ... efallai,' atebodd gan redeg ei bysedd drwy gyfoeth o wallt y ferch fach.

'Dach chi'n siŵr o ddod, achos dach chi wedi byta *calafate*. Roedd Mamá wedi rhoi peth yn y pwdin! Ac mae pawb sy'n byta *calafate* yn dod 'nôl i Batagonia!'

'Wel, dyna fo 'ta' gwenodd ei thad. 'Mi fyddwn ni'n eich disgwyl chi, siŵr.'

Wedi cofleidio a chusanu am yn ail, dyma ffarwelio â'r teulu bach, a'r cyfan y gallai Paula ei weld trwy ddrych y Chevrolet oedd merch fach, a honno'n sefyll ar garreg y drws yn anwylo ei thegan newydd.

'Mae Maria'n gariad, on'd yw hi?' dywedodd Paula.

'Ydy, mae'n llond y tŷ!'

'Dim rhagor o blant, chwaith?'

'Mi ddylwn i fod wedi dweud wrthot ti ...'

'Dweud beth?'

'Mi gollodd Ana ddau faban. Ddim yn gallu cario bechgyn, wyddost ti.'

252

''Na beth ofnadw! Gallwn i fod wedi rhoi 'nhroed ynddi heb feddwl ...'

'Mi wyt ti'n deud y peth iawn, bob amsar!'

Wrth iddynt ddringo grisiau'r gwesty law yn llaw, dyma'r *propietario* penfoel yn gweiddi rhywbeth ar eu hôl.

'Beth mae e'n weud?' holodd Paula.

'Mae'n anodd i mi ei gyfieithu o. Rhwbath digon tebyg i "lwc dda"!' chwarddodd Emrys. 'Dan ni'n iawn heb hwnnw, 'nghariad i.'

Edrychodd hi i fyny arno a gwenu. 'Mae hi wedi dod o'r diwedd!'

'Be?'

'Ein noson ola ni, yma, gyda'n gilydd,' sibrydodd wrth i Emrys roi'r allwedd yn nhwll y clo.

'Ond dan ni'n mynd i'w gneud hi'n noson i'w chofio, *eh*! Beth ti'n ddeud, Polagata?'

'*¡Sí, señor!*' atebodd hithau gan ddechrau datod botymau ei grys.

* * *

Roedd hi'n ddeg y bore, a'r maes awyr, er ei bod hi'n Sul, fel ffair. Pobol â chloch ym mhob dant ac yn chwifio'u breichiau yn yr awyr. Rhai yn sgrialu mynd ac eraill wedi rhoi eu llwyth i lawr. Roedd rhyw gyffro anarferol yn y gwynt. Fe ddaeth yr awr ddu dyngedfennol yr oeddent wedi ei hofni. Pawb, bron, yn rhythu'n gegrwth ar ddalen flaen y papur Sul.

TERFYSGAETH YN Y BRIFDDINAS! YR ARLYWYDD WEDI EI LOFRUDDIO YN ORIAU MÂN Y BORE ...

Roedd y wlad ar ei phedwar. Dim Arlywydd ... dim

llywodraeth … Beth ddeuai i'w rhan fel pobol? Beth ddeuai o Archentina? Mynd â'i chap yn ei llaw a chardota gerbron cyfalafwyr y byd? Diodde gweld baner y wlad yn cael ei thynnu a'r faner fyd-enwog honno â'i sêr a'i stribedi yn mynnu ei lle ar do y Casa Rosada? Beth arall oedd i'w ddisgwyl ond anhrefn ac anobaith? Pa fath o ddyfodol oedd yna i'r tri deg saith miliwn hynny a fagwyd ar fron y wlad?

Yng nghanol y dychryn, roedd dau yn llonydd dawel. Eisteddent ar fainc bren gan gydio'n dynn yn ei gilydd, heb fod ganddynt na llygaid na chlustiau i neb. Eu hawr hwy ydoedd hon. Yr hyn a achosai wewyr i Emrys oedd y ffaith y byddai'n rhaid iddo ollwng Paula o'i ofal. Ei gwylio fel colomen yn yr awyr, yn croesi'r moroedd, ac yn tynnu tuag adref.

Rhedodd ei fysedd drwy ei gwallt yn gariadus ac anwesu ei gruddiau. Roedd hi'n crynu fel aderyn bach a oedd ar hedfan o'r nyth am y waith gyntaf.

'Polagata …' sibrydodd yn ei chlust.

'Wy'n gwrando,' atebodd mewn llais bach crynedig.

'Beth bynnag a ddigwydd, wna i byth, byth dy anghofio di.'

'Na finne tithe. Byth!'

Yn sydyn, dyma fôr o lais dros yr uchelseinydd i foddi eu sibrydion ac i suddo'u gobeithion.

'Pasajeros a Buenos Aires, por favor …'

Ymlwybrodd y ddau fel un tuag at y man gwahanu.

'Cofia ffonio.'

'Cofia ditha sgwennu.'

'Cofia fi at Nel.'

'Cymer ofal yn Buenos Aires.'

'Carca dy hunan.'

Coflaid a chusan. Un cusan hir, ffarwél. Yr oedd hi ar ei phen ei hun, bellach. Yn cerdded a'i chefn tuag ato. Mynnodd droi i gael un olwg arall. Gallai weld ei law uwchben y dorf. Ac yna, dim.

Roedd hi wedi mynd drwy'r drws. Prysurodd Emrys i sychu'r deigryn unig a oedd wedi crynhoi yn ei lygad ac ymbalfalodd ei ffordd drwy'r dyrfa. Ni sylwodd neb arno. Roedd pawb yn rhy brysur. Dalient i siarad am y drychineb yn y brifddinas ac am eu colled fel cenedl. Ni wyddai neb am ei golled yntau.

Pennod 15

'Mae e'n dy ffansïo di, ti'n gwbod. Can't take his eyes off you! Yn enwedig 'da'r cleavage 'na!'

'Shut it, Shaz! 'Na i gyd 'yt ti wedi bod yn ei weud 'ddar bo ni 'ma, ŵ.'

'Wel, 'na i gyd mae e, macnabs, wedi bod yn ei neud 'ddar bo ni 'ma 'fyd! Mae e'n crazy boutu ti. Ma pawb yn gallu gweld 'ny ond ti, stiwpid!'

'Un gair arall, a wy'n mynd sia thre, reit. 'Yt ti 'di deall nawr?'

'OK, Paula, OK. 'Yt ti wedi cwrdd â Mr Wonderful, meddet ti. Ond beth well 'yt ti os yw e draw fan'na a ti draw fan hyn. Nage fflipin afon sy ryngthoch chi, ŵ, ond yffach o fôr mowr!'

'Wy'n gwbod … sdim isie i ti'i rwto fe miwn.'

''Sen i yn dy le di, fe roien i'r cwbwl tu ôl i fi. 'Yt ti'n gwmws fel … fel nŷn nawr, a beta i bod Jonesy mas fan'co'n joio'i hunan 'da'r Lynwen 'na. Rhoi fflipin gwersi Sisneg iddo fe, wir! 'Na'r cap ar y cwbwl…'

'Sharon! Sa i'n gweud wrthot ti 'to. Cau dy geg! Parti yw hwn …'

'Ie, i fod! Dere i ni ga'l drinc arall 'te … O … sh … *sugar!* 'Shgwl pwy sy'n dod … Prins Charming ei hunan, myn yffach i!'

Yn dal, yn dywyll, ac yn nhyb rhai, yn olygus, safodd

Mike Douglas o'u blaenau yn ddu a gwyn, o'i ben i'w draed. Noson ffurfiol oedd hi i fod, wedi'r cwbl, un ymhlith nifer oedd i ddod o hyn i'r Nadolig. Cyfle i ddod i adnabod y pennaeth newydd ac iddo yntau gael cyfle i droi ymhlith aelodau ei staff.

'O ... helô ... Mr Douglas.'

'Galwch fi'n Mike ... dyna mae pawb arall yn gwneud. Y ... Sharon 'ych chi. 'Ych chi'n gweithio yn y swyddfa, dw i'n deall ... yn gofalu am yr ochor dechnegol. A Paula, wrth gwrs,' gwenodd, 'wedi bod yn y Wladfa ac wedi cyflawni campwaith yno mewn byr amser. Llongyfarchiadau!'

'Diolch.'

'Dw i'n edrych ymlaen at gael trafod y gyfres gyda chi. Mae'n siŵr y gallwn ni drefnu rhywbeth. Beth gymerwch chi i yfed, y ddwy ohonoch chi?'

'Bacardi Breezer i fi, plîs,' meddai Sharon. 'Wy wedi ca'l tri ... so, wy'n credu stica i at yr un peth. Mae'n gynnar 'to, on'd yw hi?'

'Ydy, ydy mae hi,' gwenodd. 'Paula?'

'Tonic i fi, os gwelwch yn dda ...'

'Dewch o'na! Tonic a ... beth? Gin, efallai?'

'Dim diolch. Wy'n gyrru.'

'Trueni. Mae 'na ddigon o bobol fyddai wedi bod yn barod i roi lifft i chi ... Fe hebrynga i chi gartre os 'ych chi'n mofyn.'

''Na be wedes i wrthi!' gwgodd Sharon. 'Pwy ddod i barti a gorfod yfed tonic trw'r nos?'

Gwenodd arni ac yna ar Paula. 'Mi fydda i'n ôl yn y man, ladies!'

Cyn bod Mike Douglas hanner ffordd draw at y bar dechreuodd Sharon ar yr un trywydd unwaith eto. 'Siŵr y gallwn ni drefnu rhywbeth! Glywest ti fe? A nage dim ond y ffordd wedodd e fe, ond y look roiodd e i ti. Dim ond i ti whare dy gardie'n iawn …'

'Gwranda, Sharon, 'sda fi ddim gronyn o ddiddordeb ynddo fe.'

'Ond ma gydag e ddiddordeb ynot ti, ŵ. Here he comes,' meddai o dan ei hanadl.

'Fe ddaw rhywun draw â'r diodydd mewn munud,' gwenodd gan sefyll o'u blaen a chwarae â'i gyffsen. 'Hoffech chi ddawnsio, Paula?'

Na, doedd hi ddim isie dawnsio … doedd hi ddim isie dawnsio gyda hwn. Dyna'r peth diwetha roedd hi am 'wneud. Teimlodd rywun yn rhoi pwt slei i'w phen-ôl. Trodd i weld Sharon yn gwgu fel y diawl arni. Doedd ganddi ddim dewis. Mi fyddai 'na le petai hi'n gwrthod. Beth arall allai hi'i wneud, ond derbyn ac esgus gwenu?

Cododd ar ei thraed a chydiodd ef yn ei phenelin a'i harwain at y llawr lle'r oedd nifer o gyplau'n dawnsio'n fywiog. P'un ai amseru ydoedd neu'r ffaith ei fod e, ei bòs newydd, hefyd yn gonsuriwr, ond yn sydyn, newidiodd y gerddoriaeth i un o glasuron grŵfi y Brenin ei hun. Y gân honno â'i holl gwestiynau, ond roedd ganddi atebion parod iddynt i gyd.

Odw, wy'n unig heno …

Odw, wy'n gweld dy eisiau di heno …

Odw, wy'n flin i ni ddrifftio ar wahân …

Odw, wy'n cofio'r prynhawn heulog hwnnw pan wnest ti 'nghusanu i a 'ngalw i'n gariad i ti …

Odyn, mae'r cadeiriau yn 'y mharlwr i'n wag ac yn noeth …

Odw, wy'n syllu ar garreg y drws ac yn dy ddychmygu di yno …

Ody, mae 'nghalon i'n friw …

Mor wag yw llwyfan fy mywyd.

Hebddot ti, nid oes ond gwacter o'm hamgylch.

Oni fyddi di yn f'ymyl gellir tynnu'r llenni …

Unwaith eto.

Odw, wy'n unig heno … *Odw* … *odw* … *odw*.

Digon gwir bod ei freichiau amdani y funud honno, ond nid breichiau Emrys mohonynt.

Nid llygaid Emrys oedd y llygaid a edrychai i'w rhai hi.

Ac nid yr acen si-so honno a'i swynodd draw dros y don a chwaraeai yn ei chlustiau.

'Mwynhau?'

Edrychodd arno a gwenu'n wannaidd.

Mwynhau? Nac oedd. Roedd hi'n ffieiddio bob munud … yn ffieiddio'r ffordd yr oedd wedi closio ati. Gallai deimlo gwres ei gorff yn treiddio … yn tresmasu. Roedd hi'n ffieiddio ei hun.

'Wy'n mynd i briodi!' meddai'n sydyn.

Yna, yn dawel fach, fe'i clywodd yn llacio'i afael arni.

* * *

Roedd wythnos wedi llusgo heibio ers y noson honno. Gorfod iddi ddiodde Sharon yn ei galw hi'n bob enw dan haul ac yna'n ei hatgoffa y gallai Lynwen gipio Emrys oddi arni. Yn ôl honno, roedd hi wedi colli cyfle ei bywyd trwy beidio ag ildio ei hun i'w phennaeth newydd. Roedd Paula wedi cael sioc annifyr pan ddywedodd Emrys wrthi am y gwersi Saesneg. Roedd e'n sylweddoli, erbyn hyn, meddai fe, y byddai angen yr iaith arno os oedd am ddod ar ei hôl i Gymru ac roedd yr athrawes Gymraeg wedi cynnig … Yr athrawes Gymraeg wedi cynnig, wir! Dim ond ychydig wythnosau'n ôl roedd Lynwen wedi ei chynddeiriogi gan gais i gyflwyno'r iaith fain i rywun neu'i gilydd. A dyma hi nawr yn gweld ei chyfle i gael ei bachau ar Emrys ...

Eisteddodd wrth ei desg i yfed ei choffi. Gallai wneud y tro â llwyaid neu ddwy o siwgr i felysu ychydig ar ei bywyd. Ar yr wyneb, roedd pob dim yn mynd o'i phlaid. Pawb o bwys wedi'u plesio gan y gwaith a gyflawnodd yn yr Andes a mwy nag addewid am ddyrchafiad yn yr adran gynhyrchu. Digon o ddeunydd ar gyfer cyfres o wyth o raglenni a chytundeb newydd ei arwyddo yn dweud y câi'r gyfres ei darlledu yn gynnar yn y flwyddyn newydd. Aeth yr is-bennaeth mor bell ag awgrymu y dylid mynd ati yn y dyfodol i gynnig y gyfres ar ffurf CD, cyfanswm o wyth sgwrs, am yn ail â chanu gwlad y *gaucho*. Roedd hi'n sicr meddai y byddai marchnad barod ar eu cyfer.

'Boi da, y Dewi Emrys Jones, yna! Pwy feddyliai bod rhywun fel'na'n byw ym Mhatagonia? Pob clod i chi am ddod o hyd iddo fe ...'

Wrth ddod o hyd iddo fe, y daeth hi, hefyd, o hyd iddi hi ei hunan. Ond fyddai neb yn deall gosodiad o'r fath. Yn bendant doedd ei thad ddim yn ei deall hi. Roedd e wedi bod yn ei elfen yn cynnal parti i ddathlu ei dychweliad ac ymfalchïai yn y ffaith iddi gael y fath lwyddiant ysgubol. Dyna lle'r ydoedd, ym moethusrwydd ei gocŵn, yn tynnu'n braf ar ei getyn, ac yn tafoli'r posibilrwydd o ailgynnau'r fflam rhwng Cliff a hithau. Ond pan aeth Paula ato drwy'r cymylau mwg a'i hysbysu ei bod hi wedi cwrdd ag Archentino o Gymro, a'i bod dros ei phen a'i chlustiau mewn cariad ag e, rhythodd arni mewn braw. Disgynnodd mantolen ar ôl mantolen o'i law, ac yn ôl yr olwg oedd ar ei wyneb, chwalwyd ei holl obeithion yn chwilfriw ar amrantiad. Am ei briodi? Roedd hi allan o'i phwyll. Roedd angen darllen ei phen hi. Yr union eiriau a ddefnyddiodd cyn iddi ddechrau ar ei thaith i Batagonia, ond bod mwy o fin arnynt y tro hwn. Cofiodd fel yr oeddent wedi dadlau y prynhawn hwnnw.

'But he's not an ignorant monoglot!'

'That's where you're wrong. He's intelligent, to say the least! He speaks both Spanish and Welsh. And he's good with his hands, as well ...'

'Bet he is! And I bet he thinks he's on to a good thing, too. Forget him, for goodness sake, or you'll regret it for the rest of your life ...'

Ei anghofio fe? Allai hi ddim ... byth. Roedd bywyd yn hunllef hebddo ac roedd bod ar wahân fel hyn yn ei lladd hi. Ar wahân, ac eto, ar adegau, teimlai ei bod hi'n dal i fyw yno ... roedd hi'n disgwyl sŵn y Chevrolet y tu allan i'r drws ... yn rhyw ddisgwyl clywed *Polagata* ar adenydd yr awel. Ofnai fod y pellter oedd rhyngddynt yn ei drysu'n llwyr.

Counselling oedd gair mawr y dydd. Hanner blwyddyn neu lai yn ôl, bu'n gyfrifol am gynhyrchu rhaglen radio arbennig yn ymwneud â'r pwnc dyrys hwnnw. Sut i gynghori mewn galar ... sut i ddelio â phrofedigaeth ... sut i oresgyn rhyw golled ingol mewn bywyd ... sut i ymdopi ag unigrwydd a gwewyr enaid a dagrau ... Ond doedd Emrys ddim wedi marw. Doedd dim pridd wedi ei wasgaru drosto ... doedd Paula ddim wedi gosod rhosyn coch ar ei feddrod ...

Nid gweddw mohoni. Ond roedd hi'n amddifad o gwmni'r sawl a'i carai ac a'i deallai. Brwydr rhwng gwên a

261

dagrau oedd bywyd, yn ôl rhywun, ond doedd Emrys ddim yno i lefen nac i chwerthin gyda hi, chwaith. Doedd e ddim yno i sychu'r dagrau a wlychai ei gobennydd erbyn nos.

'Mae e i weld yn fachgen neis iawn,' meddai ei mam-gu wrthi y dydd o'r blaen gan edrych yn fanwl ar y llun a dynnwyd ohono y prynhawn hwnnw yn y Cwm. 'Ond paid â rhoi gormod o dy feddwl arno fe, sach 'ny, achos sdim lot o obaith 'da ti i'w weld e 'to, bach, a fynte mor bell ...'

Yfodd ei choffi chwerw tri-o'r-gloch i'r gwaelod. Roedd hi wedi gwneud hen ddigon o waith i hawlio'i bara menyn y diwrnod hwnnw. Âi adre'n gynnar am unwaith ac os na châi gysur yn unman arall, byddai ei baddon awyr â'i ddŵr tonnog, croesawgar yn siŵr o esmwytháu rhywfaint ar ei blinderau.

Wrth gerdded i mewn i'r tŷ, llwyr anghofiodd am ei bwriad i fynd i'r baddon. Ar y llawr, ymhlith y post arferol o filiau a hysbysebion, roedd llythyr yn dwyn y marc *por avion* ... Adnabu'r llawysgrifen a theimlodd ei chalon yn dychlamu. Llythyr gan Emrys! Tybed ... tybed a oedd e'n ysgrifennu fel y gwnaeth hithe ... ysgrifennu'r llythyr hwnnw at Cliff i ddweud ...

Gollyngodd ei bag a'r papurach a gariai, a thaflu allwedd y car i'r llawr. Agorodd yr amlen las a dechrau darllen cynnwys y llythyr ar frys gwyllt. Yna, suddodd i'r soffa a darllen ac ailddarllen y llythyr gan lynu fel gelen wrth bob gair.

Nid byw ydoedd yntau mwyach, ond bodoli. Ynddi hi, yn unig, yr oedd ystyr bywyd. Fel y crefai am fod gyda hi ... fel yr hiraethai amdani ... ei chwmni, ei chyffyrddiad tyner, ei chwerthiniad gogleisiol. Roedd hi yn ei feddwl ddydd a nos. Mor glaf o serch fel bod Nel wedi ei gymell i fynd ar ei hôl ... pe bai ond am wythnos neu ddwy. Un bywyd oedd ganddo ... un cyfle. Doedd dim dadlau i fod. Roedd yn rhaid iddo ddilyn ei galon.

Bu seiadu yn Nantlwyd dros y Sul. Mynnodd Nel ei fod yn cael gwrando ar stori ei bywyd hithau. Fel yr aeth Nel yn feichiog ym mlodau'i dyddiau ... fel y cafodd ei hel o'r capel ... Fel y bu i'w thad ei gorfodi i fagu ei merch fach ar ei phen ei hun ac yna ei throsglwyddo cyn pen y flwyddyn i bâr o Bolivia a ddigwyddai fod yn ymweld â'r ardal. Cafodd ei gwahardd rhag priodi'r un oedd yn gyfrifol am ei phlentyn: nid yn unig yr oedd yn bechadur ac wedi dwyn gwarth ar y teulu, ond yr oedd, hefyd, yn perthyn i hil arall ac yn swyddog yn y Fyddin, peth gwrthun gan heddychwr o Gymro. Ar ôl i'r cariad yr oedd yn ei garu'n angerddol, sylweddoli na châi ei phriodi, symudodd i'r gogledd, ac ni welodd Nel mohono fyth wedyn ... Ond yr oedd prawf o'i gariad tuag ati mewn amlen a gadwyd ganddi'n ddiogel ar hyd y blynyddoedd, rhwng cloriau *Cymru'r Plant*. Rhifyn pedwar deg! Doleri gwyrdd, mil a mwy ohonynt, yn eu plyg, yn glyd ac yn saff ym mynwes Bini Bo! Gallent fod wedi ennill tipyn o log pe bai hi wedi eu rhoi yn y banc, ond lwc iddi beidio, fel yr oedd pethau heddiw. Mi fyddai'r lladron a oedd yn perthyn i'r llywodraeth wedi cipio'r cyfan o'i chyfrif.

Yr oedd Nel wedi dal y bwndel pres o flaen ei lygaid ac yn barod i drosglwyddo'r cyfan iddo, ar un amod. Ei fod yn codi tocyn ac yn mynd i Gymru i chwilio amdani hi, Pawla. Fyddai dim angen iddo bryderu am Nel oherwydd mi gâi bob sylw a gofal gan ei chymdogion ar y ffarm ... Gallai Federico gadw llygad ar y *taller*. Roedd e'n gallu ymddiried yn llwyr yn hwnnw nid yn unig i edrych ar ôl ei fusnes, ond i ofalu am Carlos hefyd!

Darllenodd y geiriau drosodd a throsodd. Eu sibrwd iddi hi ei hunan i ddechrau ac yna eu darllen yn uchel: 'Mae'r cynnig yno … falla daw cyfle ryw ddiwrnod …'

Ochneidiodd a gwasgu'r llythyr pum tudalen at ei mynwes. Dim gair am Lynwen. Dim sôn am y gwersi Saesneg. Dim byd. Doedd Lynwen ddim yn fygythiad wedi'r cwbl. Roedd hi wedi poeni'n ddiangen. Syllodd yn hir ar yr enw ar waelod y tudalen … a'i gusanu'n angerddol. Roedd e'n teimlo'n gwmws fel hithau … ar goll. Ar goll heb ei gilydd, fel dau hanner oren ar wahân. Roedd hi'n enbyd ei fod yn gwario'r holl arian yna, oedd yn ffortiwn i Nel ac iddo yntau. I Paula, doedd pris tocyn hedfan yn ddim amgen na phisio dryw bach yn y môr. Ryw ddiwrnod … gallai hynny olygu, beth? Mis neu ddau … hanner blwyddyn? Allai hi ddim disgwyl. Fe roddai *sorpresa* bach iddo, chwedl Nel. Yr anrheg Nadolig orau posib! Yfory nesaf, fe âi i'r swyddfa deithio, a chodi tocyn.

* * *

Gwasgodd y teclyn oedd ganddi i gau drws y garej, neidio i mewn i'w char sborts a thanio'r injan. Mewn llai na deng munud mi fyddai ar yr M4 ac ar ei ffordd. Tipyn o ffordd, a dweud y lleiaf. Roedd yr wythnosau diwethaf wedi bod yn llawn dop ac ni allai lai na'i llongyfarch ei hun bod cymaint wedi'i wneud mewn cyn lleied o amser. Sicrhau tocyn hedfan, gweithio'r bont i gael mwy o wyliau … cael sawl seiat drafod gyda'i mam-gu a honno'n gwrando ac yn pwyso ac yn mesur. Gyda'i mam-gu yr oedd hi wedi rhannu ei chyfrinachau erioed ac, yn rhyfedd iawn, felly roedd hi hefyd yn hanes Emrys a Nel.

264

Petai hi wedi trafod y peth gyda'i rhieni, mi fyddai pethau wedi mynd yn dân golau ac yn ddiwedd y byd. Ei mam-gu oedd i dorri'r newydd iddynt, a hynny, y funud y byddai'r awyren wedi gadael y rhedfa ac yn wynebu'r cymylau.

Efallai y byddai'r anrheg Nadolig o beiriant coffi a brynodd i'w rhieni yn help i wneud iawn am yr hyn yr oedd hi ar fin ei wneud, sef gadael y wlad yn ddiarwybod iddynt.

Meddyliodd am y cês oedd ganddi yng nghist y car. Yn gymysg â'i dillad haf oedd anrhegion Nadolig Emrys, yn llyfrau ac yn gryno-ddisgiau, dau grys a siwmper. Wedyn, y sgarff sidan las i Nel i gyd-fynd â'i dwy lygad las hithau a photelaid fach o bersawr ac arogl rhosod arno. Erbyn meddwl, mi fyddai'r rhosynnau hynny wrth ddrws Nantlwyd yn eu holl ogoniant erbyn hyn.

Yn ei blaen â hi, gan fendithio'r ffaith nad oedd gormodedd o draffig i'w rhwystro, yn enwedig y loriau trymion oedd yn mynnu mai hwy oedd brenhinoedd balch y draffordd. Teimlodd awydd i ganu. Roedd ystyr newydd i'r geiriau: 'Dy wyneb ... cofio dy wyneb ... dy lygaid yn edrych i fy llygaid ...'

Dechreuodd y ffôn bach yn ei bag ar y sedd gefn ganu. Daro! Canodd yn ddi-baid. Allai hi ddim aros ac allai hi ddim estyn am ei bag, chwaith. Yna, peidiodd â galw ... ond dim ond am rai munudau. Pwy ar y ddaear oedd yno? Dylai hi fod wedi ei ddiffodd cyn iddi gychwyn. Tybed a allai hi estyn am ei bag? Gwasgodd ei throed ar y brêc ac arafodd. Arafu'n rhy sydyn, wrth fodd y sawl a'i dilynai. Canodd y gyrrwr ei gorn yn ddiamynedd. Unwaith ... ddwywaith. Yna, aeth heibio yr un mor wanodde gan droi i edrych fel y diawl arni. I ffwrdd ag ef fel cath i gythraul. 'Gwynt teg ar dy ôl di!' galwodd Paula ar ei ôl. Ymestynnodd ei llaw chwith cyn belled ag yr âi i'r cefn a cheisio cydio yn un o ddolenni ei bag. Cael a chael oedd hi. Â'i llygaid ar y ffordd ac un llaw ar y llyw, daeth i ben â llusgo'i bag i'r sedd ar ei phwys.

Ar hyn, canodd y ffôn eto ... canu ... a chanu ... a chanu. Rhaid bod rhywun yn despret! Ei mam-gu, efallai. Pwy arall? Panico, dyna beth oedd e: am iddi fethu dal rhag dweud y cwbwl wrth ei rhieni. Doedd hi ddim yn drỳst, mwyach. Roedd ei mam-gu yn mynd yn hen.

Gwyddai y byddai'n torri'r gyfraith wrth ateb yr alwad, ond efallai y gallai godi'r ffôn yn slei bach, a'i roi wrth ei chlust, petai ond am eiliad neu ddwy.

'Helô?' meddai'n ddiamynedd.

Fflipin hec! Dim ateb. Clywai rywun ar yr ochr arall yn anadlu'n drwm ... I mewn ac allan ... i mewn ac allan ... O, na, nid un o'r galwadau rhyfedd hynny! Mentrodd siarad.

'Helô ... Helô 'na. Chi'n gallu 'nghlywed i? Helô ... helô! Pwy sy 'na?'

'Polagata?' Un gair. Roedd hynny'n ddigon.

'Emrys! Ti sy 'na!'

'Ia, fi sy yma ...'

'Beth sy? 'Yt ti'n iawn? Ody Nel yn ... yn olreit?'

'Ydy, siŵr. Mae Nain yn champion. Paid â phoeni, 'nghariad bach i ...'

'Ond so ti'n arfer galw yr amser hyn o'r dydd ... Rhaid bod rhwbeth yn bod ...'

'Mae gin i *sorpresa* i ti, wyddost ti...'

'Wel, dwed ... dwed beth yw e, glou, er mwyn popeth.'

'Dw i wedi cyrraedd ...'

'Cyrraedd? Beth 'yt ti'n 'feddwl? Cyrraedd ble?'

'Hith-rô! Dw i wedi cyrraedd …'

'Heathrow … Heathrow, wedest ti?'

'Ia. Dw i wedi cyrraedd yn ddiogel. A dyna ti dda, maen nhw'n deall Sbanis yma! Beth wna i rŵan, Pawla?'

'Dim, Emrys. Paid â gwneud dim byd. Aros lle'r wyt ti. Ti'n gwbod beth? Wy ar yn ffordd …'

Geirfa Sbaeneg–Cymraeg

Pennod 1

necesita ayuda?	oes angen help arnoch chi?
se puede?	ydy hi'n bosib?
muchas gracias	diolch yn fawr
por nada	peidiwch â sôn
chicas	merched
apellido	cyfenw
Estados Unidos	Yr Unol Daleithiau
nada más	dim rhagor
lamentablemente	gwaetha'r modd
awelitá	awel fach
poquito	tipyn bach
los baños	toiledau
himno nacional	anthem genedlaethol
jurado	beirniad
gusto	chwaeth
muy complicado	cymhleth iawn
suerte	lwc
mañana	yfory
asado	barbaciw
¡Dios mío!	fy Nuw!

Pennod 2

guapo	dyn golygus
siesta	awr gwsg ar ôl cinio
¡Bueno!	O'r gore/ iawn

sorrentinos	math o pasta
perfecto	perffaith
habla castellano?	ydych chi'n siarad Sbaeneg?
entiendo bastante	rwy'n deall digon
plaza	sgwâr y dre
te amo	rwy'n dy garu di
viejas locas	hen wragedd wedi drysu
mentiras	celwydd
maldición	damnedigaeth
mierda	cachu

Pennod 3

dulce de leche	jam llaeth
moneda	arian
no tengo	does gen i ddim
¡Che!	Ebychiad fel Jiw!
cómo te va?	sut mae'n mynd gyda ti?
bien	yn iawn
horario	amserlen
chorizos	selsig
más vino	rhagor o win

Pennod 4

diario	papur newydd
hola	helô
por favor	os gwelwch yn dda
deme	rhowch i mi

maestro	Meistr
en mi nombre	yn fy enw
el tiempo está cerca	mae'r amser yn agos
Gloria a ti, Señor Jesús	Gogoniant i Ti, Arglwydd Iesu
mini falda	sgert mini
museo	amgueddfa

Pennod 5

no hay problema	does dim problem
taller	gweithdy
qué quiere?	beth r'ych chi'i eisiau?
soy Galesa	Cymraes ydw i
pero hablo un poco de	ond rwy'n siarad ychydig o
español	Sbaeneg
entiende?	deall?
camión	lorri
por qué no?	pam lai?
galpón	*sièd*
panaderia	siop fara

Pennod 6

personaje	cymeriad
veterinario	milfeddyg
igualmente	'r un fath